当最美的我
遇见
YU JIAN
最好的你

乔雪言 著

{ WHEN WE MEET
AS THE BEST }

北京联合出版公司
Beijing United Publishing Co.,Ltd.

目 录
Contents

第一章

目成心许

她遇见他，

在三万英尺的高空上，

日光似锦，

浮云如丝，

就像一场雪看到花开。

他是最好的他，

而她，

也终于成为最好的她。

暗涌直抵眉眼，

欢喜斑斓过境。

倾盖如故，

目成心许。

01

2012 年 8 月 24 日，裴雅芙在新加坡的烤面包的香气里迎来清晨，空气中还有一种猫屎咖啡熬煮的味道。

窗外的景色一派清新如洗，露珠沿着万代兰和香草的梦境滚落，溅起一片片透明的阳光，在一种金黄般的喧哗中，孵出一个不再潮湿的黎明。

她去大堂结束酒店的住宿服务，拖着行李箱去咖啡馆吃了一盘有斑斓叶味道的咖椰烤面包，配了撒好白胡椒和酱油的多汁煎蛋，然后按原计划，拿着昨天买好的机票，踏上了回中国的航班。

没有留恋，只是应学校安排，去参加了为期五天的工作学习。

就算是一个人的旅行，异国的温柔美景也只是加剧自身的孤独罢了，迫切地想回国。

到了飞机上，裴雅芙发现一件事情，行李有点儿重，她努力了两次，都没将它成功放上行李架，难道自己真的老了吗？虽然都说女人的身体各项机能在二十五岁之后开始走下坡路，但她好歹也才二十六岁，刚过了二十五岁没多久。

她正准备使出吃奶的劲儿尝试第三次时，身后突然传来一个好听的男声："我帮你吧。"

还没等她反应过来，转瞬之间，后面的男子就伸出长长的手臂轻而易举地帮她放好了行李。

她感激地回头，看到一张十分英俊的脸，年纪看着跟她差不多，眼睛似一泓幽深的清潭，波光潋滟，晶亮慑人，下巴坚毅，气宇轩昂，剪裁合体的白衬衫、黑西裤衬托出高大挺拔的身材，自信沉着，带着一种魔力，好像整个机舱的光亮都被他的这张脸给吸走了。

很少看到外表这么完美的人，裴雅芙瞬间呆了。

男子冲她灿烂地笑，露出整齐洁白的牙齿，这一笑更加好看了，就像恩慈散落到宇宙的微茫角落，她觉得从心底里滋生的喜悦甜到了骨子里，平生头一遭，她想到了一个八竿子打不着的比喻：那笑容是一条湍急的河流，而她，是单薄站在对岸的人，无法泅渡。

"谢谢。"她努力让自己看起来很淡定，说出了这两个字。

"不用客气。能为美女效劳是我的荣幸。"男子友善而绅士地笑着，转身找座位去了。

裴雅芙比对着机票，不久之后就找到了自己的座位，一扭头看邻座的人，这不是刚刚帮她放行李的帅哥吗？这……真是太巧了。心跳马上加速，扑通扑通的。

"呵呵，好巧哦！"她坐下来，系好安全带，笑着说。心想着也许说话可以缓解紧张。

"是啊，好巧。"男子也认出了她，阳光地笑道。

"你也是一个人？"裴雅芙找着话题。

"嗯，一个人出国旅游，玩够了就回国了。"男子说。

"能问你叫什么名字吗？"裴雅芙看着他好看的侧脸说。

"我叫霍羿之。你叫什么？"男子说。

"裴雅芙。"裴雅芙据实回答。

"裴雅芙？我想起了德芙巧克力。"霍羿之看着她，狡黠地笑了。

"哈哈，德芙巧克力？我很喜欢吃。大概我妈生我的时候，就是因为喜欢吃德芙巧克力而给我取这个名字的吧，哈哈。"不知道为什么，裴雅芙的笑点莫名被戳中了，笑得花枝摇曳的。她洁白的脸微微带红，眼睛里闪烁着晨星一样的光芒，很是漂亮。

两人有一搭没一搭地瞎扯着，过了不知道多久，乘务员开始用清亮端庄的声音广播："各位乘客，飞机即将经过一段不稳定气流，请系好安全带。"

乘务员说完没多久，飞机就开始剧烈颠簸，一会儿忽高忽低，一会儿左右摇晃，往返几个回合，犹如过山车，客舱内的乘客们一片恐慌，表现出情绪不稳、心理恐惧和烦躁不安，有东西和水杯掉落地上的声音，有骂声，有女人的尖叫声，有孩子的哭声，有空姐宽慰大家的说话声，有去上厕所没来得及回位的乘客在走廊里摔倒了，甚至有吃得太饱的乘客颠得呕吐出了食物，乱成一团。

裴雅芙也恐慌起来，整个人像弹簧一样绷得紧紧的，心里想着："我的妈呀，这不会是飞机失事的前兆吧？我还不想死呢。我还年轻，我还没嫁出去，我还有好多事情没做完……"

随着飞机颠簸得越来越厉害，她的心忽上忽下的，手本能地乱抓，像寻找救命稻草一样抓到什么算什么，不自觉地抓住了身旁邻座霍羿之的手，霍羿之转过头来看她，她也转过头，才发现自己正紧紧地抓着对方的手。

"对……对不起。"她说着道歉欲松手，霍羿之却反手更用力地握住了她的手，对她说："不要怕，等会儿就没事了。"

那略带粗糙又温柔的手掌，暖意点点沁入她的心底，小提琴般动听的声音不住地在耳朵里盘旋，奇怪的是，她的内心突然不再害怕，不安就像落下的潮水渐渐退去，两人相视微笑。

一段时间后，飞机经过了乱流，不再颠簸，维持飞行平稳了，两人握着的手也松开了。

后来，裴雅芙抵抗不住疲倦沉沉睡着了，不知什么时候就把头靠在了霍羿之的肩膀上，在熟睡状态下无知觉地一滑，又滑到了他的怀里，他就任她靠在他怀里熟睡。

她睡觉的样子像猫一样，睫毛又长又密，好似蝴蝶的翅膀，皮肤细腻白皙，几乎看不到毛孔，脸蛋儿秀雅干净，如同花瓣，化的妆很淡，每个细胞却都透出小小的优雅的性感，那是一种骨子里带出的美。多么好看的一张脸，360度无死角。霍羿之忍不住想起一句诗歌：沉醉是我离开你的时候，途经的洁白花树。

这是一个女神一样美好的女子，第一眼惊艳，第二眼耐看，长相和气质都很出众，这样的气质不是一般的职业能修炼出来的，就像画报里的美人儿，任谁见了都会多瞧几眼，此刻却像只小动物一样睡在他的怀里，香甜、安稳、憨态可掬。她是有多么不设防备，他可是才认识的陌生人。

一种被信任的感觉涌了上来，霍羿之的心渐渐膨化成一大朵的棉花糖，拨一拨可能就会融化。

裴雅芙睡得很香时有个毛病，就是会流口水。后来，霍羿之就眼见着他的高级衬衫沾上了美女的口水，还不能动，怕一动就会吵醒她。

"嘿，到站了，该醒了，醒一醒。"在飞机着陆的时候，霍羿之轻轻唤醒了她。

裴雅芙睁开惺忪的睡眼，用手背擦着口水，准备再伸个懒腰的时候，发现自己疑似睡在某人的怀里，吓了一大跳，像只松鼠一样赶紧弹跳开了，漂亮精致的脸"唰"地红了："对……对不起，我不是故意的，我睡觉的时候一般都不怎么老实，你受累了……"

"哪里的话。如果硬要说对不起，应该是我说才是，你是女的，我是男的，你一个大美女睡我怀里，是我占了便宜。"霍羿之轻轻活动了一下由于维持坐姿太久没动而稍显僵硬的身体，灿烂地笑着对裴雅芙说。

裴雅芙的脸更红了，低头瞥见霍羿之的白色衬衫湿了一块，很是扎眼，这……这不是她睡觉时流下的口水吗？她单手扶住额头，悄悄别过脸去，恨不得现在找个地缝钻进去。真是丢脸死了，丢脸丢大发了！

再怎么丢脸还是要勇敢面对啊，她稳定好情绪，还是转过了脸，很不好意思地对霍羿之说："你那个衬衫……对不起，对不起，我帮你洗干净吧，你脱下来。"

"我衬衫下面什么都没穿，你让我在大庭广众之下脱光光吗？"霍羿之邪笑。

裴雅芙的脸彻底红成了滴水的樱桃，不知道要说什么了。

"哈，别紧张，我逗你呢。这衬衫我去洗手间用烘干机烘一下就好了。回去我自己再洗。没关系的，小事一桩，你不用放在心上。"霍羿之说着，帮裴雅芙找到行李，从行李架上帮她拎下来。这时候，乘客们都已经陆陆续续在下飞机了。

裴雅芙很不好意思，整个人还有点儿晕头转向的，拿着行李就走进乘客堆里，跟着人流恍恍惚惚地下了飞机。

等她从通道走出来，才想起自己没有霍羿之的联系方式，她转身去找了他几圈，怎么都没找到他，只看得见茫茫的陌生人海。

而霍羿之，其实也在另一头找她，他一直在想着怎么开口向她要联系方式，却发现她早已消失在人流里，遍寻不着。

S 市的机场大厅内，匆忙而过的人们，他们都有自己的方向，匆匆起飞，匆匆降落，带走别人的故事，留下自己的回忆。在这钢铁洪流里，上演着一次又一次的离别与重逢。

霍羿之只看到自己映在地板上的影子，被匆匆而过的人们踏碎。

他和她，就要这样错过了吗？

02

一个星期后。

9月1日，一大早，裴雅芙家里就有唠叨声传出："小雅，早餐多吃点儿。还有，别老想着工作啊，该想想男朋友的事情啦。你年纪也不小了，都二十六岁了呢，好多你这个年纪的女孩子都结婚生小孩儿了，我看你怎么一点儿都不着急呀。什么时候找个男朋友啊？赶紧赶紧的。虽然过去有过这个恋爱阴影，但那段不是过去很久了吗？你不可能还没走出来吧？你们学校那么多男同事，就没一个看对眼的吗？"

"小瑜，今天是你第一天去大学报到的日子，你怎么可以穿得这么随便？赶紧去房里换一身，换一身正式一点儿的。"

"老头子，赶紧过来吃早餐，别光顾着看你的报纸啦。现在还有几个看报纸的，都是用智能手机读新闻啦，与时俱进啦。你虽然人老了，心可不能老。"

这个唠叨个没完的人，就是裴雅芙和裴妙瑜的母亲。

裴雅芙是普通家庭出身，家里四口人，父亲、母亲、她和妹妹，父亲裴回是国企的一名普通职工，母亲苏锦心开了一家不大的美容院，虽然都挣得不是很多，但工作也还清闲，二老准备送小女儿裴妙瑜读完大学后就退休了。

"哎呀，老婆子，你就别唠叨了，孩子们都大了，自己有主意了，你让她们自己做主吧。现在年轻人的思维跟我们那时候不一样了。"裴雅芙的父亲裴回合上报纸，从沙发上站起来，走到餐桌旁，开始吃早餐。

"就算再大，在父母眼里也永远是孩子。你不唠叨，我也不唠叨，那就没人管她们了，那就会无法无天，胡乱生长。总得有人管。我已经认了，我就是操心的命，我觉得我死之前都要替这俩闺女操心的，老头子，你也得帮我分担一点儿。"苏锦心说。

"行行行，我真是说不过你。小雅、小瑜，你们俩乖一点儿，多听听你们老妈的话。总之老妈都是为了你们好，你们也别怪她唠叨，女人一到了更年期都是这样的。"裴回边吃早餐边说。

"爸、妈，放心，我们知道了，我们一定会乖乖听话的。"裴雅芙和裴妙瑜参差不齐地回答道。

"谁更年期呢？我保养得挺好的，还每天晚上去跳广场舞呢，哪有什么更年期。"苏锦心不服地对裴回说。

"是，我妈保养得像一枝花。爸，您可得有危机感，说不定哪个跳广场舞的老头儿就盯上我妈啦，哈哈。"裴妙瑜嘻嘻哈哈哈地笑着说。

"少贫了，妹妹你快点儿吃，晚了我上班要迟到了。"裴雅芙对裴妙瑜说。

"行啦，催什么催嘛，我这不正吃着呢。吃快了不好，不消化哦。"裴妙瑜边吃油条还边拿个小镜子在餐桌前照来照去的，"姐，我好羡慕你瘦瘦的巴掌小脸，我真讨厌我这个 baby face，恨不得拿把刀削掉脸颊上的两块肉就好了。"

"妹妹，你有没有个正形儿啊，谁吃东西的时候还照镜子？再照，再照，再照你都要把自己照成妖怪啦。"裴雅芙喝了口稀粥，朝妹妹裴妙瑜翻了个白眼。

"我才不是妖怪，妖怪是范冰冰那种，哈哈，开个玩笑，别当真。"裴妙瑜放下镜子，大口啃着油条，皱着眉头说，"姐，你说我要不要再瘦十斤？”

“oh，my god！你还要多瘦？一斤都不用瘦啦，你就是脸上有点儿肉而已，其他地方都没什么多余的脂肪，你才十八岁，有 baby face 不是很正常吗？你这不叫胖，叫可爱、甜美、软萌、萝莉，懂吗？”裴雅芙强调道。

“我真的很可爱吗？”裴妙瑜两手托腮，眨巴着黑葡萄一样的大眼睛，眼巴巴地等着夸赞。

“是啊，真的很可爱，你是我见过的世界上最可爱最可爱的女孩子了。满意了吧？”裴雅芙说。她可不是有心夸赞，是怕她想不开去减肥，像她妹妹这种懒人，要减肥用的绝对都是不健康的那种减肥法。

“嗯，很满意。那我不减肥啦。”裴妙瑜说着，把油条的最后一大截一口气塞进了嘴巴里，手又忙不迭地拿起了一个香喷喷的烧饼。她是很能吃，但就像她姐姐说的，真的一点儿都不胖。

她有着青春期女孩儿特有的那种漂亮、鲜活、灵动和朝气，像挂在枝头的水蜜桃。蓬松俏丽的齐刘海儿，中长的公主卷发，浅亚麻色系的染发颜色，像阳光一样光彩夺目，又青春又洋气，衬托着她白皙红润的皮肤。秀丽俏皮的五官，看起来非常的清新甜美。她在最美的青春年华，有着独属于自己的香气，无论从哪个角度看过去都美得放肆、美得张扬、美得喧嚣、美得热烈。

姐妹花吃完早餐，裴妙瑜谨遵母命换了一套正式点儿的衣服，裴雅芙便和妹妹一起去了地下车库，裴雅芙边走还边拨了个电话：“喂，卫瑶，你去上班了吗？如果还没有的话，坐我的顺风车吧，我在地下车库等你，你过来。”

“小雅，不用了，谢谢你，我已经去上班了，早出门了。”手机里传出一个温婉悦耳的年轻女声。

"那好吧，拜拜。"裴雅芙说完，挂掉了电话。

然后，她开着小车，载着妹妹，出发了。

裴妙瑜在车上也是吃个没停的，她像只老鼠一样在"咯吱咯吱"地啃薯片，两只耳朵里塞着耳机，身体和脑袋跟着音乐有节奏地灵活摆动着。

"裴妙瑜，我说你真讨厌，全国那么多所好大学，你干吗非要报考C大？你是不是成心找死呀？"裴雅芙边开车边气鼓鼓地对妹妹说。爸妈不在，她想说的就可以说了。

"怎么啦？C大是你开的吗？为什么只许你去C大上班，就不允许我去C大上学呀？我能考上那儿是我的本事。"裴妙瑜扯掉耳机说道，"再说啦，这是妈让我报考的，她说你在那所学校，有个照应。嘿嘿。"

"是，你倒是让我照应得好，你不但进了我上班的学校，还分到了我管的那个班，你知道当个班主任有多难吗？亲妹妹还在自己班，别人怎么看我，你让我怎么管？你这不是存心给我出难题吗？"裴雅芙说。

"该怎么管就怎么管呗。你就跟你的同事们说，这是巧合，美妙的巧合。我的好姐姐，不要给自己压力，我很乖的，保证在学校不给你捣乱。来，好姐姐，吃块薯片转换转换心情。"裴妙瑜说着，不由分说就塞了块薯片在裴雅芙嘴里，噎得她半天出不得声。

"我告诉你，在学校别叫我姐，要叫我裴老师，免得别的学生听到影响不好，知道了吗？切记，切记。另外，为了避免公私不分，我在学校也只会叫你裴妙瑜，不会叫你妹妹的。"裴雅芙嘱咐道。

"知道啦，姐。"裴妙瑜回答。

"那从现在开始排练，你现在就叫我一声裴老师试试看。"裴雅芙说。

"是，姐……oh，no，裴老师。"裴妙瑜差点儿叫错，连忙改口。

"这还差不多。"裴雅芙点头。

"裴妙瑜，给我点儿水喝，我渴死啦，你这什么鬼牌子的薯片啊，这么干。以后别给我吃这个，你也少吃，垃圾食品，不健康。"裴雅芙边开车边说。

"得嘞，裴老师大人，您的水拿到了，我给您拧开盖子，好了，您可以喝啦。"坐在副驾驶座上的裴妙瑜麻利地从车里找到一瓶矿泉水，拧开盖子，送到裴雅芙的嘴边，她知道她的两手在开车，不方便喝水。

就在裴雅芙张开嘴准备去喝这瓶矿泉水的时候，"哐当"一声，车子突然猛烈晃了一下，裴妙瑜拿着矿泉水的手顺势猛烈抖了一下，这下好了，水没喝到，全部都洒到了裴雅芙的脸上、嘴上、脖子上和衣领里了，那叫一个狼狈。

裴雅芙猛地急速刹车。

03

"好像是车子尾部被谁撞击了一下，是不是追尾了？你下车去看一下。"裴雅芙边抽出纸巾擦着脸和脖子，边对裴妙瑜说。幸好今天风大，这衣领应该过不久就会干吧。

裴妙瑜下车一看，果真是追尾了，是一辆摩托车追了尾。

那摩托车看起来很酷炫、很拉风，骑在摩托车上的那个人也是很酷炫、很拉风的，戴着墨镜，一身的潮流装扮，头发染成明亮时尚的橘黄色，发型是今年最流行的一款，细碎刘海儿落在额头上，左耳戴了个很小、很精致的十字架耳环，在阳光下熠熠生辉，墨镜之外的皮肤看着比女孩子的都要好，就算那人只是骑在摩托车上未站起来，裴妙瑜也知道他的海拔很高,看那笔直的大长腿就能猜出来。一眼看上去真是年轻、帅气又时尚。很像漫画里隆重登场的男主角,即使不摘掉墨镜也足以迷惑人心。

但她裴妙瑜可不是花痴,就算肇事者再帅,她也不接受刷脸,该赔的还是得赔。

"是你撞了我们的车?"裴妙瑜没好气地对着墨镜男生说。

"是你们的车撞了我的车好吧?谁叫你们开车开得跟蜗牛似的,那么慢,而且驾驶员还反应迟钝,我都已经到后面了,还没察觉,你们到底是在开车呢还是在打鬼呢?"墨镜男生说话的声音倒是很好听,可以去当电台主持人了,可是说的这内容怎么那么难听呢?

"喂,你还强词夺理?明明是你的车撞了我们的车!我们的车在前面开得好好的。是你眼瞎,你戴个墨镜装酷怎么可能不眼瞎。开车慢怎么啦?开车慢那是为了保证安全,我们乐意。你骑个两个轮子的摩托车,干吗跟在我们四个轮子的小车屁股后面跑?你傻呀?你不会绕着走啊?"裴妙瑜顶回去。

"哟哟,哪里来的小丫头,说话带着股乳臭味儿。刚刚不是你在开车吧?你有驾照吗?你是不是无证驾驶呀?难怪开车技术这么烂。我怎么看你都是未成年。"墨镜男生上三路下三路地打量了一下裴妙瑜,说道。

"你说什么呢?你说谁是未成年?我今年已经十八岁了!"裴妙瑜大声强调道。

"十八岁了?啧啧,那真可怜,那你的那个部位应该不会发育了。"墨镜男生低头看了一眼裴妙瑜身体的某个部位。虽然他戴着墨镜看不到他的眼神,但裴妙瑜用脚指头也能猜到,他指的那个部位是她的胸部。真是太无耻、太下流、太污了!

裴妙瑜赶紧用双手护住自己的胸部,青春漂亮的脸蛋儿涨得通红:

"你你你，你什么意思？你有什么资格这样说我？我们本来在讨论撞车的相关事宜，你扯到哪里去了？"

"喂，你们两个到底在搞什么呀？在马路上开辩论赛吗？弄这么久。这个地方不能停车的。幸好这里偏僻，现在没什么车经过，如果有，岂不是要排长龙了？"这时候，裴雅芙不耐烦地下车，走到了后面。

她上身穿着白色的简约衬衫，下身是一条缀满了大小彩蝶的花色长裙，衬衫扎在裙子里，显出纤巧的腰身，脚蹬尖细的白色高跟鞋，很是修长高挑，一走出来就很有气场。

"姐，他刚刚非礼我。"裴妙瑜见裴雅芙下车了，赶紧躲到她后面。

"什么？臭小子，你敢非礼我妹妹？你不想活了？"裴雅芙一听就要生气了。

"臭丫头，你说清楚，我哪里非礼你了？真是恶狗先咬人呀！"墨镜男生说。

"他用眼睛非礼我，他刚刚看了……看了我身上不该看的某个部位。"裴妙瑜说的是胸部。

"原来是这样。好了，你身上也没什么好看的。我们别浪费时间了，我去看看追尾情况。"裴雅芙说着走到了车尾旁边。

她仔细检查了一下车尾，有小量的擦撞，问题不大，但也得送去4S店修几天，虽然她这辆小车只是不到十万的平民车，也有足够的理由可以索要修理费。而墨镜男生的那辆摩托车，是毫发无损的。

"我看这擦伤，你赔我800元吧。"裴雅芙对墨镜男生说。

"八你个头呀，我为什么要赔钱？是你开车慢，加上你反应迟缓。看你这衣领还是湿的，你不会是刚刚开车的时候在喝水吧？哈哈，那怎么能怪我？我没让你们赔我的误学费和精神损失费就不错了。本大爷没时间陪你们玩了，我先走咯，拜拜。"墨镜男生一脸的理直气壮，开着摩托车扬长而去，还喷了她们俩一脸的尾气。

"我去，他这算不算是肇事逃逸呀？姐，赶紧上车，我们开车追上他！"裴妙瑜说着，飞快地拉姐姐上了车。

"算了，别追了，碰上这种没品的无赖人渣，只能算我们倒霉。"裴雅芙想放弃，但裴妙瑜坚决不肯。

"姐，不行，哪能这么便宜了那小子？他这种人就是欺软怕硬的。快点儿开车追上他！你不开的话我开咯！"裴妙瑜大声说。

"好吧。我开。"裴雅芙向妹妹投降，快速开起了车。

"嘿，前面的臭小子，你给我停车！想跑？没那么容易！快点儿道歉赔偿！要不然叫你好看！"裴妙瑜摇开车窗，将头伸出窗外，用书包里的练习本卷成一个喇叭状，冲前面骑摩托车的墨镜男生大喊。

墨镜男生边开车边回头，做了个挑衅的鬼脸和手势。

"你有种给我停车，快点儿停车！你算不算个男人？"

"真是个胆小鬼！我看你跑到哪里去！我们很快就要追上你了！"

后来，裴雅芙的车终于追上了墨镜男生的车，一摩托一小车并行在路上。

裴妙瑜大骂墨镜男生："王八羔子，快点儿停下，道歉，加赔偿八百块，要不然休想让我们放过你！"

"平胸女，想讹我的钱？门儿都没有！追尾本来就是你们的错！"墨镜男生边开摩托边回道。

"你去死吧，你才是平胸女呢！明明追尾就是你的错，是你开太快！"如果手再长一点儿，裴妙瑜真想去扯他的头发。

"我没错！我拒绝道歉，拒绝赔偿！哼哼，你们能拿我怎么样呢？"墨镜男生气焰很嚣张，一脸大写的"转"字。

"像你这种人，这么死不要脸的垃圾，为什么还会活在这个世界上？

如果我是你，我早在八百年前就自杀了。你是从火星来的吧？你赶紧滚回你的火星去吧！"裴妙瑜气得大骂大叫。

"嘿嘿，咱们彼此彼此吧，平胸女，我觉得地球也不适合你，你应该去脑残王国，到了那里，说不定你还能当上王后呢！"墨镜男生以牙还牙。

"你去死吧！去死！去死！"裴妙瑜真的忍无可忍了，她拿起车内一个喝完的易拉罐就朝墨镜男生砸去，"砰"的一声，没想到易拉罐正中了他的额头，顿时鲜血冒了出来。墨镜男生一声惨叫，单手捂住了自己的额头，有几滴血还是在往下落。

天啊！她不是故意的，她原本只是想教训他一下的。

"咱们……咱们这下算扯平了。"裴妙瑜虽然有被吓到，但还是嘴硬地冲墨镜男生说了这句话。然后她压低声音对姐姐说："快点儿开车，跑。"裴雅芙也有被吓到，但据她目测，男生的伤势应该只是皮外伤，无大碍吧，所以，她照妹妹的话，拼命加快车速，一溜烟儿地跑了。

"平胸女，你给我等着，如果让我再见到你，我绝对让你不得好死！"远远的，后面传来墨镜男生的叫骂声。

04

到了C大校门口后，裴雅芙停了车，和裴妙瑜分道扬镳。

裴妙瑜被几个专门负责接待新生的师兄领着去办入学手续了，其中有个很帅的师兄特别殷勤，看着裴妙瑜眼放亮光，接过她的行李跟她自我介绍："师妹，你好。我叫王帅，王子的王，帅气的帅。"然后一路上就对着她师妹长师妹短的说个没完。

裴雅芙往办公室方向走，一路收获了路过的很多学生的招呼：

"裴老师好。"

"裴老师早。"

"裴老师您今天真漂亮。"

裴雅芙心情大感愉悦，心想着，当老师真好呢，就冲着这么多可爱的学生，她也很幸福了。

另一边，一辆装满了人的校车开进 C 大，停在了宽阔的停车场。这是 C 大教职工们的专用校车，专门用来接送 C 大老师上下班的。

有一个面庞清秀、未施粉黛、淡雅如菊的女孩儿跟很多老师一道从校车上下来，大家都格外照顾她，让她先下，生怕挤着她，还有人想扶她的，被她微笑拒绝了。

她确实与常人不同，她是个残疾人，瘸子，右腿因为小时候的一场意外瘸了，走路一瘸一拐的。

她就是卫瑶，今年二十五岁。

"卫老师好。"

"卫老师早。"

她一瘸一拐地走在校园里，一路上也收获了不少学生的招呼。

"你们瞧，那个人怎么那样走路？一瘸一拐的，姿势好奇怪、好难看。"

"看不出来吗？她是个瘸子，正常人怎么可能会那样走路？"

"啊，真可怜呀！"

"嗯嗯，长得挺漂亮的，又那么年轻，可惜了。"

"我刚刚听某个师姐说，她是这个学校的老师。"

"啊……啊，瘸子也能当大学老师？"

这些议论是不认识她的新生在她背后偷偷发出来的。

卫瑶装作没听见地继续微笑前行，别人对于她残疾的各种议论，她早已经习惯了。

C大新生报名处很热闹，挤满了来报名的新生，叽叽喳喳的，一张张青春生动的脸给这个校园增色不少。

王帅师兄和另外两个师兄自告奋勇挤小窗口帮裴妙瑜报名去了，裴妙瑜就坐在一边的行李箱上，抱着薯片一边吃一边等他们，还睁大黑葡萄似的眼睛，很是新鲜地到处张望，打量着即将跟她成为同学或校友的新生们。

"啊呀！"不知道哪个恶作剧的，突然从她屁股下面抽走了行李箱，裴妙瑜完全没有防备，猝不及防地一屁股坐到了地上。

"谁啊？找死！"屁股摔得好痛，裴妙瑜从地上爬起来，怒目转身寻找肇事者，然后就看到一张欠扁的脸站在她身后，嘚瑟地笑着，他戴着墨镜，额头贴着膏药纱布，海拔很高，裴妙瑜整个人都笼罩在他的阴影之下。

"你谁啊？你有病是不是？我又不认识你，你凭什么摔我？"裴妙瑜气鼓鼓地冲着那人破口大骂。

"你才有病呢，你不止有病，你还眼瞎，才刚见面没多久，就不认识我了？"男生玩世不恭地笑着，凑近她，摘下了自己鼻梁上的墨镜。

裴妙瑜蓦然间呆住，墨镜之后的那张脸，帅绝人寰，惊为天人，阳光帅气中带有一丝淘气顽劣，是时下最流行的韩流花美男型，她从未见过这么好看的男生。

男生又把墨镜戴上，然后又摘下，然后又戴上，如此反复几次。

"怎么样？认出我来没有？"他问她。

"啊，原来是你啊！"裴妙瑜终于想起来了，这个长得好看但是性格欠扁的男生，就是今天早上追尾她姐车的那辆摩托车车主。哎呀，真是冤家路窄。

"你怎么会在这里？"裴妙瑜有点儿后怕地看着他。明明那时候她姐开车甩了他的，不可能是追到这里来的吧？

"我是大一的新生，来这里报名的，你又怎么会在这里？"男生问她。

"哎呀，真是巧啦，我也是大一的新生，你哪个系、哪个班的呀？"裴妙瑜忍不住好奇地问。

"钢琴专业三班。"男生说。

"不是吧，我也是钢琴专业三班的。"天啊，这个世界是不是太小了？

"哈哈，我们居然同系同班？你逗我的吧？你叫什么名字？我待会儿回班里去查查花名册，看有没有你的名字就知道你有没有撒谎啦。"男生说。

"我干吗要撒谎？我叫裴妙瑜，你叫什么？"裴妙瑜说。

"我叫霍良景，乃C大新晋校草。"男生一脸臭屁地说。

接着，男生又一脸不相信地瞅着裴妙瑜说："你真的是钢琴专业的？瞧你那傻样，你会弹钢琴吗？"

"哼，瞧你那只会装帅扮酷的损样，你又会弹钢琴吗？"裴妙瑜不服气地顶回去。

"我们先别说钢琴了，说说我额头上的这个伤，这可是你砸的，你也太狠了，好痛的呢，你准备怎么赔偿我？"霍良景指着他额头上的大纱布，皱着眉做出疼痛的模样，盯着裴妙瑜说。

"赔什么赔呀，说了扯平了，你追尾了我姐的车，你刚刚还让我一屁股摔坐到了地上，你还想怎么样？你到底是不是个男人啊？怎么那么小气？"裴妙瑜又着腰理直气壮地瞪着他说。

"你……你这个死丫头……"霍良景还想说什么，王帅师兄办完手续过来了，还有其他两个师兄也过来了。

王帅挡在裴妙瑜面前，一脸敌意地看着霍良景："师妹，这个人是不是在欺负你？"

"是的，王师兄，就是他在欺负我，他是个大坏蛋，呜呜，替我揍他。"裴妙瑜像川剧变脸一样，立马从刚才的泼妇模样变成了一副委屈得要哭的林黛玉样子。

"小子，这么漂亮的小师妹你也敢欺负？你真是欠揍！"王帅一脸气势地逼近霍良景，要给他几分颜色，他后面还有两个牛高马大的师兄。

霍良景眼见形势对他不利，扔下一句"裴妙瑜，算啦，以和为贵，我们扯平啦，我呢就大人不记小人过，再见"，然后就夹着尾巴灰溜溜地逃跑了。

他心里想着，识时务者为俊杰，大丈夫能屈能伸，反正他俩同班，以后要修理裴妙瑜的机会多着呢，不在乎这一次。

05

因为腿脚不方便，卫瑶走路走得相当慢，当她一瘸一拐走到办公室的时候，很多同事都早已经坐在办公桌前开始一天的工作了，或者，去了该去的学生教室。

"新学期好啊，卫瑶。"坐在办公桌前的裴雅芙，看到卫瑶走过来了，笑靥如花地跟她热情打招呼。

"好啊，小雅。"卫瑶微笑回应她。

然后她拉开自己办公桌前的椅子，坐下来，打开电脑。

裴雅芙和卫瑶两人的办公桌面对面，两人原本是进 C 大才认识的同事，后来觉得很投缘，相聊甚欢，就慢慢发展成了闺密。

"卫瑶，今天早上你怎么不坐我的顺风车呀？以前不是天天坐的吗？你腿脚不方便，坐我的顺风车会好一些，不用徒步走那么远的路去车站。"裴雅芙说。

"不好意思啊，小雅，今天我起得有点儿早，出门出得有点儿早，想着你们还没那么早，所以就去坐校车了。坐校车也不错的。明天再坐你的车，好吗？"卫瑶温婉地说道。

"明天估计不行了，明天我要跟你一起去坐校车了，我的车今天早上追尾了，要送去 4S 店修几天。修好了我再通知你。"裴雅芙有点儿郁闷地说。

"啊？你人没事吧？"卫瑶担心问道。

"我人没事。就是小意外。碰上了个不懂事的毛头小子。"裴雅芙说。

"人没事就好。以后开车一定要注意安全啊。"卫瑶松了一口气。

"嗯嗯。"裴雅芙点头，起身去茶水间利索地泡了两杯咖啡，给卫瑶端了一杯。

卫瑶接过咖啡，说道："对了，小雅，你暑假期间不是去新加坡进行了几天的工作学习吗？学习顺利吗？开心吗？另外，哈，有没有什么艳遇呀？"卫瑶难得的八卦了一次，也只有跟自己的好闺密，她才会这样。

"学习挺顺利，也挺开心的。艳遇的话，"裴雅芙抱着咖啡杯喝了一口，说道，"不知道算不算艳遇哦，我在回国的飞机上遇到一个人，很帅很帅，我对他一见钟情。"

"哇，这个就是艳遇呀。"卫瑶说。

"但是我对他一无所知，只问了他的名字，也忘了问电话，我们只是在飞机上简单地交谈了一些。我到现在都觉得像一个梦，我们两人再见面的概率很微茫，可能那真的就是一个梦吧，二十六岁了怎么还会出现一见钟情这种事呢？"裴雅芙望着窗外，面露忧伤。

日光打在她美丽精致的脸上，是一片无垠的洁白和空旷。

"小雅，你不要这么悲观嘛，那肯定不是梦，一见钟情不分年龄的，何况二十六岁还很年轻，也许你的缘分真的就要来了，也许，你们俩很快就能再见面。"卫瑶温言细语安抚她。

"行啦，你不用再安慰我啦。"裴雅芙从办公桌前起身，整理了一些资料，然后抱入怀中，"我是班主任，我得去我们班教室看看我那些学生了，现在班里没老师管，还不知道他们闹成什么样子了，我先走了啊。"

"嗯嗯。"卫瑶点头。

果然，当裴雅芙远远走近钢琴专业三班的教室，就听见很大的喧哗，那些新生们在教室里闹得不成样子。

裴雅芙快步走进教室，大家一看到一脸肃穆庄严的她，举手投足间都是气势，立马安静下来。

"大家好，我先自我介绍一下，我是你们班的班主任，我姓裴，叫裴雅芙，你们可以叫我裴老师。我很高兴能成为你们的班主任，很欢迎你们成为 C 大钢琴专业三班的学生。能够进入 C 大，进入这个班，你们都是很优秀的，希望以后你们能相亲相爱，团结互助……"

裴雅芙在讲台上滔滔不绝地讲着，充分发挥着一个大学班主任应有的风采，她并没有注意到台下坐着的众多学生中，有两个学生有很奇怪的表情。

一个是裴妙瑜，一个是霍良景，这两人是一个天上、一个地下两种极端的表情，一个像吃了蜜一样，一个像吃了屎一样。

06

中午休息时间，裴雅芙将早上被擦撞的车开到 4S 店维修。

"四天后过来取。"维修人员说。

"嗯，麻烦了。"裴雅芙说。

然后，她走出 4S 店，提着包，步行往 C 大方向走，她准备走到公交车站去坐公交车。

在路边的便利店顺手买了个面包，她一边走一边大口吃面包。中午因为去了趟 4S 店，没时间吃午饭了，吃个面包就打发了。

她在路上走着走着，突然，从她背后蹿出一辆摩托车，就在她准备躲闪之际，摩托车司机猛然靠近，将她提在手里的皮包抢走了。

"啊！"

转瞬间，抢包贼便飞驰而去。

裴雅芙吓坏了，也急坏了。

总是听新闻里报道街头惊现飞车抢包贼之类的，她总觉得那些事情离自己很遥远，没想到今天居然踩了狗屎，这种事情在自己身上发生了。

她的手机、钱包、钥匙、身份证、银行卡、教师资格证等很多重要东西都放在包里面呢，丢了就惨了，包绝对不能丢。

"来人啊，救命啊，有人抢包了！"嘴里塞着面包的裴雅芙，一边含糊大叫着，一边赶忙去追。

穿着高跟鞋不好追，她干脆把高跟鞋脱下来，拎在手里，光着脚丫去追。

路人听到她的救命声，有几个停下来看热闹的，但是好像没人帮着她追。

求人不如求己。裴雅芙这样想着，跑得更快了，尽管光脚在路上跑有点儿疼。

身后突然一阵劲风扫过，一个人影闪电般地跑到裴雅芙前面去了。

裴雅芙没有机会看清楚他的脸，连背影都看不大清楚，只能辨别出是个男人，因为他实在是跑得太快了，很快就甩出裴雅芙一大截路程。

他这是……要帮她追抢包贼吗？

可不是，前面那人追击的目标很明显就是抢包贼。

终于出现正义勇士了，裴雅芙感动得差点儿要热泪盈眶了。

正义勇士的腿脚怎么能追得上摩托车的速度，他便在前面借了路人一部摩托车，开着摩托车飞速去追，他开车的速度和帅气就像美国大片里的赛车手一样。

抢包贼的摩托车也开得很快，技术又好，两人飙车般的一前一后在马路上演《速度与激情》的片段，旁边的车子和路人们都看得一愣一愣的。

后来，正义勇士的摩托车超到抢包贼的摩托车前面去了，他在前面将摩托车巧妙一横，后面的抢包贼躲闪不及，被挡到，连人带车一起翻了。

抢包贼扔下摩托车爬起来，提起包还要跑，被正义勇士漂亮的凌空几脚加一个飞身前扑制伏了，成功将他抓获，并从他手上缴获了刚刚抢来的包。

"谢谢你了，实在是太谢谢你了。"裴雅芙气喘吁吁地赶到，对着正义勇士连连道谢。

当两人看清楚对方脸的那一刹那，都深吸一口气，惊呆了。

裴雅芙无法抵挡身体里一波一波的晕眩。

是他，一个星期前，在飞机上她一见钟情的那位。

他还是那么帅，眼眸清亮，五官如刀刻，仿佛从阳光深处走来，此刻因为刚刚的奔跑和擒拿抢包贼的一系列剧烈运动，额头上全是晶莹的汗珠，面孔金光灼灼，芬芳弥漫，更是叫人迷醉。

霍羿之的心里也在震颤，他怎么可能忘记这个特别的女人，她是有史以来第一个在他衬衫上留下口水的女人。

"是你。"

"是你。"

两人几乎异口同声，然后哑然失笑。

"真难以相信，我居然还能够再见到你。"裴雅芙有点儿难以抑制住内心的激动。

"我也是。所以，在某种程度上，我们是不是还应当感谢这个抢包贼呢？"霍羿之半开玩笑地笑着说。

"哈，这么说好像有点儿道理哦。"裴雅芙也笑了。

"你的包，还给你。你现场清点一下看看，包里的财物有没有受损失？"霍羿之一手擒制住抢包贼，一手把包递给裴雅芙。

裴雅芙仔细检查了一遍包里的东西："什么都没有丢，东西都在，太谢谢你了。"

"不客气，能为美女效劳是我的荣幸。"霍羿之阳光帅气地笑道。

两人一起将抢包贼扭送到了当地派出所处理。

从派出所出来，两人都走得很慢。

霍羿之终于鼓起勇气对裴雅芙说："如果说我们第一次见面叫巧遇，那第二次见面就叫缘分了。你的电话，能不能告诉我？"

"可以。"裴雅芙回答得很干脆，她也正想问他电话来着呢，"你的电话，能不能也告诉我？"

"当然可以。"霍羿之笑得很灿烂，露出八颗洁白整齐的牙齿。

裴雅芙也灿烂无比地笑了。

两人迅速交换了手机号码。

这一次，他们不想再错过了。

霍羿之送裴雅芙上公交车。

公交车太挤，裴雅芙就只能面对着霍羿之站在前车门位置。

两人微笑对视，挥手道别，眼睛都不曾眨一秒钟。

当车门徐徐关上，对方的脸逐渐被关合在另一个空间。

仿佛电影中的慢镜头，人影婆娑摇动，日光灼灼闪烁，风声沙沙作响，世界慢慢寂静到没有了声音。

彼此的眼中只有对方，彼此都能看到对方眼中深深的不舍。

这一别，何时再相见？

第二章

凤凰于飞

她从不相信，

星星会说话，

石头会开花，

可当他第三次站在她面前，

他说我喜欢你，

他热烈的呼吸吻痛她青春的眉骨，

她相信了穿过夏天的栅栏和冬天的风雪之后，

心愿终会开出洁白而盛大的花朵。

他们相拥着，

温暖成最纯洁的姿势。

凤凰于飞，

翙翙其羽。

有凤来仪兮，

见则天下安宁。

01

载着裴雅芙的公交车渐行渐远，直到消失在尽头，霍羿之也还是呆呆地站在那里看着，没有走。

"It's been a long day without you my friend..." 直到他的手机铃声响起，他才回过神来。

"喂。"他接了电话。

"喂，霍帅，你现在在哪儿呢？"手机里传出一个温和好听的男声。

"我现在在戊戌路的公交车站这里，你过来接我。"霍羿之对着手机说。

"好的，霍帅。"对方说完就挂了电话。

不到十分钟，一辆超酷的黑色路虎车便开到了霍羿之面前，这车既豪华上档次，又很 MAN。

车窗徐徐摇下，露出一张干净英俊、很有男子气概的脸，眼神温柔，笑容温暖，他的周身环绕着的，都是宁静安逸之气，在空气里慢慢氤氲，年纪看着跟霍羿之差不多大。

"上车吧。"他温暖地笑着对霍羿之说。

霍羿之敏捷快速地上了车。

"霍帅，我们现在去哪里？"温和男子握着方向盘徐徐开着车说。

"去离这里最近的一家健身中心吧，今天还没运动，真是一天不运动就浑身不舒服。"霍羿之捏了捏自己的肩膀说。

"好咧。"温和男子熟练地打着方向盘，掉转了方向。

他叫靳昭，今年二十七岁，可别误会他是霍羿之的司机，那么帅的人当司机太暴殄天物了。

他是霍羿之的好朋友、好兄弟，两人都是帅得不要不要的，但气质和性格大相径庭，比起能说会道、气场强大的霍羿之，靳昭的气质更加温和平实一些。

如果霍羿之是那束最耀眼的光芒，靳昭就愿意做光芒之后的影子。

"霍帅，你刚刚上车的时候留意你的车的外观没有？怎么样，洗得不错吧？"靳昭边开车边微笑着说。

听他这么一说，霍羿之特地打开车窗朝车外溜了几眼："嗯，是洗得不错，很干净，闪闪发光呢。谢谢你了啊，兄弟。"

"呵呵，你跟我客气什么，我们是好兄弟。"靳昭笑着说。

嗯，没错，这辆路虎是霍羿之的，靳昭刚刚是去帮霍羿之洗车了。

靳昭有一辆十万左右的比亚迪车，今天没开出来。

比起现在的家世财力，靳昭不如霍羿之。

"你说，我们休了多少天的假了？我感觉很久了。"霍羿之问靳昭。

"也不是很久，就二十多天啊。怎么，你又皮痒痒想工作了？"靳昭边开车边说。

"是啊，休假休久了好像也没什么意思，看来我果真是个劳碌命，哈哈。"说到最后，霍羿之自我取笑起来。

"你啊，是因为现在还没女朋友吧，如果有了女朋友，你肯定就会抱怨这假期很短了，恨不得天天休假了。"靳昭说。

"女朋友？我从来都不缺，只要我想要。"霍羿之突然有点儿痞痞坏坏地笑了起来。

"你说这话，不知道会让多少姑娘伤心呢。意思是，你现在不想要咯？"靳昭说。

霍羿之怔了一秒钟，脑子里闪过一张美丽精致的脸，随即大大咧咧地单手搂过靳昭的肩膀："别光顾着说我啦，也说说你啊，你现在想不想要女朋友咯？想要的话，我帮你介绍一个呀。我可是认识很多很漂亮的美女哦！"

"去你的！谁像你那么随便？"靳昭的俊脸有点儿红了，用手拿开霍羿之搂住他肩膀的手，"我对待感情可是很认真的，我只想谈一场以结婚为前提的恋爱。"

"哈哈，你真是笑死我啦，"霍羿之笑得前俯后仰的，"你是不是21世纪的男人呀？你今年都二十七岁了，还没谈过一场恋爱，我真没见过像你这么保守到顶的男人。你那个童子身到底准备留给哪个女人去破呀？哈哈哈……"

靳昭腾出一只握方向盘的手，去捂坐在副驾驶座上的霍羿之的嘴，微红着脸说："别说了，你这么大声嚷嚷干吗？你想让全世界都知道吗？"

"哈哈，害羞啦？"霍羿之推开他捂嘴的手，继续笑得没个正形儿。

两人就这样有说有笑地到了健身中心。

两人都脱了上衣，裸着上身健身，下身穿着宽松的裤子。

两人的身材都很健壮完美，八块腹肌，该有肌肉的地方都有，汗水像钻石般在上面晶莹闪耀，肌肉随着各种运动的幅度而优美地浮动，看得人移不开眼睛。

小麦色的肌肤，每一处都泛着健康的光泽，"肌"情路线走得那叫一个满分。

满满的男子气概，力和美的结合，一看两人就都是经常运动的人。加上爆表的颜值，两人无疑是这家健身中心的焦点，边上有不少健身的女生频频望他们，直流口水，还有花痴用手机拍照发到微信朋友圈。

02

裴雅芙回到 C 大后一直恍恍惚惚，坐在办公桌前备课都没什么心思，心情久久不能平复，脑子里一直想着霍羿之。

五点的下班时间一到，同事们都陆陆续续走光了，卫瑶边收拾东西边看着裴雅芙说："小雅，你在发什么呆？下班了，收拾东西，我们一起走吧，你的车不是送去 4S 店修了吗？正好，你跟我一起去坐校车回家。"

"啊，哦，下班了呀，"裴雅芙慢半拍地反应过来，"卫瑶，你先走吧，我……我还有点儿课没备完呢，我要晚点儿走。"

"那好吧，你备课也别太辛苦了，记得早点儿回家。再见。"卫瑶背起自己的挎包，跟她挥手。

"嗯嗯，再见。"裴雅芙也笑着跟她挥手。

卫瑶一瘸一拐地走了之后，这间办公室就只剩下裴雅芙一个人了，裴雅芙拍拍自己的脸，让自己清醒一点儿，在电脑前正襟危坐，开始认真而快速地备起还没备完的课。

以前，她从来不会这么拖拉工作的，今天下午老走神儿去想霍羿之了，所以才会这样。罪过罪过，阿弥陀佛。

半个小时之后，她终于备完了该备的课，伸伸有点儿累了的懒腰，左右扭动一下，然后就看到了自己放在办公桌上的手机。

她忍不住拿起手机，开始翻通讯录，翻来翻去，翻了几遍，都始终停在一个名字上面：霍羿之。

这里存的这一串数字，这么简单的 11 个数字，真的是霍羿之的手机号码吗？真的是那个让她心动不已的男人的联系方式吗？她只要轻轻动动手指拨过去，就可以听得到他如天籁般悦耳的声音吗？感觉好不真实。

今天早上的时候，她还以为她再也见不到他了，还为此黯然神伤了许久，没想到中午就毫无预兆地突然碰到了，他还主动问她要了号码。

老天爷真的是对她太好了。

她双手合十地向天叩了三叩，以示对老天爷的拜谢。然后又松开手笑起来，觉得自己好傻。

这都还没开始恋爱呢，她跟霍羿之现在还八字没有一撇呢，她的智商就开始下降了吗？这也太可怕了吧。

"他现在，在干什么呢？"裴雅芙单手托腮，看着手机上那一串号码，呆呆地想。

犹豫再三后,裴雅芙终于还是忍不住鼓起勇气拨通了霍羿之的电话。

当霍羿之的电话铃声响起时，他正在一架二头肌训练器前起劲儿地做拉伸运动，额头上和身上都是汗，衬得他小麦色的肌肤更加漂亮，肌肉立体分明，有着说不出的性感迷人。

他的手机放在比较远的一个架子上。

"霍帅，你手机响了，还不去接？"在另一架训练器前做运动的靳昭提醒他。

"知道了。"霍羿之停下运动，从二头肌训练器上下来，拿起放在不远处的一条白色毛巾擦了擦额头上要掉下来的汗珠，然后将毛巾直接挂在脖子上，拿起一瓶水大灌了几口，便不急不慢地走到手机旁，抓起手机，整个人靠着架子，接了起来。

"喂，裴小姐。"霍羿之接电话的声音里带着惊喜，他刚刚看了来电显示，很意外她这么快就打电话给他了。

"哈，不用这么见外叫小姐小姐的，你叫我雅芙就好。"裴雅芙在电话里笑着说。

"呵呵，好的，那你也别叫我什么先生，叫我羿之就好。"霍羿之阳光地笑着说，边说边又用脖子上的毛巾擦了一把汗。

日光透过左侧大大的落地窗和透明顶棚，洒在他光裸着的上身和脸上，那流着汗的肌肉就是活生生的雕塑作品。

汗珠、肌肉线条和光线的组合呈现出别样的生动和健美，带着一种蛊惑力。

裴雅芙此刻看不到这些，她不知道此刻流着汗、裸着上身接电话的霍羿之有多么的性感迷人，否则，她一定会出现在健身中心了吧。

"好的。你现在，吃晚饭了吗？"裴雅芙问。

"还没。怎么，这么关心我，你难道是想请我吃晚饭不成？"霍羿之坏坏地笑起来。

"是，也不是，是想请你吃晚饭的，但不是今天，我打电话给你，是想请你明天吃晚饭，就是为了感谢你帮我抢回了包。所以，不知道你明天晚上有没有空？"裴雅芙很认真地在电话里说。

其实她很紧张，握着手机的手都冒出了细细的汗。屏住呼吸地听着电话，生怕他会拒绝。

上一次主动邀请男人吃饭，还是几年前的事情了吧。

"有空，当然有空，我现在就有空，不如现在就见吧，不用等到明天晚上了。"霍羿之居然不假思索地脱口而出，"不过是我请你，哪有让美女请客的道理。"

"好。"裴雅芙干脆地回答。能早一天见到他，有什么不好的呢？

"那行，四十分钟后，我们在江新路的帕戈意大利餐厅见面，如何？"霍羿之说。

"好，没问题。那待会儿见。"裴雅芙开心地说。

"待会儿见。不见不散。"这时候，霍羿之的声音已经变得很温柔。挂了电话后，两人都有点儿激动。

裴雅芙连忙关了电脑，手忙脚乱地跑到洗手间去补妆。

霍羿之连忙关掉健身器材，跑到休息室去冲凉，哪管靳昭在后面抱怨地喊："喂，你这是要去跟美女吃饭吗？你不是答应了要跟我去吃饭的吗？你这个见色忘友的家伙。"

03

因为小车送去修了，校车也早就走了，裴雅芙只好坐公交车，正值下班高峰期，路上的堵车让裴雅芙急坏了，不停跺脚，她在公交车上被挤得像柿饼似的，不过她还是比霍羿之更快地到了帕戈意大利餐厅。

霍羿之哼着歌、迈着轻快的脚步快走到餐厅时，接到一个电话，他的脸色迅速变了，变得很严肃。接下来，他脚步有点儿沉重地缓慢走进了餐厅。这时候，裴雅芙已经在餐厅里等着他了。

她满心雀跃地看着玉树临风的霍羿之向她走近，她从椅子上站起来，笑得无比欢喜温柔："你来了。"

"嗯。"霍羿之冲她帅气阳光地笑，这笑却似乎带了一点儿勉强的味道。

接着，他掏出几百元饭钱放在桌子上，对她说："我很想陪这么漂亮的你共进晚餐，但是很抱歉，临时有工作任务不得不取消这次约会。你自己一个人吃吧，下次我一定陪你吃。车子已经在外面等我了，我不得不走，拜拜。"

裴雅芙原本欢喜的心一下沉到谷底，她深感失望，但她不是个无理取闹的人，她只得说："那……好吧。我送你到门外。"

她将霍羿之送到餐厅外，看到路边停着一辆巨型的墨绿色军用特种车，很威武、很拉风，气势磅礴，她根本叫不出车的名字。

霍羿之上了车，裴雅芙一直依依不舍地看着他，两人的目光交织，大风刮起，气流也变得缠绵悱恻。

霍羿之一时下不了决心关车门。

在这个秋光微现的九月，在喧嚣热烈的大街旁，后面是一栋一栋鳞次栉比的繁华建筑物，餐厅和商场外的霓虹灯光斑斓闪烁，路人或马路上的车辆像布景般穿梭而过，不知道哪家音像店里传来的柔软的情歌声飘荡在大街上，风声隆隆，发丝招展，霍羿之和裴雅芙无言地深深对望，仿佛在电闪雷鸣的一刹那，看到了亘古洪荒和地久天长。

心脏感觉被什么东西击中了，霍羿之突然冲动地跑下车，旋风般冲到裴雅芙面前，捧住她的脸，动情地亲吻了一下她的嘴唇，然后他深情无比地对她说："我爱你。我在飞机上看到你的第一眼就对你一见钟情了。告诉我，你对我是一样的感觉吗？"

裴雅芙的心头炸起了雷，这是怎样惊心动魄的时刻，幸福来得太快了。

她被他的这个猝不及防的吻和告白搞晕了，已经无法思考，本能地晕晕乎乎点头。

霍羿之的眼里闪现惊喜的光芒。太好了，她的心跟他是一样的。

他激动地一把抱住她，在她耳边说："等我回来。"

然后他飞速跳上车，拉上门，车子旋风般开走了。

裴雅芙怔怔地站在原地，目送车子走了好久之后，才反应过来。她用力掐了一把自己的脸："啊，好痛！"

"原来是真的，这一切都不是幻境。"裴雅芙一个人站在那里，灿烂美丽地笑了，笑得无比幸福、开心。

路人看她一个人在那里傻笑不止，还以为她脑子有什么毛病。

04

C大钢琴专业的室内乐重奏课，正在数码钢琴教室里上着。

一排一排整齐的钢琴摆在教室里，一位四十岁左右的中年女老师在讲台上滔滔不绝地讲着，用投影仪和PPT讲课，有话筒，讲台上还有一架钢琴，在教学知识里需要运用到钢琴的时候老师会随手弹几下。

每个同学面前都摆着一架钢琴，钢琴顶盖上摆着乐谱，大家都戴着耳机，这样琴声都是从耳机中传出，不会影响到别人。

"同学们，这节课我要讲的内容是关于钢琴室内乐的。钢琴室内乐直接一点儿说，就是小型重奏形式，比如说舒伯特的《鳟鱼》钢琴五重奏，就是典型的钢琴室内乐。并不是只有钢琴，而是含有钢琴的重奏。"

"钢琴室内乐一般是培养一种合作的能力的，并且在合作中找到自己的定位又不失去自我，而且对于整个音乐素质的培养有很重要的作用。四手联弹就是很典型的一种应用。大家可要认真听了。"钢琴老师在上面跟同学们讲课。

"老师，请问什么叫四手联弹呀？"有个学生在下面举手发问。

钢琴老师微笑着认真回答："简单说来，四手联弹就是由两个人共同在同一台钢琴上合作演奏的一种表演形式，这种形式在共同学习、合作的过程中，可以培养良好的音乐表现力。"

接下来，她开始讲关于钢琴四手联弹的各种知识，大部分同学在认真听课，裴妙瑜和霍良景却在闹腾。这两人一见面就势不两立的感觉，两人坐前后桌，霍良景坐后桌，裴妙瑜坐在他的前面。

这个地理位置对霍良景太有利了，他怎么可能放过修理裴妙瑜的机会，他不是扯她头发就是在她后背的衣服上画图案。

裴妙瑜气死了，趁老师不注意时，时不时转过头去打霍良景几下。

他们俩的小动作搞多了之后，终于被钢琴老师看到了，当钢琴老师的视线转到霍良景时，他正抓起一本书去还击裴妙瑜，对着她的脑袋就要敲下去。

"霍良景！"钢琴老师生气地喊。

"是，老师。"霍良景举着书的手定格在半空中，赶忙收回来，从座位上站起来。

钢琴老师盯着他，用手指拨一下自己鼻梁上的黑框眼镜，说道："请你复述一遍我刚刚讲的内容。"

完啦，霍良景瞬间觉得头大，他刚刚什么都没听，只顾着去修理裴妙瑜了，怎么可能知道老师刚刚讲了些什么内容。

他答不上来，该怎么办？不行，得找个救兵。于是，他狗急跳墙般，在桌子底下踢前桌的裴妙瑜，示意她帮忙。

裴妙瑜哪里不知道他踢她的用意，可她刚才也没有听讲呀，她自己也不知道，所以她没法回应霍良景，没法帮他的忙。然而，霍良景并不清楚她没听，以为她还没懂他的示意，不怕死地一个劲儿继续在桌子底下踢她。

裴妙瑜被他踢烦了，就忍不住转过头大声说："你别踢了，我也不知道，我的脚都要被你踢成红萝卜了。你刚刚没听，我也没听，你这个傻缺！"

霍良景闹了个大红脸，尴尬不已，全班哄堂大笑。

钢琴老师气坏了，指着他们俩的鼻子骂："你们俩上课这么不专心，那来上课是干吗的？才开学没多久就这样，那以后还怎么得了？你们的父母交这么多学费送你们来读大学，是让你们来学知识的，不是让你们来玩的。养不教，父之过。教不严，师之惰。你们两个，必须受惩罚，以儆效尤，要不以后其他同学都会学你们的坏样子。"

"啊？要受惩罚？不是吧？"裴妙瑜一脸的黑线。

"老师，我知错了，就别惩罚了吧？才开学就惩罚惩罚的，不吉利吧？"霍良景也是一脸的黑线。

"闭嘴！霍良景，你还敢跟我讨价还价？没得商量！"钢琴老师大声说。

"霍良景、裴妙瑜，你们俩听好了，惩罚就是，安排你们俩组队做四手联弹，弹巴赫的A大调奏鸣曲，给你们一周的练习时间，下周的这个时候当着全班同学的面回课，如果回不好就大扣学分。"

"啊？"听到这个惩罚，两人面面相觑，一脸惊恐状。

"什么？巴赫的A大调奏鸣曲？那曲子好难的，还是四手联弹，这下他们俩死定了。"下面有同学小声议论。

"老师这招好狠啊。"还有同学这样偷偷议论。

"其他同学也都听好了，如果你们上我的课胆敢不专心、做小动作，但凡被我抓到了，你们的下场就跟霍良景和裴妙瑜一样。"钢琴老师当着全班同学的面，很严肃地说道。

下面立马安静下来了，鸦雀无声，大家都不敢议论了，都低着头，他们真是怕了这老师了。

"霍良景，都怪你！要不是你上课时总是捉弄我，我怎么可能会听课走神儿？"

"裴妙瑜，我还要怪你呢，要不是你开学那天把我额头砸出血了，还怂恿高一届的师兄打我，我怎么可能会捉弄你？"

一下课，两人就相互埋怨。

"总之，霍良景，都怪你！本来我不会被老师惩罚的，你自己答不上问题干吗要踢我？你脑袋有毛病是不是？我全是被你连累的。"

"怪你！裴妙瑜，你干吗碍眼地坐我前面？你干吗之前得罪我？哈哈，老师惩罚你惩罚得好，我就算死了也得拿你做垫背！哈哈哈。"

课余时间，两人在钢琴房里练习时，也是这样相互埋怨。

"哎呀，这个四手联弹作业真是太艰巨了，可把我给愁死啦。"裴妙瑜趴在钢琴上一脸愁苦。

"是啊，这首曲子太难了，我也愁得下巴都要掉下来啦。"霍良景翻着有巴赫的 A 大调奏鸣曲的那本乐谱，翻得哗啦哗啦地响。

"都怪你！你就是个大浑蛋！"

"都怪你！你就是个大傻妞！"

"怪你，怪你！我怎么可能跟你这种人一起组队做四手联弹呀？想想就恶心。"

"怪你，怪你！你以为我愿意跟你四手联弹？我呸呸呸。我也就是被逼上梁山的好汉而已。"

"哎呀，我们俩还是别怪来怪去的了，怎么怪反正任务摆在这里，总要练完的，还是将斗嘴的时间用在练习上吧。"

"好吧。"

于是，两人正经地坐到钢琴凳上，开始硬着头皮一起埋头练习。

"裴妙瑜，你这个调弹错了。"

"我知道啦，不用你提醒，你还说我，你连着三个调都错了。"

"哎呀，霍良景，你碰到我的手指了，真讨厌。"

"你嚷什么嚷？四手联弹，两个人的手都在这架钢琴的琴键上，难免碰到。你以为你的手指是玉做的呀？那我的还是金子做的呢。矫情！"

钢琴房里传出参差不齐的难听的练习声，还有这两个人叽叽歪歪的斗嘴声。

练习了一个半小时之后，霍良景停下弹奏，摸了摸自己扁扁的肚子说："我肚子饿了，我要去吃晚饭了，今天就练习到这里吧。"

"那你吃完饭后还练不练？我们可只有一周的时间呀！"裴妙瑜说。

"看心情咯。"霍良景合上乐谱，从钢琴凳上跳起身，抱着乐谱就摇头晃脑地往钢琴房外走。

"什么看心情？吃完饭后必须过来接着练。"裴妙瑜盯着他大声说，"一个小时的吃饭时间够了吧，我七点半在这里等你哦，练到晚上九点吧，反正我们读大学都是寄宿，你又不用赶着回家。你可能对于学分无所谓，我可是很看重的，我不想被扣学分。"

"你这个死丫头，你以为你是谁？敢这么跟我说话。晚饭后我不来练习了你又能把我怎么样？"霍良景不喜欢她这种命令的口气，转转地看着她。

裴妙瑜二话不说，冲上前就往他的大腿部位摸去。

"啊，非礼啊，非礼啊！非礼良家妇男！"霍良景像只猴子一样跳起来，他被她这个突然的举动吓坏了。

"你叫什么叫？我就是从你裤子口袋里掏个手机而已。"结果，她真的只是掏个手机，他的裤子口袋是比较贴近大腿，才引起了误会。

她迅速把自己的号码存进他的手机，又用他的手机给自己打电话，将他的号码也存进了自己的手机。

看他手机上的微信没关，她又顺手扫了他的微信二维码，加了他的微信。

"你干吗？"霍良景反应过来夺过自己手机，但迟了，该做的她都做了。

"你如果晚饭后不来练习，我就一直打你的电话，一直给你发微信，不停地骚扰你，直到你来为止！哈哈！"裴妙瑜得意地晃着自己的手机，对霍良景说。

"你这个女神经、女疯子！"霍良景咬牙切齿地骂她，拿起手机刷微信，看到她加了自己，他忍不住好奇地翻了一下她的朋友圈。

一翻就开始嘲笑她："哈哈哈，女疯子，你的朋友圈全是自拍呀，自恋狂，都丑死啦，还自以为倾国倾城。"

"哪里丑啦，别人都说我很漂亮，是你眼瞎！"裴妙瑜撇撇嘴，也开始翻霍良景的微信朋友圈。

然后她也开始嘲笑他："哈哈，你的脑子是不是进水了，你的朋友圈全是复制别人的心灵鸡汤，你还有没有一点儿自己的思想啦？哈哈哈，你以为这样就很有内涵了？知不知道鸡汤喝多了也会营养过剩的？难怪你现在这么蠢！"

"你才蠢呢，死丫头，不想理你了，我吃饭去了。"霍良景气鼓鼓地跑出钢琴房了。

"霍良景，你给我站住，我也要去吃饭的，不如一起吧。"裴妙瑜追出去。

"女鬼，你赶紧走开，别阴魂不散了！"

"霍良景，你别跑！"

"救命啊，救命啊，光天化日之下强抢良家妇男呀……"

05

距裴雅芙和霍羿之上次在餐厅分别五天之后，霍羿之执行完工作任务回来了。

他怀着满心的欢喜和期待去 C 大找裴雅芙。

此时，裴雅芙正在教室给学生们上课。上的是公共课——语文课。

她上课的时候很有魅力，发着光。她一边讲课，一边在黑板上龙飞凤舞地写字，还时不时叫学生起来回答问题，跟学生风趣互动，还优雅地给学生念好听的诗。

学生们都很喜欢这个既长得美又讲课好的老师。

台下的学生里也有裴妙瑜和霍良景。

裴妙瑜用手机偷偷照了张裴雅芙上课的照片，然后在课桌底下发朋友圈，在朋友圈里嘚瑟地写："你们说，我姐上课的样子美不美？"

后面马上有很多点赞和留言。

霍良景留言道："美呆了、美翻了、美炸了！你姐是女神，你却是女神经，我真怀疑你们俩是不是一个妈生的。"

裴妙瑜马上回复，反击他："滚滚滚！狗带！你才是女神经！不，男神经！"

霍羿之玉树临风立于教室窗外，静静看着给学生上课的裴雅芙，眼里是藏不住的温柔和笑意。

有句话是怎么说的来着？认真的女人最美丽。此时此刻，用这句话来形容裴雅芙，最是恰当不过了。

她讲课时的一举手、一投足，都像舞蹈般，声音清亮沉着，每吐出的一个字都带着知识的力量，笑容亲和迷人，浑身上下都透露着优雅、高贵、自信和知性美，学生们的目光都牢牢地锁定在她的身上，她自带吸铁石功能啊。

不由自主的，霍羿之被这样光芒四射的裴雅芙给倾倒了。

直到她下了课，学生们走散之后，他才敢去打扰她。

"啊，羿之？你怎么来了？你怎么知道我在这所大学工作？"裴雅芙看到他，非常惊喜，同时又有点儿害羞，她想起了上次那个告白之吻。

"帮你抓抢包贼的那天，你检查包里的物件的时候，我不小心看到了你的工作证。"霍羿之阳光地笑着说。

"哦，这样啊，你的眼睛可真尖。"裴雅芙轻笑，"你的工作任务结束了？"

"嗯，结束了。你待会儿还有课吗？"霍羿之抬起手腕，看看手表上的时间。

"没课了，现在已经下午五点钟了，我们到下班时间了。"裴雅芙回答。

"那……"霍羿之深情地看着她，轻轻牵起她的手，"美丽的小姐，我们去约会吧。"

手掌的肌肤相触，他略带粗糙的大手包裹住了她的小手，裴雅芙一阵脸红心跳。

"嗯。"她娇羞点头。

自从上次在餐厅门外，霍羿之突然吻了她，并跟她告白，她点头了，从那时候起，两人的关系其实就已经变成了恋人关系，那么，约会自然就是顺理成章的事情了。

霍羿之牵着裴雅芙的手穿过C大校园，来到了校门口，他那辆威风凛凛的黑色路虎车就停在那里。

"送你的。鲜花配美人哦。"霍羿之从路虎的后备厢里拿出一大束红艳欲滴的玫瑰，迷人地微笑着递给裴雅芙。

"哇，好漂亮的玫瑰花呀，谢谢你。"裴雅芙惊喜无比地接过玫瑰，紧紧地抱住它，美丽白皙的脸蛋儿都被这玫瑰给映红了，内心的欢愉无限放大。

女人真是单纯可爱的动物，只需要一捧玫瑰，就可以让她的心里开出一朵花。

"美丽的雅芙小姐，请上车吧。"霍羿之绅士地打开车门，做出一个"请"的姿势，让裴雅芙坐进了副驾驶座。

他自己坐上驾驶座，轻柔地帮裴雅芙系好安全带，也系好自己的安全带，然后熟练地发动了路虎。

裴雅芙怀抱着香气扑鼻的玫瑰花，深深吸了一口花香，然后一脸幸福甜蜜地看向自己的男朋友："我们去哪里约会？"

"去上次那家餐厅，完成我们上次未完成的约会。"霍羿之握着方向盘，一脸宠溺地看着她。

"好。"裴雅芙温顺地回答。

霍羿之将路虎平稳地开到了上次那家帕戈意大利餐厅。

裴雅芙把那束玫瑰花放在车内，霍羿之帮她解开安全 带，帮她开车门，牵着她下了车。

霍羿之温柔地牵着她走进餐厅，选了一个靠窗的好位置。

真好，这次不再是她一个人吃了。

他们俩边吃边聊，聊了很多。

"对啦，弈之，你今年多大了？"聊着聊着，裴雅芙突然想到了一个年龄问题。

"我今年二十六岁。"霍羿之照实回答。

"啊，跟我同岁？这么巧。"裴雅芙有点儿被吓到，"你几月份的呀？你不会比我小吧？"

"怎么了？如果我比你小，你准备要怎么办？难道要分手吗？"霍羿之突然起了恶作剧之心，坏笑着看着她。

"有可能哦，我好像无法接受姐弟恋。"裴雅芙半开玩笑地看着他说。

"嘿嘿，那可晚啦，你既然招惹了我，可没那么容易甩掉我哦！"霍羿之用力握住裴雅芙放在桌子上的手。

"正经一点儿，别开玩笑了，快点儿告诉我，你几月份的。"裴雅芙有点儿严肃地说。

"你几月份的？"霍羿之反问她。

"我八月的。"裴雅芙如实回答。

"那就不用担心啦，妹子，我比你大呢，我三月份的，比你大足足五个月，你要叫我欧巴，这下你可以放心了吧？"霍羿之笑得很灿烂。

"哦，你三月的，那就好，那就好。"裴雅芙松了一口气。

"那你交过几个女朋友？"裴雅芙又抛出了一个问题，这个问题有点儿劲爆。

霍羿之伸出左手的五个手指头，不够，又伸出右手的一根食指。

"六个？"裴雅芙睁大漂亮的眼睛看着他。

"是的。"霍羿之很坦然地点头。

"oh，my god！你居然在我之前交过六个女朋友？你怎么可以交那么多？"裴雅芙有点儿不爽加吃醋了。

"那我就是你的第七任了，那我跟你的那些前女友可以组成一队葫芦娃了。"裴雅芙脸上的表情有点儿不好看了。

"没错，葫芦娃刚好是七个，哈哈，你这比喻真逗。"霍羿之笑了起来。

"霍羿之！你还笑得出来？"裴雅芙瞪着眼睛看着他，"你之前交过那么多女朋友，这是不是代表着……代表着你有点儿花心呀？"

霍羿之很淡定地跟她解释："我不花心。我这个年龄，我又这么有魅力，谈过六个不算多了，我是很诚实的。那些说自己只谈过一个或两个或三个的男人，基本都是假的，你不要信。如果我想骗你，我也可以说我只谈过一个或两个，但因为我爱你，所以我不想骗你。"

裴雅芙看着他真诚又深情的漂亮眼睛，那么有魔力地吸引着她，她相信了他说的话，她不好说什么了，心里的不爽也慢慢消退。

"好，羿之，你既然对我这么坦白，那我也坦白地跟你说说我的恋爱经历。"裴雅芙喝了一口鲜榨果汁，说道。

"愿闻其详。"霍羿之喝了一口柠檬水，表现出很有兴趣的样子。

"在遇到你之前，我只谈过一段恋爱，有过一个男朋友。"裴雅芙说。

"我猜你也就一段，我猜对了。那就是初恋咯？"霍羿之说。

"嗯。"裴雅芙点头。

"初恋谈了多久？"霍羿之问她。

"谈了很久，谈了六年。我十八岁读大一的时候开始谈的，二十三岁分手的。"说到这里，裴雅芙的眼神慢慢暗下去，好听的声音里开始染上一丝哀伤。

"那你们为什么会分手？"霍羿之问。

"是他甩的我。我被他嫌弃了，他嫌弃我跟不上他成长的脚步，无法与他势均力敌。他跟我提出分手之后，马上就找了一个跟他势均力敌的女人做新女友，还把她带到我面前来了。我很惨吧？"裴雅芙说。

"是啊，很惨，你那个前男友是个不负责任的渣男呀。"霍羿之很心疼她。

"他也没什么错，谁不想找个更好的，我以前确实不出色，通过感情的失败才成长起来。刚分手的时候我也曾痛不欲生过，消沉了好长一段时间，所幸早就振作起来了，那些伤痛都过去了。"裴雅芙此刻的眼里，是云过风停的淡然。

"雅芙，你可真是中国好前任呀，分手了都不会说对方坏话的。"霍羿之开玩笑地说道。

"哈哈，是吗？"裴雅芙轻笑起来。餐厅的灯光如琉璃般剔透，洒在她光滑精致的脸上，她的瞳眸是水的颜色，美得像一幅油画。

"那我们俩算势均力敌吗？"霍羿之轻柔地握住裴雅芙放在餐桌上的手，问她。

"现在看着好像算，但我还不知道你的职业，不知道你是干什么的，不知道你的职业会不会让我们俩有悬殊？"裴雅芙说。

"绝对是正经职业，也配得上你这个大学老师的身份。"霍羿之很有自信地笑着说。

"那到底是什么职业？"裴雅芙好奇地问。

"哈，下次再告诉你吧。有时，适当保持点儿神秘感好，如果一次都聊透了，以后就没得聊啦。"霍羿之神秘地粲然一笑。

"哈哈，那好吧，那我现在就开始期待下一次的约会啦。"裴雅芙也粲然一笑。

"贪心的女人，先别期待下次，先把这一次的约会认认真真约完。"

"嘻嘻，好吧。"

06

在帕戈意大利餐厅用完晚餐后,裴雅芙和霍羿之去了电影院看电影。

在黑漆漆的电影院，两人和别的小情侣一样，捧着爆米花和可乐看浪漫爱情片。

当爱情片里放起男女主角缠绵接吻的片段，气氛开始变得暧昧，空气里好像点了一把火一样开始升温。

裴雅芙的脸有点儿发烫，而霍羿之也没法淡定了。

软玉温香就在身侧，他能闻到她身上淡淡的香水味，像空谷幽兰般，萦绕在鼻尖挥之不去，好闻至极，挠得人心痒痒的。

他忍不住像电影男主角一样，一伸手就将裴雅芙搂进了怀里，然后低下头去，无声地吻住了她美丽的嘴唇。

虽然电影院里坐满了人，但黑漆漆的没人看得见。

裴雅芙在黑暗中感受到霍羿之柔软温热的嘴唇，还有他身上淡淡的带着男人气息的清香味，她先是有点儿被吓到，蓦地抓紧了他的衣襟，随后，他嘴唇的温度迅速传染到她，她闭上眼睛，松开手，开始慢慢地温柔回应他。

霍羿之这次的亲吻可不是像上次一样蜻蜓点水浅尝辄止了，他的嘴唇在她的唇畔缠绵游走，逗弄吸吮她，让她微微张开了自己的嘴，霍羿之迅速灵敏地进去，加深了这个吻，她的口腔里逐渐被他的味道填满。

裴雅芙娇美的身体慢慢变得柔软，她的嘴唇像泉水一样清甜，像花瓣一样芬芳。

霍羿之深情地吻着她，越吻越着迷，越吻越舍不得放开她。

而她，对于他高超的吻技完全无法抗拒，也很配合地深情回应着他。

两个人的心里都只有彼此，其他在黑暗中看电影的观众仿佛都不存在了，电影现在在放些什么他们也根本不管了。

终身所约，永结为好，琴瑟再御，岁月静好。

只愿时间停在这一刻，与你分享，无论天涯海角，我们也不会擦肩而过。

这一小撮的时光，就像被施了魔法一般，在之后的很长一段时间里，都盘旋于裴雅芙的梦境之中。

"It's been a long day without you my friend..." 正当两人吻得难舍难分的时候，霍羿之的手机铃声急促刺耳地响了。

接吻中断，霍羿之放开裴雅芙，忙拿着手机按了接听键，对裴雅芙说："抱歉，我出去接个电话。"然后便飞快地起身走了。

等霍羿之接完电话回来，他的手里多了一捧玫瑰花，裴雅芙即使是在黑暗中也能感受到他不大好的表情，心里涌上一种不好的预感。

果然，霍羿之看着她，沉默了片刻后，缓缓地对她低声说道："非常抱歉，又有了临时工作任务，不得不现在离开。这是你放在车内的玫瑰花，我拿过来给你，你自己带回去，我要开车走了。"

裴雅芙感觉自己的心急速往下坠，她没有接那捧玫瑰花，霍羿之将玫瑰花放进她的怀里。

她很不舍地拉住他的手："陪我看完这场电影再走，不行吗？"

"对不起，不行！时间很紧！"霍羿之略显艰难地拿开她拉住他的手。

然后他起身："我走了，拜拜。"迅速地消失在了电影放映大厅的门口，只剩下那个空空的座位，上面残存着他的体温，慢慢挥发掉。

裴雅芙呆呆地坐在座位上，看着霍羿之消失的那个方向，她像一个被拔掉插线的木偶，一动不动地坐在黑暗里。

所有的动作和声音都消失，只剩下失望和难过，在心里流淌。

她把怀里的玫瑰花放在了霍羿之刚刚坐过的那个空椅子上。

"真是的，我太小气了，弈之是去工作，没办法的，他也不想这样，为什么不能理解一下他呢？"随即，裴雅芙在心里这样开导自己。

可是这样的开导还是无法阻止她的心情变得糟糕。

上一次约会是突然中途离开，这一次约会还是突然中途离开。已经两次了。

那工作电话也真是的，早不来，晚不来，来得这么不恰当，就不能让他们有一次完整的约会吗？给他打工作电话的领导一定是单身狗，见不得别人双双对对的甜蜜。

话说，他到底是从事什么工作的。这么神秘。

裴雅芙一个人坐在那里，郁闷地抱着爆米花狂吃，像只老鼠一样嚼得"嘎吱嘎吱"响，一边吃，一边睁大眼睛看电影。

虽然早已经没有什么心情看电影了，但是历来以节俭为美德的她，不想浪费电影票，还是坚持着一个人看完了那场电影。

"我怎么总感觉，自己少拿了点儿什么东西。"一个人坐地铁回到家后，裴雅芙在自己的房间里走来走去，摸着自己的后脑勺，不住纳闷儿地嘀咕。

"姐，你看，我今天在回家的路上，碰到一个卖玫瑰的小女孩儿缠着我，我看她挺可怜的，就买了一朵，十块钱，怎么样，漂亮吧？"裴妙瑜突然抱着一个花瓶进来了。

虽然读大学了都是住校，但因为C大离她家近，裴妙瑜经常会回家来住。

裴雅芙看着花瓶里插的那朵玫瑰花，突然一拍脑袋，恍然大悟："我知道啦，我忘了拿那束玫瑰花，我的天哪。瞧我这记性。"

她终于想起来了，霍羿之送给她的那束玫瑰花，她放在霍羿之坐过的空椅子上，因为心情不佳，等电影一结束，她就恍惚地跟着人群走出电影院了，也没有低头看椅子上的玫瑰花，彻底忘了玫瑰花的事情。

惨啦，惨啦！现在都这个点了，电影院应该关门了。那束玫瑰花一定被电影院的清洁人员当作垃圾处理掉了，真是福无双至，祸不单行呀。

"忘拿什么玫瑰花？姐，谁送你玫瑰花啦？"裴妙瑜睁大清澈晶亮的眼睛问。

"啊？什么玫瑰花呀，我刚刚有说玫瑰花吗？哦，我刚刚是在夸你这朵玫瑰花漂亮呀，真漂亮。你快拿出去给爸妈也欣赏一下吧，我要睡觉了。"裴雅芙边装糊涂，边把裴妙瑜推出了房门，"啪"地关上了房门。

关上房门后的裴雅芙，马上变成了一张苦大仇深的脸。

"啊啊啊，怎么回事？我这记性，简直是被狗吃了！"裴雅芙抓着自己的头发，烦躁地咆哮，然后把自己狠狠地摔进了柔软的大床里。

"我的玫瑰花呀，我漂亮的玫瑰花，那么一大捧呢……"她将头埋在枕头底下，无不可惜地哀号。

这捧玫瑰花是霍羿之送给她的第一份礼物，玫瑰花遗失了，就像星星身上丢了一颗重要的光珠，星星的光芒从此不会再那么耀眼。

这是不是预兆着，他们俩初生长的爱情也会黯淡下去？

第三章
三叠阳关

他去过她工作的大学，

听过她讲的课，

吹过她吹的风，

牵过她柔软的手，

算不算了无遗憾了？

他很想说，

他终将爱她如生命，

可她，

只留下一个寂静的背影。

离开永远比相遇容易。

只能种更深的铭记，

去温柔地埋葬那一段清音流年。

三叠阳关声堕泪，

花自飘零水自流。

01

第二天，早晨，C大校园。

地面湿漉漉的，源于昨晚下了一场小雨，空气里散发着一股清淡的草香和泥土香。

今天的天气好像不大好，天空还是灰蒙蒙的一片，没有一点儿温和的光线，有点儿冰冷的气氛。

湖畔的草丛小径上，那些绿绿的小草上还遗留着一些未及滴入到地下的雨珠，这些雨珠纯白明亮，晶莹剔透，发着迷人的光彩。

校园里一字排开的葱葱郁郁的树上，传来各种不同的鸟叫声，叽叽喳喳的，悦耳动听。

教学楼里，间间教室都是黑压压的一片脑袋，同学们开始上早自习了。

从外面望向格子一般的C大办公楼窗里，有些老师在办公室里认真工作，有些老师在办公室里交头接耳地讨论着什么，有些迟到的老师才刚来，忙着放包、开电脑、倒水喝。

有一间窗内，一个身形和面容姣好的女子亭亭玉立于办公桌前，对着一个落座的领导模样的西装男子，在神情激动地说着什么。

这就是裴雅芙，一大早的，她正在跟领导进行一场不愉快的交谈。

她的领导叫董振钦，是C大的教导主任，今年三十一岁，比裴雅芙大五岁，未婚，头发梳得油光可鉴，穿得人模狗样的，一身名牌，五官精致，保养得宜，可谓是有颜、有钱、有权、有地位，但性格和人品就呵呵了，实乃霸道狂妄的钻石王老五一枚。

"董主任，请您告诉我，为什么？为什么这一次我又没评上副教授职称？这已经是第四次了。在当初递交评选材料的时候，您明明跟我说了我这次很有希望的。您今天无论如何一定要给我一个说法，否则我死不瞑目。"裴雅芙大声冲董振钦说，声音难掩不悦和激动。

她今天一大早来 C 大上班，就收到了副教授职称评选落选的结果，她怎么都想不通，明明自己各方面的条件都达标了，实在是忍不住了，脑门儿一热，就冲进教导主任的办公室来讨说法了。

"你吵什么，吵什么？你堂堂一个硕士研究生，怎么这么没教养？声音要这么大吗？你是唯恐别人听不见吗？我的耳朵都要被你炸聋了！我跟你说，首先你这态度就不对。就瞧你这样，不落选才怪呢！"董振钦的表情不大好看，皱着眉头瞪着裴雅芙。

"不是……主任，我落选了的话总得有个说得过去的理由吧。我前前后后总共参加了四次副教授职称的评选，每一次我都是很认真努力地准备的，该要的论文等硬件条件一样都没少。"裴雅芙尽量将自己的声音和情绪保持得平静一些。

"四次怎么了？四次又不多。你的心理素质太差了，这么一点儿小小的挫折就受不了了，你真的有失我们 C 大老师的风范。要胜不骄，败不馁，越挫越勇。你没评上，肯定是你自身的原因，你不如同期参选的人，你要自我好好反省，怪不得别人。"董振钦说。

"我自身的什么原因呀？主任，还请您明示。要不然我怎么知道该从哪个方面去反省啊？您上次明明说我的条件都达标了，怎么会不如同期参选的人？同期参选的到底有哪些人？能不能把名单给我看看？"裴雅芙想打破砂锅问到底。

董振钦突然生气地一拍桌子，站了起来："你有什么资格看名单？裴雅芙，你怎么那么愚钝？偏偏什么都要我说得很透才明白吗？真是孺子不可教也。"

然后是一副不想理她了的样子。

"啊?"裴雅芙一头的雾水。

"第一次参与副教授职称评选落选,是说我的评选条件没达标,能力还不够;第二次是说我太年轻,机会应该让给年老的长辈;第三次是说我没有眼力见儿,不会搞人际关系,没有给评定委员会的人送礼;这第四次,主任您一直说非我莫属的,结果我左盼右盼,却等来的是这个结果。恕我愚钝,我真的不明白。"

"不明白就别明白了,你给我马上出去,我看到你就烦!"董振钦吼着,边吼边用手指指着门外,示意让她出去。

"我不出去!没弄明白,我今天就不会踏出这道门!"董振钦的吼声把裴雅芙的牛脾气也激起来了,"您这么支支吾吾地 直不愿跟我言明理由,是不是有什么见不得人的黑幕?"

"什么黑幕?你说话注意点儿。这次没评上,以后还有机会,你何必这么大动肝火?人家家境优越,所以就把这个名额让给她了。"董振钦脱口而出,终于把事实说出来了。

他本来不想说这么透的,这毕竟也不是多光彩的事情,当面说太明白的话就尴尬了,稍微有点儿脑子的人就能猜到原因了,没想到这个女人这么倔,这么死脑筋,这么不开窍,硬是逼得他要这么直白地说出来。

裴雅芙听到这个真相,当即脑袋就"嗡"的一声,愤怒之火在心中燃烧。

她怎能不愤怒?照教导主任说的,如果没有顶替一事,她这次就评上副教授职称了,这个职称本来就应该是属于她的,她付出了那么多的时间和努力,凭什么让别人这么白白占了便宜?

她又愤怒又难过,双手撑到教导主任的办公桌前,近距离直视教导主任，忍不住大声问："是谁？是谁顶替了我？请您告诉我！"

"你没必要知道，知道了对你没有任何意义。你出去吧。"教导主任很明显不想告诉她。

"您这是不想告诉我吗？没关系，那我现在去找评定委员会的其他人，我一个个地去问，一本一本地翻名单，这个学校就这么大，我总能问到。"裴雅芙说着就要往外走，教导主任赶紧喝住她。

"你给我站住！"他不想把事情闹大。

"行了，你不用去找别人了，我告诉你，是刘梓斓。"董振钦说。

"她是富商之女，她父亲是上市集团的总裁，跟我们C大的校长是好友。她父亲的集团跟C大有不少的业务合作，C大的图书馆还是她父亲出资捐建的。你还不服气吗？你有什么资本不服气？"

"呵呵，真搞笑。"裴雅芙笑了起来，觉得很讽刺。

"刘梓斓的教学能力很差，她带的班成绩都很差，是学校的倒数几名，学历也不够，她就是个本科生，评副教授职称要硕士研究生以上的学历，她还经常旷工不来学校上课，按正常渠道评选，她哪一条都达不到副教授职称的条件，如果她都能评上副教授职称了，那全校的老师都可以评上，我的职称为什么要让给她？"

"她家境比你优越，这就能解决一切问题，你能力再强又有什么用，这就是现实。"董振钦说着，不耐烦地朝她摆摆手，"你赶紧出去工作吧。"

裴雅芙还想开口说些什么，董振钦横眉冷对："还不出去！你无论说什么都改变不了这个事实了！你难道想让我用扫把把你赶出去吗？"

裴雅芙只得噤声，一脸阴云地退出了董振钦的办公室。

退出去关上门之后，她咬着牙抬起脚，真想把那道门给踢烂了，但结果当然只是想想而已，开玩笑，她还不想丢掉这个饭碗。

02

一上午，裴雅芙的情绪都很低落。

关于新一轮副教授职称评选的上榜名单，今天一大早就在 C 大的官网首页上公布了，全校老师和同学都能看到，同事们都知道了这个消息，很多人都发 QQ 消息或微信消息给她，安慰她，说没关系，说她这么优秀，下一次一定能评上。

裴雅芙的人缘在学校是很好的。

坐在裴雅芙办公桌对面的闺密卫瑶，更加格外关心她，给她发了很多 QQ 消息宽慰她。

但这些，都缓解不了她的情绪低落。

那种郁闷，就像有人紧紧地揪住了自己的衣领，她感到窒息，喘不过气来，喉咙里像被鱼刺卡得满满的，吐不出，又咽不下的感觉。

这个结果，她不想接受，又只能被迫接受。

中午，十二点的下课铃声一响，C 大的很多学生就从教室鱼贯而出，蜂拥着往学校食堂跑，生怕排队排在后面或打不到饭。

老师这边，也到休息时间了，老师们都纷纷去吃饭了，卫瑶起身对裴雅芙说："小雅，我们也去食堂吃饭吧，今天中午有你最爱吃的油焖大虾。"

"你先去吃吧，我现在哪有什么胃口吃饭呀？"裴雅芙趴在办公桌上，有气无力地说。

卫瑶一瘸一拐地走到她旁边，拉起她的手臂："走吧，就当是陪我吃饭咯，我一个人吃饭好孤单的。你相信我，吃饱了之后再午睡一会儿，心情就会变好的，饿着肚子的话，只会让心情越来越糟糕的。"

"好吧。"裴雅芙终于从椅子上站了起来。

卫瑶亲昵地挽着裴雅芙的手臂，走出办公室，往食堂方向走。

从背影看去，两人的身影都窈窕美丽，一个透着优雅的知性，宛若高贵中带着丝丝性感的香水百合，一个是简单素净、未谙情事的小雏菊。两朵花，都是那么赏心悦目。

如果这个画面是静止的，那是没有一丝瑕疵的，很想让人拿个框裱起来放到艺术展上去展览，但这个画面一动起来，就会有美中不足了，因为有朵花瘸了呀，真是可惜。

C大教职工的食堂跟学生的食堂是分开的，有一个专门的教职工食堂。

去这个食堂的路，要经过布告栏。布告栏是C大专门张贴各种通知和公告的地方，每天都会有不少学生和老师去那里看看，看有没有发布什么新的消息。

这会儿，布告栏前站了不少人，都是C大的老师。里面，有一个穿着一身名牌，打扮得很漂亮、很张扬的女人很扎眼，她就是刘梓斓，今年二十七岁，未婚，性格傲娇、刁蛮。

她家是从商发家的，如果自身修为不够的话，再有钱也不能把她包装出高雅的品位和气质，浑身上下透着浓浓的世俗味儿。C大真正喜欢她的人没几个，只是仗着她家的背景都不敢得罪她，平时都让着她，也有些想巴结她的人会对她虚与委蛇，她有自己的小团体。

此刻她正看着布告栏上贴着的那张最新副教授职称入选榜单，盯着写着自己名字的地方，一脸的傲娇、得意，心中爽快不已。

旁边的老师们纷纷阿谀奉承她：

"恭喜啊，大美女。"

"恭喜，恭喜，刘老师。这么年轻就评上副教授了，你太厉害了，偶像呀！"

"呸呸呸，该掌嘴，什么刘老师，要改口了，现在我们家梓斓可是刘副教授了。"

"对对对，瞧我这嘴。恭喜，恭喜，刘副教授。"

"哈哈，恭喜，恭喜。梓斓，你就是比那个什么裴雅芙要强，还谣传什么是你顶替了她的名额，谣言不可信。"

刘梓斓昂着头，得意地问簇拥着她的那些老师："你们说，我跟裴雅芙，谁更漂亮？"

"当然是你啦，当然是你更漂亮。她裴雅芙怎么能比得上你啊。"大家纷纷说着违心的话，哄得刘梓斓很开心。

这时候，裴雅芙和卫瑶走过来了，远远地看见了刘梓斓，裴雅芙表情一滞，转身就想绕道走，刘梓斓却眼尖地看见了她，唯恐别人听不见地大声喊："裴老师！"

裴雅芙只得硬着头皮停下来，收拾好自己的表情，微笑着转过身："刘老师，你好，请问有什么事吗？"

刘梓斓穿着高跟鞋趾高气扬地走过来，后面像跟班一样地跟着她的小团体老师。

"裴老师，最新一次的副教授职称入选榜单出来了，你看了吗？"刘梓斓明知故问。

"我看了，里面有你的名字，恭喜你。"裴雅芙优雅得体地微笑。

在今天的结果出来之前，她跟刘梓斓还并没有什么过节。

她一向谨记做人的原则，对学校的每个同事都很礼貌、很真诚，但刘梓斓并不待见她。

打从刘梓斓第一次见到裴雅芙起，就对裴雅芙没有过什么好脸色，裴雅芙不知道是什么原因，也不想去深究，她有很多正经的事情要忙，没必要把时间浪费在讨厌她的人身上。

"真可惜啊，里面没有裴老师你的名字，我还仔细看了一遍名单，以为是学校写漏了呢。你这是第四次参加评选了吧，四次都没评上，你可真够倒霉的，或者说，是无能。你现在应该羞愧得恨不得找个地洞钻进去了吧？还有脸去食堂吃饭吗？"刘梓斓娇笑着说。

她把她喊住，就是想着羞辱她、讽刺她的吗？

"喂，刘老师，不带你这么刺激人的啊。"卫瑶听不下去了，想为她打抱不平。

裴雅芙抓紧卫瑶的手，示意她冷静。

"不好意思，刘老师，恐怕要让你失望了，我很好，能吃能睡，一点儿事都没有。"裴雅芙一脸沉稳淡定地看着刘梓斓，然后凑近她说，"我为什么要羞愧？该羞愧的人应该是你吧？抢来的东西有什么好得意的，你们家是属土匪的吗？"

"喂，裴雅芙，你说话注意点儿。什么抢的，那个副教授职称，明明是靠我自己的能力得来的。"刘梓斓恼羞成怒地大声说。

"你急什么，我又没说你抢的是什么东西，你这是不打自招吗？"裴雅芙冷笑道。

"你，你，你……"刘梓斓用手指着她，气得脸蛋儿发白。

"卫瑶，我们走吧，去食堂吃好吃的。"裴雅芙不再理会刘梓斓，挽着卫瑶的手臂，腰杆儿挺直地从他们身边擦肩而过。这气场，迅速把刘梓斓给比下去了。

"哼，裴雅芙，你算个什么东西，我会让你好看的。"刘梓斓愤愤不平地盯着裴雅芙走远的背影说。

03

今天下午，裴雅芙的课程表没课。裴雅芙除了是钢琴专业三班的班主任之外，还教三门课：中外音乐史、钢琴伴奏、语文课。而这三门课今天下午都没有排她的课。

于是，她只是去钢琴专业三班教室转了一圈，便回办公室专心批阅学生们上次做的中外音乐史的试卷了。

卫瑶没有做班主任，她只教C大美术学院油画专业的油画课。只教一门课，每周排课也都排得比较少，工作量比裴雅芙小很多。学校照顾她是个残疾人，这么看来，C大某些方面还是挺有人性的。

她今天下午也没有排课，待在办公室里备明天的课。她的办公桌前立着一个油画架，她会经常在这个画架上画油画，作为上课所用，或者练手。

无聊之际，卫瑶用电脑登QQ给裴雅芙发消息聊天儿："小雅，吃了个午饭，睡了个午觉，你现在的心情好了一点儿没有？"

"嗯，好多啦，多谢你的关心，卫瑶。"裴雅芙敲击键盘回复她，给她发了个笑脸表情。

"那个刘梓斓真讨厌，干吗这么针对你？你实在是没有得罪过她。我看这个名额，她就是故意抢了你的，就是不想看你被评上副教授。"卫瑶噼里啪啦地敲着键盘。

"我不知道她为什么会这么讨厌我。事已至此我也没什么办法，她家背景那么强大我又敌不过，只能下一次评选我再加油了。"裴雅芙这话像在宽慰自己。

"我猜啊，是因为她嫉妒你。你知道吗？C大的同事内部，每一年都会来一次教职工颜值评选，就像学生们选校草、校花那样的，投票颜值最高的男、女会分别称为教职工之花和教职工之草。从你进入C大工作开始，每一年你都被同事们评为C大教职工之花，已经连续三年了，但在你来之前，那个位置是刘梓斓的。"卫瑶打了这一串字发过去。

裴雅芙盯着电脑屏幕，然后回应："我不稀罕这什么花的，这也是同事们评的，不代表我的个人立场，跟我无关，她喜欢，就送她好了。"

"话是这么说，可她那么善妒的人心里肯定就不舒服呀。你能让她嫉妒的地方可多了，以前很多男同事都是围着她转的，你一来，男同事们都纷纷向你靠拢，你大大地抢了她的风头。她不但嫉妒你比她长得漂亮，异性缘比她好，还嫉妒你的教学能力比她强，你跟她都是钢琴老师，学生们却更喜欢你，这些，都足以让她针对你了。"

卫瑶打字很快，手指在键盘上像跳舞一般地飞动着。

聊得越多，她越觉得自己的猜想合情合理。

"啊，如果刘梓斓真这么善妒的话，那还挺可怕的。以后我如果见到她，尽量绕道走吧，能躲则躲。"裴雅芙发了一个擦汗的QQ表情。

职场有时候真的让人挺无奈的，它的无奈在于，你不得不跟一些你不喜欢的人共事，还要表面装作平和。所以，我们必须戴着各种各样的面具，不是想戴，而是不得不戴。

有人说，有刀光剑影的地方就是江湖。裴雅芙觉得，职场也像一个江湖，而女人的职场，除了是江湖，还是一部宫斗大戏。

"噔噔噔"，有脚步声响起，脚步声进办公室来了，裴雅芙和卫瑶迅速本能地关掉聊天儿窗口，开始装模作样地工作起来。

她们俩的直属领导都是教导主任，教导主任比较变态，会经常到各个办公室和教室巡视搞突袭，如果抓到了她们在上班时间 QQ 闲聊或干工作以外的事情，一定会扣工资。

没想到进来的不是教导主任，而是刘梓斓，她傲娇地走到裴雅芙跟前，敲着她的桌子说："你，现在跟我去一趟我的办公室，我有事找你。"

"刘老师，请问你会有什么事要找我？可以在这里直接说。"裴雅芙心中感到纳闷儿，刘梓斓又不是她的领导，有什么事可找她的？还命令她去她的办公室，她凭什么命令她？以为当了副教授就可以转上天了吗？

"裴雅芙，你这是什么态度，我现在升了副教授，比你的职称高了，你最好对我客气点儿，否则我让你吃不了兜着走，不信的话，你大可以试试。"刘梓斓趾高气扬地在办公室里大叫。

"好吧，我跟你去你的办公室。"这个办公室一共有八个同事，裴雅芙不想因为刘梓斓的喧哗而影响到大家。

04

裴雅芙跟着刘梓斓来到了一个独立的气派办公室，这个办公室只属于刘梓斓一个人。

她升了副教授之后，学校马上命人把她换到了这间办公室，之前她也跟他们一样是坐八人的大办公室的。

刘梓斓把一叠厚厚的资料扔给裴雅芙："这是萨帝堡全国青少年钢琴大赛的相关比赛资料，这个赛事很重要，这么著名你应该也知道。今年 C 大有五个硬性参赛名额，怠慢不得。我把这个任务转交给你，你从你的班上挑选五个钢琴成绩好的学生参加，你做他们的参赛指导老师，全程指导他们，带他们参赛。"

裴雅芙一时间怔住了。

萨帝堡全国青少年钢琴大赛，她当然知道，这是国内很权威、很具规模的钢琴赛事之一，每年为国家输送了大批钢琴人才，是由文化部协助举办的。

获奖的学校享有很高的荣誉，能为学校的成就史增添辉煌的一笔，获奖的学生和指导老师也会拥有更美好的前程；但如果输了，也很丢学校脸的，这种赛事竞争对手又多又强，关注度高，压力很大，一般的钢琴老师都不敢接。

每一年比赛都会电视直播赛况，裴雅芙每一年都有关注。

她反应过来后，说道："转交？那么，就是说，这个任务原本是学校安排给你的吧？那你为什么要转交给我？"

"你接了就是了，哪有那么多问题！"刘梓斓有点儿心虚地大声说道。

"总之，你不吃亏，如果带的学生获了奖，学校会重重嘉奖你的。我对奖金什么的是没兴趣，我家又不缺钱，但你，应该挺有兴趣的。"刘梓斓又强调道。

"哈，你有那么好心吗？我真的不相信。"裴雅芙很是怀疑，"我先看一下资料，看我适不适合接。"

要接一个项目，总得先了解这个项目，要不然很盲目、很被动，如果出现什么后果也很难收拾。

裴雅芙开始当着刘梓斓的面翻看比赛资料，先看了下本次大赛规定的比赛曲目，每次大赛都会对比赛曲目做规定和要求。然后，她惊叹起来："啊，这些曲子好难呀，比往届的比赛曲目都要难，这也太难为参赛的学生了，这么难的曲子要练好长时间才能练好呢。"

接下来，她看到了上面写的比赛时间，不可置信地睁大了眼睛："我的天，半个月之后开赛？只有半个月了，怎么来得及？这些比赛曲目又多又难，起码要练两个月才能练会。这任务是什么时候布置下来的呀？学校不可能只给了你半个月的时间准备吧？"

"就算当初给了我两个月的时间准备又怎么样？不能怪我！"刘梓澜还理直气壮。

"我接到这个任务的时候，是一个半月前，但是，我那段时间凑巧身体不太好，真的是病了蛮长时间，就休养身体去了，没有精力准备，没想到时间过得这么快，转眼就只剩下半个月了。"

她怎么会告诉裴雅芙，事实是她根本没有生病，当初接到任务时还觉得有立功的机会了，立马拍胸脯夸海口地答应了。

只是这劲头很快就过去了，接下来懒散拖拉，忙着让自己快活去了，总觉得还有时间，晚点儿准备也不为迟，她本身就是自控力比较差的人，结果慢慢发展成懒癌晚期，浪费了一个半月的时间。

这下，眼见参赛时间迫近，自己没法应付了，也不好跟学校交差，就把这个烫手山芋丢给裴雅芙。

"刘老师，哦，不，刘副教授，你把我当猴耍呢？我不管你是因为什么原因浪费了一个半月的时间，我在这里明明白白地答复你：很抱歉，这个比赛我不会接，我没时间！"裴雅芙放下那叠比赛资料，语气坚决地说。

还剩半个月的时间，哪够准备比赛，如果她接下来，比赛成绩很差的话，学校肯定不会给她好颜色，傻瓜才会接这种烂摊子。这分明就是吃力不讨好的活儿。

"你没有拒绝的权利，我现在是副教授，我比你的职称高，我现在是在命令你，而不是在征求你的意见。"刘梓澜居高临下地说。

"恕难从命。你不是我的直属领导，你根本没有资格命令我。"裴雅芙说着，就要转身离开，刘梓斓大声喊住她："你给我站住，我的话还没说完呢，这个任务的安排我可是跟你的直属领导教导主任已经商量过了，他同意了。"

"你说什么？"裴雅芙转过身。

"这是任务转交文书，教导主任在这上面签字了，我刚刚忘了拿给你看，你现在可看仔细了。"刘梓斓把那份文书重重地拍在裴雅芙面前。

裴雅芙抓起一看，看到上面熟悉的签字笔迹，后退一步。

很难过，为什么董主任不跟她商量一下，就这样签字了？他难道觉得，既然她是他的下属，就可以任由他为所欲为地差遣吗？

"刘梓斓，你就是故意的，你一直看我不顺眼，就故意给我出难题，否则，C 大这么多钢琴老师，你随便找谁都行，为什么偏偏把这个任务转交给我？"裴雅芙终于生气了。

"裴雅芙，你还敢直呼我的大名？真是没礼貌！对，我就是故意的，我就是故意让你接，等着看你带的学生比赛失败，等着看你出糗。这个比赛你不想接也得接，你能把我怎么样？哼！"刘梓斓露出了她真实的面目，凶巴巴地冲着裴雅芙一顿吼。

"我不接，我就是不接！教导主任那边我会跟他说清楚。你就是个无能的贱人，如果没有你爸，你什么都不是。你别以为你可以仗势欺人，现在是资讯发达的网络时代，关于你上次抢我名额、这次又逼我接任务的两件事，我都可以发到网上去，让千万网民们来评评理，看到底是谁更有道理。"裴雅芙愤怒地说道。

"你敢骂我是贱人？臭婊子，你活得不耐烦了！"刘梓斓彻底发飙了，冲过来抓裴雅芙的头发。

"啊！痛死了！你干吗扯我头发？君子动口不动手。你别以为我真的怕你！"裴雅芙原本漂亮柔顺的头发被她抓得乱七八糟的，她也生气了，豁出去了，反攻她，也抓起了刘梓斓的头发。

两人的战争愈演愈烈，除了抓头发，又撕扯起了衣服，互不相让。

同事们听到吵闹声，都跑过来劝架，后来教导主任也过来了，大家好不容易才分开了厮打的她们俩。

教导主任董振钦明显偏袒刘梓斓，声色俱厉地着重批评了裴雅芙一通。

"你这脑子是秀逗了吗？又不是才毕业的大学生，好歹也在职场待了几年了，怎么还是这么不懂得变通？我怎么会有你这么蠢的下属？还跟副教授干起架来了。你以为 C 大是格斗场吗？我都替你感到丢脸，以后你出门，别说是我的下属行不行？关于比赛的事情，没得商量，你必须接下这个比赛。你如果不愿意的话，明天可以不用来上班了。不听我命令的下属，我要你有什么用？"

董振钦的话很狠。

为了能继续在 C 大生存，也为了能继续坚守自己的教师梦想，裴雅芙只能忍辱负重接下那个比赛，一个人躲在厕所哭。

05

"你这个笨蛋，这个调弹错了。"

"你这个浑球，别总是敲我的头行不行？会敲笨的。"

"哈哈，你本来就已经很笨了，还有可能变得更笨吗？"

"我不想理你。快点儿翻页，这一页已经弹完啦。"

"你弹的时候别总是看乐谱行不行？你这样依赖乐谱，是无法最自然地表现出这首曲子的情感的。"

"你管我。啊呀，你的手指又碰到我的手指了，真讨厌。你到底是吃什么长大的，你的手指没事长那么长干吗？"

这一周里，某个钢琴房里总是会传出这样一唱一和的声音，一个是帅气欢脱的男声，一个是清脆悦耳的女声，自然是霍良景和裴妙瑜。

他们俩在练习关于巴赫的 A 大调奏鸣曲的四手联弹作业。

为了将这首曲子在规定时间内练好，两人取消了这周的一切私人娱乐活动，将所有课余时间都泡在琴房里了，非常努力认真地练习，两人谁都不想被对方嘲笑拖后腿。

关于两人的合作，也是从一开始的鸡飞狗跳、乱七八糟，到后面越弹越有默契，还相互请教，用自己的长处补对方的短处。

为了练好这首曲子，裴妙瑜还找了姐姐裴雅芙帮忙，裴雅芙教了他们一点儿，但还是说："勤练比技巧更重要，主要靠你们自己多练习，加油。"

弹指间，一周的时间稍纵即逝。

到了回课时间，裴妙瑜和霍良景当着全班同学的面在讲台边的钢琴上表演。

那四手联弹弹得跟花一样精彩不断，两人又如此养眼，好像偶像剧里的经典 CP，大家一边看一边听，如痴如醉。

这场表演受到任课老师和同学们的一致点头肯定，弹完后，老师还带大家起立鼓了掌。

任课老师说："嗯，弹得不错，你们两人还是很有钢琴天分的。"

"那不会扣我们俩的学分了吧？"霍良景紧张地问老师。

"不会扣了。不过，还是请你们注意以后上课要认真听讲哦。"任课老师微笑着说。

"好的，好的，谢谢老师。"霍良景说。

"谢谢老师。"裴妙瑜也说。

两人开心极了。

"哇喔，太棒啦！太棒啦！功夫不负有心人啊。"霍良景高兴得一时忘形，在教室里当场抱起裴妙瑜转起圈来。

同学和老师都看呆了，裴妙瑜自己也吓呆了。

"哈哈，不好意思。"霍良景后来反应过来了，俊脸微红地放下了裴妙瑜。

裴妙瑜低着头，脸也红了，水嫩得像绽放的杜鹃花，娇美无比，看着让人心动。

从这时起，两人的关系开始变得微妙。

06

C大社团招新，学校主干道两旁摆满了摊位，竖满了广告，像赶集一样。

文学社、舞蹈社、书画社、音乐社、围棋社、COSPLAY社等多不胜数。

各社的人都在拉拢新生，好多是师兄打着找社团成员的名义泡妞儿，看到眉清目秀的小姑娘就一窝蜂地上去，抢着介绍自己的社团。

裴妙瑜出于好奇，也过去瞅了瞅，结果就碰到了一个熟人。

"妙瑜师妹，还认得我吗？我是开学那天接你的王帅啊。"王帅温柔地看着裴妙瑜，一脸帅气欣喜的笑容。

"啊呀呀，我记得，当然记得啦。王帅师兄，再次见到你很高兴。"裴妙瑜笑着说。

"我见到你也很高兴。我是话剧社的社长，我们社团现在正在招新呢，我觉得你的条件很适合，你有兴趣加入我们话剧社吗？"王帅边说，边把话剧社的相关介绍资料递给她看。

"话剧社？我看看。"裴妙瑜接过资料看了起来。

"如果你进了话剧社，排话剧的时候我一定让你演女主角，因为你长得漂亮又可爱，气质又好，自带女主角的光环啊。"王帅笑眯眯地跟她吹甜风。

裴妙瑜最喜欢听好话了，这么一夸她，立马有点儿晕晕乎乎地找不着北了，资料没看几眼就"啪"地还给王帅，其实什么东西都没看进去，然后郑重其事地说："嗯，本小姐决定了，就加入你们话剧社。"

"太好啦，妙瑜师妹，那你现在跟我去桌边填入社表吧。"王帅说着，就把裴妙瑜带到了话剧社临时搭建的棚子下的桌子旁，找出一张凳子让她坐下，把表拿给她填，还细心地把笔摘掉了笔帽才递给她。

这会儿，霍良景也被几个男同学拉过来了："良景，我们找个美女多的社团入了吧，上个大学如果不加入几个社团，那就太无聊了。"

"嗯啊，我先看看哪个社团美女多咯。"霍良景对着各大社团的摊子，用挑剔的目光扫来扫去的，扫着扫着，眼睛突然定格，停在那里不动了。

"我去，那不是裴妙瑜吗？她坐在那里在填什么？难道她是要加入话剧社吗？她边上那个男的是谁？凑她那么近干什么？"霍良景一边嘀咕，一边大摇大摆地走到了话剧社的棚子前。

他故意横插到裴妙瑜的身旁，把原本立在裴妙瑜近侧、辅导裴妙瑜填表的王帅挤开了，一脸不爽地看着他："喂，这位同学，不能离女孩子这么近，这样很没礼貌的，你不知道吗？"

王帅看了看他的位置，不怒不恼地微笑道："那你呢？你现在不也是离她很近吗？"

"我……我可不一样，我跟裴妙瑜可是很熟的好朋友了。"霍良景干脆还把一只手搭在了裴妙瑜的肩膀上，以示亲昵。

"霍良景，你干什么？"裴妙瑜打掉霍良景搭在她肩膀上的爪子，

"谁跟你是好朋友了？你吵死啦，快点儿滚一边去，别妨碍我填表。"

霍良景一把抢过她在填的那张表，拿过来看："哈，被我猜中了，原来真的是要加入这个什么鬼话剧社。你哪有什么演话剧的细胞啊，肯定是这个男的唆使你的吧？他一脸的奸诈相，一看就不安好心，恐怕是醉翁之意不在酒。听我的，这烂社团没什么好的，别加了。"

霍良景随手把那张裴妙瑜填了好久的表撕烂了。

"你……霍良景你这个浑蛋！干吗把我的表给撕了？你手痒是不是？"裴妙瑜气得不行，不过她可没那么容易认输。

"哼，你越不让我加入，我越要加入，看谁拦得了本小姐。"她倔强地说着，然后朝王帅喊，"王帅师兄，请再给我一张入社表。"

"好的，妙瑜师妹。"王帅重新递给她一张表。

霍良景见她这样，气头也上来了，转换了一副嘴脸，笑眯眯地对王帅说："既然这个话剧社这么吸引人，要不，我也加入吧。王帅师兄，也请给我一张入会表吧。"

"很抱歉，师弟，目前我们话剧社的男生已经招满了，现在只招女生。要不，你去别的社团看看？你这么优秀，应该会有很多社团愿意吸收你的。"王帅笑得儒雅又礼貌。

"切，男生已经招满了？这摊儿才摆多久啊？今天才摆的，这么快就招满了男生？我才不信呢，姓王的，你是故意不让我加入的吧？"霍良景一脸的怀疑。

"师弟，我说的是实话，你不要无理取闹了，让大家看笑话不好。"王帅一直面带微笑，不温不火。这样确实反衬得是霍良景理亏一样。

有几个同学在边上看热闹，指指点点的。

霍良景脸皮厚，才不管别人怎么看他。

他身体一跃，一屁股坐上了话剧社的桌子，晃荡着两条健美的大长腿，郑重强调："我偏要加入，今天这个社我入定了！"

王帅凑近他，用只有他们俩能听见的声音小声对他说道："别不识趣了，快点儿走，这里社团很多，我不想闹得不好看。难道，你还想让我像开学那天一样，找几个师兄一起打你吗？"

"你……"霍良景瞪着漂亮的眼睛正要发飙，一个清脆嘹亮的女声嚷了过来。

"啊呀呀，这是哪里来的小鲜肉啊？好嫩、好帅啊。可迷死宝宝我了。"

来人是话剧社的副社长，是个貌美如花的大二师姐，叫陈嫣。

她一看到又年轻又帅气的霍良景就脸泛红光，眼睛都不舍得从他身上挪开了。

"师弟，看你面生得很，你是大一新生吧？我是话剧社的副社长。你坐在我们这里，是要加入我们话剧社吗？"陈嫣对霍良景热情得很，她本来就喜欢小鲜肉，是个一看到小鲜肉就走不动道了的主儿，身为C大新晋校草的霍良景，很是对她的胃口。

"是啊，我是很有诚意想加入你们话剧社的，可是这个社长师兄说男生招满了，只招女生。"霍良景噘着嘴，很没好气地看了一眼王帅。

什么诚意啊？就是冲着裴妙瑜来的。

陈嫣听霍良景这么一说，愣了一秒钟。

什么情况？明明男生没招满，数量还差得远呢。

她迅速看了一眼王帅，王帅的眼神她全明白了，王帅摆明就是不喜欢这个霍良景，不想让他进，就随便找了个理由搪塞他。

再看一下那个正在填表的娇嫩欲滴的裴妙瑜，王帅看她的眼神格外不一样，陈嫣更明白了，既然社长要追小鲜花，那小鲜草她可不能放过。

"哦，这样啊，社长说得没错，男生是招满了，但你条件这么优秀，我们话剧社是很惜才的，不会错失任何人才的，我可以破格让你加入。"毕竟在同一个社团混，陈嫣还是有眼力见儿的，不会当场戳穿土帅社长的谎言。

"霍良景，你看你，王帅师兄说男生招满了，你还不信，你就是以小人之心度君子之腹。"裴妙瑜忍不住指责霍良景。

"懒得理你，我填表去。"这下，霍良景不知道要说什么了，扔下这句就跟着陈嫣师姐去填表了。

话剧社的棚子下一共摆了三张长桌和若干凳子。

裴妙瑜坐在第一张桌子处填表，霍良景坐在第三张桌子处填表。王帅在裴妙瑜旁边指导她填表，而陈嫣就在霍良景旁边指导他填表。

陈嫣跟霍良景讲话甜腻腻的，笑得那叫一个妖媚，整个丰满的身子都快要挨到霍良景了，裴妙瑜时不时抬头看他们俩一眼，越看心里越不爽，也不知道怎么搞的，酸酸的，填表的时候笔尖用力得都快要戳破那张纸了。哎呀，讨厌死这种感觉了。

07

一个星期后，在专门为迎接大一新生而举办的迎新晚会上，坐满了C大的大一新生，还有部分老师和师兄、师姐。

这场晚会裴雅芙没有去看，她现在正在紧张地忙着准备萨帝堡全国青少年钢琴大赛，没有时间。

节目一个比一个精彩，掌声一阵接着一阵，大家看得很尽兴，晚会的气氛很好，好多学生都把手掌拍红了。

"下面，请欣赏话剧社为我们带来的经典话剧《罗密欧与朱丽叶》，表演者：王帅、裴妙瑜等。"当主持人报幕之后，幕布徐徐拉开。

王帅演的罗密欧很帅，一副贵族王子的样子，裴妙瑜演的朱丽叶也很漂亮娇俏，像公主一样，观众一致觉得这个话剧的演员颜值很高。

"哈哈哈，好逗……"当霍良景出场的时候，台下笑成一片，因为他明明是个男生，却饰演的是一个戴着假发、男扮女装的奶妈，穿着拖地的裙子，还穿着奶妈的围兜衣，那假发真是够丑的，他的妆也画得很丑，还涂了腮红。再加上他的动作、言语都很滑稽，感觉在演喜剧一样，大家笑得更厉害了，都对这个特别的奶妈印象很深刻。果真是搞笑担当啊。

其实这个角色是王帅故意安排的，他就是看霍良景不顺眼，故意整他的，也让化妆师故意给他画了很丑的妆容。但让王帅没想到的是，却意外地达到了较好的喜剧效果，收获了观众们的一致好评，霍良景的表演大家鼓掌和喝彩不断。

话剧里有个片段是，朱丽叶吃了假死药假死了，罗密欧误以为她真死了，痛苦又深情地吻了一下她的嘴唇后，准备服毒殉情。

王帅走近躺在花床上闭着眼睛的裴妙瑜，脸上是很戏剧性的痛苦，心里却在窃喜，他早就想吻她了，他等这一刻已经等了很久了。

就在"罗密欧"王帅慢慢地低下头要吻假死的"朱丽叶"裴妙瑜时，旁边的"奶妈"霍良景突然觉得心里很不舒服，眼前的景象无比刺眼，那种酸酸的感觉是吃醋吗？

哎呀，不管了，反正他实在看不下去了，那个阴险狡诈的贱男有什么资格占裴妙瑜的便宜？他脑门儿一热，就冲过去，"啪"的一下把王帅推开了。

因为他太大力，推完之后站不稳了，趔趄着，自己不小心摔倒在了裴妙瑜身上。意外中，他的嘴唇撞上了她的嘴唇。

"天啊，奶妈吻了朱丽叶！这是什么情况？这是新改的剧情吗？"

全场沸腾了。

"你傻啊，明明是不小心摔上去的。哈哈。"有观众在台下议论。

"哈哈哈，我更喜欢奶妈和朱丽叶这一对儿。好萌，好有爱。反倒是罗密欧和朱丽叶的对戏没感觉。"另外的观众的声音。

"你有病啊，奶妈是女的。"

"明明是个男的扮演的好吧？虽然妆画得很丑，不过看那身形，卸了妆应该很帅。"

……

裴妙瑜听不到台下的议论声，只感觉整个世界都静止了。

她忽然睁开原本闭着的眼睛，震惊无比地看着吻住自己的霍良景。

他的眼睛近在咫尺，他此时也是睁大了眼睛看着她，那眼睛乌黑晶莹，漂亮清澈，睫毛纤长，梦幻一般闪着亮光。

裴妙瑜突然觉得，霍良景的眼里是八十万厘米的水深。

有一天她将在那里淹没，然后，沉睡不醒。

脑子中突然就出现这样的预言，她也没有想到，显然有些不知所措。

他的嘴唇温热中带着柔软，仿佛还有奶油一样的香甜味道，好像……并不讨厌，裴妙瑜觉得窒息，浑身发软，心跳莫名的如雷如鼓，感觉要短路了。

"啊啊啊！你这个浑蛋！这可是我的初吻！你还我初吻！"裴妙瑜终于反应了过来，她一把推开霍良景，大声尖叫，追着他满场打。

观众们此刻所看到的就是，朱丽叶突然复活了，然后跳跳嚷嚷地拿着扫把追着奶妈满场打，奶妈狼狈地到处逃跑，朱丽叶总是没打中，不时误打了人，殃及无辜，台上弄得鸡飞狗跳的，其他演员都不知道该怎么演了，剧情大乱。

"哈哈哈，太搞笑了！我要笑出眼泪来了！"观众们发出一阵高过一阵的笑声。

08

自从接下那个钢琴比赛，裴雅芙每天都忙得焦头烂额。

她挑了她最得意的五名大三的钢琴专业学生，开始指导他们狂练参赛曲目。

天天加班加课，忙得废寝忘食的，为比赛尽最大的努力做准备。

有时候，她觉得压力大到想吐血，也很累，但还是咬牙坚持下去。

她可是那五个学生的精神支柱和指南针，她也希望自己的学生通过这次比赛能获得更好的前途，至于奖金，现在已经无关紧要了，当接下这个比赛时起，已经不是为了钱，而是责任和名誉。

某天下午四点钟，当霍羿之打来电话的时候，她也是在琴房里指导参赛学生练习。

看到来电显示，她犹豫了半天才接："喂。"

"喂，雅芙，我的工作完成了。我很想你，想见你。你……想我吗？"手机里传来霍羿之温柔好听的声音。

"想。"裴雅芙不矫情，直接地回答。

霍羿之很高兴，心底的愉悦像粉色的泡泡一样一层一层地冒上来。

他开心地说："我给你带了礼物。我的车就停在 C 大校门口。你现在在哪个教室？下课了吗？我去找你。"

"我现在在学校音乐楼的 707 钢琴房里，在辅导五个学生的钢琴琴技。"裴雅芙据实回答。

"抱歉啊，羿之，你别来琴房找我了，我现在没有时间见你。我最近工作很忙，忙着准备一个很重要的钢琴比赛，在比赛前的这段时间每天都要加班到很晚，今天要在琴房加班到晚上十一点。"

"没关系，我愿意等你。我现在反正没什么事情，我就在校门口的车内等你。几个小时很快就过去了。"霍羿之温柔说道。

"那……好吧。我先忙了，拜拜。"裴雅芙说。

"拜拜。"霍羿之说完，等裴雅芙那边挂断，他才收了手机。

晚上六点时，裴雅芙听到了敲门声。

这个点，下班的下班了，放学的放学了，会有谁？她好奇地打开了琴房门。

门外站着一个黑黑的、淳朴的外卖小哥，穿着印有外卖品牌名称的工作服。

他把手里提着的六份丰盛的品牌快餐外卖递向她，礼貌地笑着说："你好，这是你男朋友给你订的外卖，已经付过钱了，让我送到这里来。"

"啊？"裴雅芙一脸懵懂地站在门口，一时间没反应过来，没有接。

"哇，裴老师的男朋友？裴老师你什么时候有男朋友啦？怎么保密工作做得这么好？"那五个学生兴奋地嚷着，蜂拥而上，拿过了外卖小哥手里的快餐外卖。

"好香啊！正好我肚子饿了！"学生们迫不及待地打开了外卖，吃了起来。

就在这时，裴雅芙的手机响了，又是霍羿之的电话。他说："外卖收到了吗？我是替你和你那五个学生点的，我猜你肯定忙得没有时间吃饭了，再说，你们总是吃大学食堂，应该吃腻了吧，给你们换换口味。"

"收到了，谢谢你。"裴雅芙有点儿感动，他心真细。

末了，她又说道："你自己吃了吗？你也记得吃晚饭哦！"

"好的，我待会儿就去吃。那你现在赶紧趁热去吃吧，外卖凉了就不好吃了哦。一定要照顾好自己的胃，身体是革命的本钱。"霍羿之阳光地笑着说。

"好。"裴雅芙挂了电话，就开始吃起来，学生们已经帮她打开了外卖盒子。

"哇，裴老师。你男朋友好贴心哦，好羡慕你。他还考虑得很周到，不止点了你的那份，帮我们也一起点了。"

"虽然只是几盒小小的外卖，但满满都是爱哦。而且这些菜都超好吃的，比食堂的味道好多了，又有营养。"

"嗯嗯，裴老师的眼光真不错。"

学生们边吃着美味的外卖，边对霍羿之赞赏有加。

裴雅芙边吃着，边优雅地浅浅微笑着，学生们看不到，她其实心事重重。

霍羿之从下午四点在校门口等，等到晚上十一点裴雅芙出来，等了足足七个小时。

裴雅芙很感动，但这种感动还是抵不过她内心的阴霾。

两人去了裴雅芙家附近的咖啡馆，服务员端上了两杯咖啡。

"雅芙，送给你的。"霍羿之把一个漂亮的锦盒放在她面前的桌子上。

她打开锦盒一看，里面是一对儿珍珠耳环，匠心独具，闪着熠熠的饱满的光泽，很精致，很漂亮，很高贵，很有品位。

"这个，有点儿贵重，我不能收。"裴雅芙说。

"不贵重。比起你的珍贵，它不值一提。我还怕它配不上你呢。收下吧。"霍羿之这么一说，裴雅芙都不知道说些什么了。

她把锦盒轻轻盖上，还是放在桌子原来的地方。然后，她换了个话题。

她直接问他："你那神秘而不稳定的工作到底是什么工作？我们之前总共才约会两次，两次都被你的工作打断了。我真担心，是不是还会有第三次、第四次……我有点儿吃不消了。我不是抱怨什么，我只是想知道。我是你的女朋友，总有知情的权利吧？"

霍羿之深吸一口气，开始坦白："我是S市公安消防队的队长，警衔是上校。之前两次取消约会去执行任务，都是某处突发火灾事故去处理了。"

"消防队的队长？"裴雅芙震惊无比地睁大了眼睛，心忽然"咚"地往下沉，有点儿要喘不过气来，她不由得抓紧了桌沿儿，"那就是……那就是消防员吗？"

"是的。哪里有火灾事故，哪里就会有我，我的使命是拯救人民的生命。"霍羿之很肯定地点头。

裴雅芙的脑袋里突然乱哄哄的，想起了好多片段和信息。她想起了电视和新闻里总是报道的那些消防员，在火海里出生入死，经常进去就出不来了。

她还记得有次重大火灾事故，死了好多消防官兵，其中有很多都很年轻，正是风华正茂的年纪，现场惨不忍睹，那些官兵的家属们哭得撕心裂肺的。

原来，霍羿之跟他们是一样的。

这个职业，工作时间不稳定，还不安全，受伤是家常便饭，随时都还有可能会丧命。

她只是一介平凡女子，胆小，怕死，贪慕细水长流的日子。

她无法接受自己每天活在担惊受怕里，无法接受自己所爱的人随时都有因公殉职的可能。

她现在的意识像刚洗了个海水澡一样清醒，在那清醒的意识之上，流动着细微绵密的疼痛，那疼痛似乎总是在向着她的心发动冲击。

她的鼻子好像被一股巨浪击打了一下似的，变得酸酸的。

裴雅芙沉默了良久，缓缓地低声说："我……不是一个喜欢拐弯抹角的人。我现在很直白地告诉你：我无法接受你的职业，这个职业太危险了，就不是一个踏实过日子的人该从事的职业，要么转行，要么……分手。"

最后那两个字吐出来的时候，她感觉自己的肚子里猛刺进了一颗尖利的牙齿一样，疼痛得紧。

"雅芙，我知道你的顾虑和担心，在我坦白我的职业之前，我也想过你能不能接受的问题。是的，我承认，这个职业很危险，但伟大和神圣往往就是伴随危险而生。这个职业总要有人去做的，我不做，他不做，每个人都为了怕死不去做，那谁来做呢？"霍羿之很认真地把自己的想法讲给她听。

"做一个英雄一直是我从小到大的梦想。我很喜欢我的这份职业，我觉得当一个消防员很伟大、很神圣，我无法放弃我喜欢的职业。但同时，我也不想放弃你，我是真心爱你的。消防事业和你，两者为什么不可以并存呢？你不要想得太极端了。你可以试着转变观念，你可以的。"霍羿之的眼神那么真诚和深情，那道目光曾是她一辈子想依赖的港湾，此刻，在这灯光旖旎、情调浪漫的咖啡馆里，裴雅芙看着看着，却慢慢地红了眼。

"对不起，我没办法转变观念。趁我们俩还没有相处得那么久，还没有爱得那么深的时候，我们……分手吧……长痛不如短痛。"裴雅芙的语气还挺冷静的，但话音刚落，她的一滴眼泪就从她的一只眼睛里落了下来，落成一条笔直的水痕，弄湿了她美好精致的脸。

霍羿之震惊地看着她，深邃漂亮的眼睛也红了。

这一瞬间，就等于是判了死刑一样。

他只觉得自己的心被一个又凉又尖的东西横空穿透，并随着这一耸一落，坠到了不知何处。

分手吧，分手吧，分手吧，这三个字就像魔咒一样在他的耳边不停地回响。

他并不是那种死缠烂打的人。

爱情如果不是心心相印、你情我愿，就没劲了。

既然她无法接受他引以为傲的职业，两人价值观不合，那就彼此祝福，好聚好散吧。

这个世界，没有谁离开谁活不了。

两人从咖啡馆走出，一个往左走，一个往右走，背道而驰，其去弥远。

第四章

锦瑟华年

他说他养着鲸鱼，

她说她夜里的耳朵开出了花；

他说我是习惯横行的蟹，

她说我是直线洄游的鱼。

他们俩，

总是唱反调。

然而，

青春时代，

锦瑟华年，

韶颜稚齿，

燕侣莺俦。

也许，

踏破深海，

只为一起疯。

01

　　自从那个意外之吻后，裴妙瑜和霍良景别扭了几天，两人一见面就脸红。

　　裴妙瑜的心情很复杂，总是想起那个吻。

　　大学虽然都是寄宿，但裴妙瑜和霍良景皆为本市人，离家近，所以他俩会经常回家住。

　　有一天晚上，裴妙瑜回家住，一个人在自己房间里总是翻来覆去地睡不着，于是，穿着睡衣的她，抱着枕头，推开姐姐裴雅芙的房门，钻到姐姐的被窝里去了。

　　裴雅芙还没睡着，正在床上就着台灯看书。

　　她看着爬上自己床的妹妹，开玩笑地打趣道："干吗钻到我的窝里来？赶紧回你自己的窝里去，我嫌弃你。"

　　"我亲爱的好姐姐，别嫌弃嘛，我有很重要的悄悄话想跟你说呢。"裴妙瑜开始冲着裴雅芙撒娇，裴雅芙只好投降。

　　她放下书，看着妹妹："好，你说吧。"

　　裴妙瑜有点儿愁眉地开口道："我最近也不知道怎么了，上课不专心，练琴也练不进去，茶饭不思的，总是走神儿，喜欢发呆，晚上又睡不着，就算睡着了也多梦，有时候会自个儿傻笑，这到底是怎么回事啊？"

　　"你不会生病了吧？"裴雅芙有点儿担心地用手去探她的额头，没发烧。

　　裴妙瑜打掉她的手："才没有呢，我身体好得很！"

"是没有。那你是不是会经常想起什么人？"裴雅芙问。

"是啊，你怎么知道的？那个人很讨厌，总是喜欢跑到我的梦里来。我有时候不想见到他，有时候又想见到他。见到他时会莫名地脸红心跳，看他跟别的女生在一起，心里就酸酸的，很想冲过去将他们一把分开。想起他时，有时恨得牙痒痒，有时又会傻笑。会不自觉地去关注他所有的事情。还希望他会注意到我，可是当他真的注意到我的时候，我又有点儿慌，六神无主了。"裴妙瑜说着说着，脑海里又浮现出了那张又帅又欠揍的面孔。

裴雅芙听她这么说，笑了："我的傻妹妹，你这症状很明显就是情窦初开，喜欢上你经常想起的那个人了。"

"啊，不会吧？他那么讨厌，嘴巴又贱，我怎么可能会喜欢上他？"裴妙瑜睁大漂亮的眼睛，有点儿不敢置信姐姐的推断。

活到十八岁以来第一次拥有的陌生情感，她好像还没有想好该怎么去接纳。

可她的表情却出卖了她的内心，她的脸微微地红了，眼睛里闪现出欣喜憧憬的神采，嘴角不自觉地甜蜜上扬了。

"你要相信我的判断，姐姐是过来人。"裴雅芙很肯定地微笑着说。

"你不敢相信是因为你有点儿怕，你不知道该怎么去面对这种情感。这是你第一次喜欢上一个男生吧。其实你不要怕，这没有什么的，这是一种很美好、很神圣的情感。现在你已经成年了，可以谈恋爱了，爸妈也不会干涉你了，想谈的话就去谈吧。大学如果不谈一场恋爱，人生会留下遗憾的。但是，不能耽误学业哦。"

"嗯嗯，姐姐你好像说得有点儿道理哦。"裴妙瑜捂住自己发烫的小脸，点点头说。

"那……要不要偷偷告诉姐姐，你喜欢的男生是谁啊？是不是我们钢琴专业三班的？我认不认识？长得帅不帅？学习成绩好不好？"裴雅芙贼笑着凑近裴妙瑜道。

"哎呀，姐你好八卦哦。"裴妙瑜甜美的脸上露出娇羞。

"现在八字还没一撇呢，有什么可说的啊。万一……万一人家不喜欢我呢？除非我跟他真的在一起了，到时候我就肯定会带给你看的。"

"好吧，那你接下来准备怎么做？"裴雅芙说。

"嘻嘻，保密。"裴妙瑜眨了眨古灵精怪的大眼睛。

总之，她心里已经有主意了。

"姐，别总说我的情感问题了，也说说你吧。我看你都空窗期好久了，你现在有没有什么目标？有没有喜欢上什么优秀的男人？"裴妙瑜笑眯眯地看着裴雅芙说。

裴雅芙一听到这个问题，脸色马上变了，皱着眉说："你个小屁孩儿，自己的事情都操心不过来，操心我干吗？我工作这么忙，哪有时间谈恋爱，你管好自己就行了。"

"没有就没有嘛，人家也就是随口一问，干吗这么凶巴巴的？"裴妙瑜嘟着嘴，有点儿委屈地嘟囔道。

裴雅芙现在才发现自己的反应有点儿敏感和过激。她微微地叹了口气，不再作声。

她不是没有，只是不愿意跟妹妹讲。

她跟霍羿之那短暂的爱情，从9月1日开始，到9月15日分手，只有半个月，十足的"闪恋"，像烟花般璀璨易冷，如此失败，根本无从提起。

裴妙瑜有点儿感受到了姐姐的低落情绪，她轻轻抱住裴雅芙说："姐，你别忧伤嘛，没有男朋友，还有妹妹我呢，你不会孤单，妹妹会永远陪着你的。"

裴雅芙有点儿感动，但马上又推开她，打趣道："我才不要让你永远陪着我呢，你叽叽喳喳的，太吵了。你最好赶快交个男朋友，大学毕业后早点儿嫁人，别总是在我面前晃来晃去的，我头晕。"

"我就晃，我就晃，我就晃。"裴妙瑜边说边凑到裴雅芙跟前使劲儿晃动着脑袋。

"裴妙瑜，你怎么老像只猴子似的，你是不是得了多动症？你就不能稍微淑女点儿吗？"

"什么猴子，什么多动症的？你就不能用词稍微优美一点儿吗？我这明明就叫活泼可爱嘛，哈哈……"

两姐妹打打闹闹的，房间里时不时传来欢快的笑声。

窗内，月光透进来，将窗帘照出一圈毛茸茸的光晕来。

窗外，漫天繁星辗转，深深浅浅，片片点点。

如花的夜，在蔓延。

02

第二天，C大第一节课的下课铃声一响，裴妙瑜二话不说，就把霍良景抓到了一个无人的地方。

"这位女侠，你要干吗？要劫财还是劫色？"霍良景故意双手环抱住自己，做出一副受害者的害怕表情，夸张地大叫。

"我……我有很重要的事情想对你说。"裴妙瑜红着脸、低着头、壮着胆子说。

霍良景凑近她，眼睛盯着她红得像西红柿一样的脸看了又看，猜测道："你……不会是要跟我告白吧？"

"你少臭美了，才不是呢，我是来跟你讨债的。"裴妙瑜抬起头大声说。也不知道怎么的，突然就有勇气了。也许这个男生就真的只适合自己用这种语气跟他说话。

霍良景吓了一跳，连退两步："讨什么债？我不记得我有欠你钱啊！"

裴妙瑜指着自己的嘴巴，很认真地一字一顿地对他说："霍良景，在迎新晚会上你夺走了我的初吻，你要对我负责。"

"啊？"霍良景睁大了眼睛，张大了嘴巴。这惊吓级别有点儿高。

"我有没有听错？"他不大相信自己的耳朵。

"你没听错，霍良景，你夺走了我的初吻，你要负责，负责！"裴妙瑜再次强调。

"哈哈。"霍良景看着一脸认真得不能再认真的裴妙瑜，知道了她不是在开玩笑，突然就笑了出来。

"你笑什么？"裴妙瑜严肃中有点儿恼怒。

"我笑你十八岁了才有初吻。请问你是哪个年代的人啊？平时看你挺活泼、豪放的，原来都是装的呀。现在的小姑娘到十八岁，别说初吻，初夜都早没了。哈哈哈……"霍良景越说越想笑。

"你笑个屁啊！别的姑娘是怎么样的我不管，反正我有我的原则。你到底负不负责？"裴妙瑜急不可耐地问。

"负什么责？我又不是故意的，是脚一滑不小心撞上的。那对我来说根本就不算什么吻。"霍良景很无所谓地吊儿郎当地说。

"你……你怎么这么无赖？你就是个流氓！"裴妙瑜气得大哭了起来，哭声很响亮，哭得越来越大声，越来越伤心。

她的眼泪"哗啦啦"地往外流，像坏了开关的水龙头一样怎么收也收不住，弄湿了她甜美青春的脸，看着着实让人心疼。

霍良景呆住了，有点儿惊慌失措，这眼泪怎么能出来得那么快呢？

他连忙手忙脚乱地安慰她："别哭啦，别哭啦。有什么好哭的呀？

本来挺好看的一个妹子，一哭就不漂亮了。让别人看到了，还以为我欺负你呢。"

"本来就是你欺负我，就是你欺负我！你这个流氓，大流氓！"裴妙瑜边"呜哇哇"地放声大哭，边冲着霍良景喊。

霍良景没辙了，又头痛又放不下，又心疼，心里涌上一种说不出来的感觉。

他掏出纸巾给她擦，一边擦一边哄她："其实，你也没那么讨厌啦，有时看着你也挺可爱的。想要我负责可以，把初吻正正经经地给我，我们正正经经地吻一个。"

他的话音刚落，裴妙瑜就像正播放的磁带突然按了暂停键一样，哭声戛然而止，她睁着还带着泪花的水汪汪的大眼睛看着他，可怜巴巴地问："真的？"

"真的。"霍良景认真点头。

裴妙瑜的眼里放出欣喜的光芒。

"那好，我把我的初吻正正经经地你。"她说着，眼泪都没顾得上擦，便飞快地踮起脚尖，生涩地去吻他。

霍良景抱住她，反被动为主动，很热情地回吻她。

裴妙瑜感觉眼前开了满树的海棠花，香风如醉，漫天的粉红色花瓣梦幻般迷离地飞舞。

喧闹相爱，热烈欢喜。

03

萨帝堡全国青少年钢琴大赛如期举行。

由于裴雅芙非常努力、认真地准备比赛，她教的那五名 C 大学生取得了好成绩。有一个一等奖，一个三等奖，一个五等奖，还有两个优秀奖。获一等奖的那位学生，还成了签约演奏家。这是 C 大参加各种钢琴比赛有史以来成绩最好的一次。

裴雅芙功不可没，为 C 大赢得了很高的荣誉。

学校给她发了一份奖金，校长都在大会上点名表扬她了。

好闺密卫瑶和同事们都来祝贺她：

"恭喜你啊，小雅。你真棒，真为你高兴。"

"恭喜裴老师，真是太厉害了，太佩服了。以后在钢琴教学方面我得多向你取取经。"

"恭喜，恭喜，裴老师才貌双全，又勤奋又能干，不知道谁有福气能娶到你呢。"

教导主任也换了副嘴脸，好声好气地对裴雅芙说："我真挚地祝贺你，小裴同志。有你这样出色的下属我深感自豪。当初我没看错人啊，把这个任务交给你是没有错的。你是我们部门之光，是我们 C 大之光。前途无量，大有作为呀！"

"谢谢卫瑶，谢谢同事们，谢谢主任，我哪有你们说得那么好，我以后会更加努力的。"裴雅芙谦虚地微笑道。

只有刘梓澜躲得远远的，一个人在后面默默地很不爽。

她在心里念叨："今年真是撞了鬼，流年不利。没想到老娘不要的一个烫手山芋，居然阴差阳错地成全了裴雅芙那个小贱人。可恶！"

为了庆祝这次比赛取得好成绩，周末的时候，裴雅芙请了不少人到家里来吃午饭，有那五个参赛的学生，有包括卫瑶在内的几个关系好的同事。

当她把客人们迎进门，端茶倒水，切水果、摆零食招待后，冲着他们说："你们先吃着水果、零食，看看电视，聊聊天儿，今天我亲自下厨，让你们尝尝我的手艺。"

"好啊，好啊！我们今天有口福了！"大家一致拍掌欢呼。

裴雅芙便系着围裙去厨房忙活了，留父亲裴回和母亲苏锦心在客厅招待客人。

妹妹裴妙瑜最后一个到家，还带了一个高高帅帅的男生——正是霍良景。

裴回和苏锦心一看到小女儿带了个男生回来，立马亮着眼睛笑眯眯地迎上去："这是？"

"爸、妈，这是我男朋友，叫霍良景。"裴妙瑜大方地介绍。

"叔叔、阿姨好。很高兴见到你们。"霍良景立马嘴甜地喊，还一个劲儿夸他们，"叔叔真年轻、真帅气，阿姨真年轻、真漂亮，又都很有气质，一看就都是很有品位的人，你们一家的基因好好啊。"

"你好，你好。这孩子嘴真甜，长得又周正。"裴回和苏锦心被夸得乐开了花，笑得合不拢嘴。霍良景今天又特意穿得比较正式，没有强调平时的个性，一副好少年的样子，这二老挺喜欢这孩子的。

"妙瑜你男朋友长得好帅呀，看着很不错。真有眼光。"卫瑶微笑着说。

"哈哈，当然帅啦，卫瑶你不怎么关注八卦和论坛的吧？霍良景在C大很有名，我们大多数老师基本上都认识他，他是我们C大的校草啊，好多女生为他着迷呢。"有个坐在沙发上的老师说。

"妙瑜你挺厉害的呀，能把C大校草拐到手。不知道该有多少女生恨死你了吧？把她们的梦中情人拐跑了，独霸了。哈哈。"另一个老师开玩笑说道。

"什么叫拐啊？拜托，我也不差的。"裴妙瑜笑道。掩饰不住的一脸得意。

"我看看，我看看，我妹妹男朋友长什么样？我早就想看了。"这时候，一直在厨房忙活的裴雅芙，听到母亲苏锦心的通知，从厨房出来了。

她一只手抓着一条鱼，另一只手抓着一把菜刀，看着又滑稽又有点儿瘆人。

"霍良景，是你？"裴雅芙当然记得这个开学第一天追了她车尾的男生，另外，她是钢琴专业三班的班主任，霍良景也是她班的学生，自然认识。

只是没想到妹妹的男朋友居然是他，她很震惊，明明这两人一开始看着互没好感的。

"是我啊，裴老师好。"霍良景一脸阳光灿烂地笑着对裴雅芙说。

"哈，姐，看到他，你是不是觉得很意外啊？"裴妙瑜笑着说。

"的确挺意外的。"裴雅芙说。

"没办法咯，这就是爱情，它来了就来了，你挡也挡不住的。"裴妙瑜摊开手，耸耸肩，一脸幸福甜蜜地笑着说。

裴雅芙虽然对妹妹选男朋友的眼光持保留意见，不过当着这么多人的面，她也不好说什么。她只是凑近霍良景，低沉地小声说道："对我妹妹好点儿啊，要不然，我现在手里的东西二选一，要不你投江喂鱼，要不你用菜刀自刎。"

"哈哈，女神你好幽默。"霍良景笑着说，说完后，看裴雅芙脸色不对，他马上补充一句，还举着手发誓，"放心，我保证，我绝对会对令妹很好很好的，我会宠她、爱她、包容她，事事以她为先，会尽己所能满足她的一切要求。她如果想要水里的月亮，我会给她捞上来；她如果想要天上的星星，我也会帮她摘下来。"

"但愿如此哦。"裴雅芙优雅地微笑着说道。

她总觉得，霍良景不太适合自己的妹妹，后来发生的事情也确实应验了她的这种直觉，然而，现在身处于静好岁月、安稳现世中的他们，又怎么能想到以后那么远的事情？

由裴雅芙亲自掌勺的丰盛美味的菜肴上桌后，大家围坐一起，边吃边聊，纷纷赞叹裴雅芙的手艺不错。女神就是女神啊，多才多艺，上得厅堂，下得厨房。

裴妙瑜和霍良景相互夹菜，又给大家敬酒倒茶，两人还时不时打情骂俏的，看着很甜蜜，羡煞旁人。

苏锦心看着小女儿，挤对大女儿，说："雅芙啊，你看你妹妹都找了男朋友了，你都二十六岁了，老姑娘了，还不抓紧。要不去相亲吧，现在的相亲活动、相亲节目，多得很呢。"

"别说我了，你们看看卫瑶这么漂亮，也没找，我觉得她倒是空着太可惜了，她更需要早点儿找个男朋友照顾她，你们要不要先帮她介绍一个？"裴雅芙巧妙地将众人的注意力转移到了卫瑶身上。

"对啊，卫瑶姑娘一直单着，太可惜了，我倒是认识一个条件跟卫瑶匹配的单身青年，回头我给你介绍啊。卫瑶你对男朋友方面有些什么要求？你跟阿姨说。"苏锦心的热心肠又来了。

卫瑶看了看自己残疾的右腿，轻轻地摇头说道："算了。"

"算什么了啊？"裴雅芙说，"谁说残疾人就不能拥有爱情了？在爱情面前，人人平等。你这瘸腿又不影响你的正常生活。这世上有好多比你残疾更严重的都拥有了幸福。主要是，你自己要有勇气、有自信。"

裴雅芙的道理一套一套的，大家都赞同她。

卫瑶安静地听着，边吃菜，边微笑。至于有没有听进去，就只有她自己心里清楚了。

04

之后，有好几家电视台、杂志、报纸、网站等媒体都来 C 大找裴雅芙，采访她，让她分享她的教学经验，连中央电视台的一个励志节目都邀请了她和她的五名学生，她一下子变得小有名气、风光无限。

学校给她涨了工资，她成了学校招生的活招牌，有好多钢琴专业的学生都想挤进她所任教的班级。

而霍羿之，自从跟裴雅芙分手后就一直寄情于工作。他穿着帅气的消防员制服，带领着 S 市公安消防队冲锋陷阵于一个又一个火灾事故现场，拯救了很多的生命和人民财产，也解决了辖区内的很多消防问题。

因为他的警衔是上校，大家都尊敬地称他为"霍上校"。

有一次，霍羿之在大队食堂和队友们吃饭，看到食堂的电视里正播放着裴雅芙的采访节目，电视里的裴雅芙光彩照人，谈吐得体，作为节目的附赠环节，她还为节目简单弹了一首钢琴曲。

霍羿之一动不动地看着电视里的裴雅芙，连饭都忘了吃，内心复杂，有思念，也有苦涩。

在一旁吃饭的靳昭，边吃边看着电视评论道："这位女老师确实很漂亮啊，又有学问，钢琴也弹得好，简直堪称完美啊。现在拥有美貌的女孩儿是不少，但美貌与智慧兼并的女孩儿却是不多的。如果我能找个大学美女老师做女友，我这一辈子就无憾了。"

霍羿之笑着说："靳昭你太天真啦，高学历、高智慧、高职称、高颜值的大学美女老师，可是不会选择消防员做男友的哦，你光 YY 一下就可以了。"

"不是吧？你怎么这么肯定，难道你有经验？"靳昭怀疑地说。

霍羿之不吭声，埋头吃饭。

靳昭继续说道："霍上校，你可看清楚了，我不是普通的消防员，我是 S 市公安消防队的副队长，警衔是上尉，中共党员，硕士文凭，找个大学老师也算是般配和势均力敌吧？不算要求高吧？"

"我吃完了，我先走了。"霍羿之站起身来，端盘走人。

"喂，霍上校，你还没回答我的问题呢。"靳昭在后面喊，霍羿之装聋没听见。

05

裴雅芙的事业逐渐风生水起，蒸蒸日上，受到学生的一致拥戴和尊崇，同事的欢迎和喜欢，领导的赞扬和肯定。

她不骄不躁，潜心上好自己的三门课，也认真当好钢琴专业三班的班主任，用心地教导和对待每一个学生。

这天晚上，她去男生宿舍突袭查寝。当她悄无声息地查到霍良景那间寝室时，站在门口，隔着门板就能听到里面噼里啪啦的清脆而不寻常的声音了。

还有男生们欢快的话语声：

"我出一饼。"

"我碰了。"

"就知道碰碰碰。我出九万。"

"快点儿摸牌，每次就你反应最慢。"

裴雅芙眉头一皱，"啪"地推开这间寝室门，就看到寝室里有四个男生围坐在一张桌子前打麻将，玩的是"捉鸡"麻将，还是打钱的，每人面前都堆了一些面额不等的纸币。

霍良景就在这四人当中。

"啊，裴老师？"大家一看到她，全部慌了，惊慌失措地赶紧收钱、收麻将。

谁知道她会这时候搞突袭啊？站在门口都没声音的，大家都没察觉。真是倒霉啊，好久才偷偷摸摸打一次，没想到就撞上了。

"别收了，我都看到了！"裴雅芙严肃地对他们四个说。

"你们四个，站成一横排，立正，稍息，乖乖站好。"

大家只得照做，像站军姿一样笔挺地站在裴雅芙面前，只不过都是低着头的。

"小小年纪，不学好，学着打麻将，还打钱。看这纸币面额，打得还不小呀。你们自己挣钱了吗？都是花父母辛苦赚的钱。有什么资格打麻将，还打钱？你们不知道吗？学校的管理条例一条一条都在广播里念了好多遍的，班上也由班干部们通读了，还专门给每个人发了一本学校管理条例手册。在校内不准打麻将，就是学校管理条例中很重要的一条，你们现在严重地违反了这一条。父母们花这么多钱送你们来读大学，是让你们来打麻将的吗？那么闲的话，就多学习，多参加一些有益身心的社团活动，多做一些有意义的事情。不能把这种不良的风气带到学校里来。"裴雅芙严肃批评了他们四个，并对他们语重心长地做了一番沉痛教育。

大家低着头，沉默着，羞愧地看着自己的脚尖，乖乖地听她数落。

"你们今天这种行为，必须受到严厉惩罚，否则你们是不会长教训的。"裴雅芙说着，看了一眼桌子上众多麻将牌里显眼的幺鸡，灵机一动。

"既然你们今天打的这个是捉鸡麻将，那就惩罚你们每人手绘一千只幺鸡，明天中午十二点前交到我的办公室来。与此同时，还要每人写一份不低于一千字的书面检讨，也是明天中午十二点前交到我办公室来。"裴雅芙很严肃认真地说道。

"啊？手绘一千只幺鸡？"大家听到这个惩罚，全都傻眼了，一脸的惊吓状。

这幺鸡图案，就是鸟和鸡的合图，跟一幅画一样的，笔画那么复杂，很难画的，画一只就很费神了，还要画一千只，这也太虐了吧。裴老师太毒了。

"啊什么啊？谁叫你们违反校规打麻将的？这就叫自作孽不可活！还有，这副麻将我也没收了。"裴雅芙收起那副麻将，上交了。

虽然这四个男生心里有诸多怨念，不过也知道裴老师的所作所为是对的，是为他们好，于是在第二天，还是陆续地老实上交了手绘的一千只幺鸡，还有书面检讨。

交完之后，大家就纷纷感叹："哎呀，这幺鸡太难画了，我手都画酸了。"

"岂止是画酸了啊，我的手都要抽筋了。你看我的黑眼圈，我昨晚画了一晚上，都没睡觉。"

"以后打麻将都会有心理阴影了。今后我再也不敢在学校打麻将了。"

"嗯嗯，我也是。我也不敢打了。"

霍良景是最后一个交的，还是踩点交的，在中午十二点的下课铃声响起的时候飞奔进裴雅芙的办公室的。

裴雅芙检查他画的幺鸡，当她看到霍良景画幺鸡的笔记本纸，越看越觉得熟悉，那些纸的左下角都有彩色的漫画图案做装饰，每一页纸的最下端中间位置还印有粉红色的 hello kitty 的头像。

"这是用你自己的纸画的幺鸡？"裴雅芙抬起头来问霍良景。

"是啊。哈哈，裴老师你这话问得好奇怪啊，我自己画的幺鸡，当然是用的我自己的纸啦，难道我连画幺鸡的纸都买不起啊？哈哈。"霍良景看都没看一眼那些笔记本纸，眼也不眨地回答。

"你确定这一千只幺鸡都是你自己画的吗？"裴雅芙紧紧地盯着他问。

"当……当然啊。"霍良景被她盯得有点儿心虚，不由得扭转了视线。

裴雅芙又检查他的书面检讨，发现字迹很熟悉，但却不是霍良景的字迹。

"这检讨是你自己写的？"裴雅芙发问。

"当……当然啊。"霍良景摸了摸自己的额头，感觉额头冒汗了。

"行了，你出去吧。"裴雅芙朝他摆摆手。

"好的，裴老师再见。"霍良景松了一口气，像逃一般地跑出了办公室。

裴雅芙用办公室的座机打了个电话，严肃地说道："裴妙瑜同学，你马上来我办公室一趟。"

下午，钢琴专业三班的最后两节课是中外音乐史，由裴雅芙讲课，就在本班教室上课。

上课铃声响了之后，裴雅芙抱着课本和教案走进钢琴专业三班的教室。

她不着急讲课，而是开口说："我除了是你们的中外音乐史老师，还是你们的班主任。所以，在正式上课之前，我想耽误同学们几分钟时间，先跟同学们讲一件事情。"

然后，她对着坐在台下的裴妙瑜和霍良景说："裴妙瑜同学、霍良景同学，请你们两个起立。"

裴妙瑜和霍良景从座位上起立了，班里的其他同学看着他们俩，一头的雾水。

裴雅芙严肃地当着全班同学的面说道："昨天晚上，霍良景同学犯了校规，被我惩罚手画一千只幺鸡，加写一份书面检讨，他的惩罚作业今天是按时交上来了，但结果，我发现，那一千只幺鸡是裴妙瑜同学帮他画的，书面检讨也是裴妙瑜同学帮他写的。我很不认同这种方式的帮忙行为，霍良景同学自己犯的错，理应自己承担责任，裴妙瑜同学以为她在帮霍良景同学，其实是在害他，以后如果他养成习惯，会事事依赖于人，会变得不独立、没担当。所以，我需要严肃批评这两个同学。霍良景同学这次交上来的惩罚作业作废，他需要重新亲手画一千只幺鸡，重新亲手写一份书面检讨。望大家引以为戒，不再犯类似的错误。"

同学们听到这些，都开始在底下议论纷纷，交头接耳的：

"哇，听说裴妙瑜是裴老师的亲妹妹，怎么当姐姐的对妹妹这么严厉？"

"这你就不懂啦，裴老师的性格刚正不阿、公私分明，在学校里她是老师，不是姐姐，不会对裴妙瑜格外开恩的。"

"霍良景也真是懒啊，犯了错还让人帮他写惩罚作业，还以为能蒙混过关，谁知道强中更有强中手，这下踢到铁板了吧，哈哈。"

裴妙瑜听到姐姐这样的通报批评和处理方式，气不打一处来。她忍不住在课堂上公然顶撞裴雅芙："我不服！凭什么惩罚作业作废？凭什么让霍良景再做一次？你也太小题大做了吧？当个班主任了不起啊？霍良景那么漂亮的手是用来弹钢琴的，不是用来画幺鸡的，你这惩罚方式本来就很变态。能有人愿意帮他画幺鸡，是他自己的能耐，你管不着。我认为，你明显就是见不得霍良景跟我谈恋爱，才故意为难他的。你自己没人要，就见不得别人好。你这样的性格，有男人会要你才怪！"

裴雅芙也有点儿生气了，她冷着一张脸，对裴妙瑜说："你……公然在课堂上顶撞你的班主任，目无尊长，妄自尊大，此乃大不敬，在同学中造成了不好的影响。按照学校的相关管理条例，你必须要受到惩罚。罚你围着操场跑二十圈，立刻去！"裴雅芙指着门外的操场。

"哼，去就去，有什么了不起的。裴雅芙，你再怎么罚我，也改变不了你没男人要的事实。"裴妙瑜这样年轻气盛地说着，然后"唰"地拉开椅子，出去跑圈了。

"报告裴老师，我也想去，我陪她去跑。"霍良景举着手大声说。

裴雅芙瞪着他，大声说："不准去！你给我老老实实地手画幺鸡。"

"幺鸡我一定会亲手画完的，书面检讨我也一定会亲手写完的，但妙瑜现在是因为我才被罚，我不能眼睁睁地看着啊。老师，我错了，我以后绝对不干这种让人帮忙的事了，你就让我去陪她跑吧。她身体弱，我担心她会体力不支晕倒。"霍良景眼巴巴地请求她。

裴雅芙感觉有点儿头大，同时被他说得有点儿担心起妹妹来，她只得挥挥手："去吧，去吧。"

"好的，谢谢裴老师。"霍良景便高高兴兴地跑出去，陪裴妙瑜跑圈了。

因为这个事件，裴妙瑜对姐姐有了一点儿意见。但其他学生都力挺裴雅芙，认为她作为班主任，对事不对人，不偏袒妹妹，让大家更加敬爱。

06

裴妙瑜和霍良景甜蜜交往中，姐姐的惩罚只是让他俩的感情更加升温。

周末，两人去电玩城玩。电玩城里面好玩的东西很多，有运动篮球机、跳舞机、爵士鼓、枪击、抓娃娃、敲太鼓、射击、赛车、极速摩托、各种游戏机等。

裴妙瑜最喜欢抓娃娃，但她笨，用了很多游戏币都抓不到。

霍良景是游戏高手，轻而易举地帮她抓了好几袋子娃娃，把她给乐坏了，搂住他的脖子就亲他的脸："亲爱的，你太棒了，我太崇拜你啦。"

边上那些抓娃娃的玩家都视霍良景为大神。

然而边上的工作人员都急了，生怕霍良景抓这么多会抓到电玩城破产。

两人在电玩城玩得很嗨，忘情的时候还会拥抱和亲吻，亮瞎钛合金狗眼。

后来，霍良景接了一个电话，是他的母亲曾美缇打来的："儿子，今天是周末，晚上记得回来吃晚饭啊。妈妈会做很多你爱吃的菜。"

"知道了，妈。"霍良景对着电话说。

"还有，记得给你哥哥打个电话，让他也回来吃晚饭，你爸爸惦记着你哥，说他好久都没回来吃过饭了，难得周末，一家人聚一聚。"曾美缇说。

"我哥？你就不能亲自给他打电话啊？为什么要我转达？"霍良景蹙着漂亮英气的眉毛说。

"你这孩子，你又不是不知道，他一直对我有成见，我给他打电话的话他不会接吧。"曾美缇说。

"好吧，那我打。"霍良景有点儿不情愿地答应着。

挂了电话之后，他看着手机，犹豫了一下，还是拨通了霍羿之的号码。

"喂，我妈让我告诉你，说爸让你今晚回去吃晚饭。"电话拨通后，霍良景没好气地说。

"知道了。"霍羿之冷淡地答应着，然后挂了电话。

裴妙瑜一直在旁边竖着耳朵听着，她忍不住好奇地问："哇，你原来还有个哥哥啊，你怎么从来都没跟我说过？"

"你也没问起过啊。"霍良景没好气地回答道。

"你哥叫什么名字啊？是不是跟你的名字一样好听？"裴妙瑜挡不住的好奇。

"他叫霍羿之。喂，你怎么像个狗仔一样的，你有完没完啊？"霍良景不耐烦地说道。

"喂，亲爱的，你怎么了？刚才还好好的，现在怎么突然变这样？一副心情不好的样子。是不是因为刚刚电话的原因？我看你跟你哥哥打电话，好像语气不太好的样子，你们两兄弟是不是闹别扭了？"裴妙瑜关心地问。

"我跟我哥的关系一直就没怎么好过。"霍良景说。

"那是为什么啊？正常的，有兄弟姐妹不是挺好的吗？"裴妙瑜说。

"因为我们不是一个妈生的。"霍良景一字一顿地吐露真相。

"啊？你们同父异母啊，好时髦。"裴妙瑜震惊地张大嘴，见霍良景瞪着她，她又立马用手捂住嘴。

第五章
别来无恙

万希村，

是一个在遥远的时空能聆听最近心跳的地方。

她在那里看到他从飞机上走下来，

就像风从海上来，

拂过的眼底开出大朵潮湿的云脉。

紫檀的香味，

弥漫在上空，

把天地间一切空虚盈满，

阳光下，

是一道纤绝的尘陌。

从别后，

忆相逢，

几回魂梦与君同？

今宵剩把银缸照，

犹恐相逢是梦中。

别来无恙？

01

当霍羿之回家时，父亲霍智修、继母曾美缇、弟弟霍良景及裴妙瑜都在。

家里的房子不错，是独栋别墅，又大又漂亮，一看就是有钱人家。

其实，霍羿之幼年是普通家庭，后来父亲白手起家努力创立资产，才有了现在的一派风光，也算不得是顶级富豪，算是中产阶级家庭，创二代吧。

霍智修丰神俊朗、高大挺拔，两个儿子都遗传了他的好基因。他很有气场，一看就是老板的样子，他现在经营着一家比较大的公司。

而曾美缇也保养得宜，漂亮又富态，穿得还挺时尚，有贵太太的模样，现在在霍智修的公司做财务总监，帮着他管账。

曾美缇做了一大桌丰盛的饭菜，看到霍羿之回来了，对他温和微笑。

她虽然是继母，但对霍羿之一直不错，霍羿之总觉得她很假，并不领情。

除了父亲，霍羿之对继母和弟弟都比较冷淡。

自从上大学后，霍羿之就很少回家住了，参加工作后更甚。

他总觉得自己在这个家很多余。

他自己买了套新房，可以住新房，也可以住单位宿舍，但父亲霍智修一直在家保留着他的房间，叫曾美缇定期打扫卫生，他的房间永远是干干净净的，等着他回去住。

吃饭时，在饭桌前，霍良景跟家人介绍裴妙瑜："这是我女朋友，我们是开学那天认识的，才交往没多久。嘿嘿，长得漂亮吧？"

霍羿之才注意到这个女孩儿的存在，他随口而出："长得是挺水灵的，如果不漂亮你也不会要吧。不过，你俩进度是不是太快了点儿？才交往就开始见家长了？"

霍良景反驳道："哪像你，交往了六个都没见你往家里带过一个。我是认真的，你哪次认真了？长得倒是很正气，可惜是衣冠禽兽。"

"良景，"父亲霍智修忍不住出声了，"你哥哥好不容易才回家一次，你能不能别每次都冷嘲热讽的。你哥一表人才，哪里衣冠禽兽了？你哥哥说得对，你是要学学你哥哥的稳重，你们才交往你就这样擅自把小姑娘往家里带，你不怕吓着人家小姑娘？小姑娘压力很大，她只是不好跟你说吧？还有，大学是学习的时候，最好少谈恋爱，你哥在大学就没谈过恋爱。"

霍良景生气了，冲着父亲说："爸，你怎么觉得哥哥什么都是对的？90 后的思维跟 80 后能一样吗？就是吃顿饭而已，哪有升级到见家长那么恐怖。在外面不也是吃，在家里不也是吃。"

"哟呵，你还有理了？你这么大声干吗？有你这么冲着你老子说话的吗？"霍智修瞪着小儿子说。

"爸你是不是不准备让我好好吃饭了？那你把我喊回来吃饭干吗？早知道是这样，我还不如带妙瑜在外面吃。"霍良景嘟囔着说。

"是你不想让我好好吃饭吧，你一回来就让我不省心，你除了会花钱、会顶嘴，还有什么本事？你少说一句会死吗？"霍智修说。

"行了，行了，你们别吵了，都是我的错。"曾美缇看不下去了，插嘴道，"是我的错。智修，你是不是后悔当年离婚娶了我，所以对小儿子一直有偏见？"

她说着说着，眼圈就红了。

"哪有，我对良景没偏见，两个都是我儿子，手心、手背都是肉。只是，他确实不如羿之争气，这是事实。你应该好好教导他，别总是溺爱他。"霍智修说。

"你是在怪我没教导好良景？那你是觉得羿之的生母李蕙教导羿之教导得好咯，既然她那么好，那你当年干吗要跟她离婚娶了我？你到底存的什么心啊？你以为家是你的公司，儿子是你的员工吗？怎么什么都比来比去的，有可比性吗？"曾美缇的眼泪掉了下来。

"我哪里有比，我说的都是事实，你那么敏感干什么？还有，你动不动哭什么？都四十多岁的人了，也不怕孩子们笑话。"霍智修觉得头大。

"爸，你别欺负我妈。"霍良景站到母亲一边。

矛盾升级，这顿饭吃得不欢而散。

02

从霍家出来后，霍良景和裴妙瑜聊了他家的状况。他边走边说："我哥哥不喜欢我和我妈，哥哥总认为是我们破坏了他原来的家庭。我也不怎么喜欢这个哥哥，因为我爸更偏爱和欣赏我哥哥。"

"也许，你父亲是觉得亏欠你哥哥，所以本能地想把父爱多分给你哥哥一点儿吧。"裴妙瑜猜想道。

"也许吧，"霍良景叹了口气说，"可是我真的很讨厌我爸一直拿我跟哥哥比。我总是被什么都很优秀的哥哥比下去，我真的很讨厌这种永远被比下去的感觉。"

"我很能理解你。抱抱。"裴妙瑜又同情又心疼他，停下脚步来，给了他一个充满爱意的拥抱。

"因为我们兄弟俩，我妈跟我爸也没少吵架。"抱完之后，霍良景又忧愁地说。

"你别想得太悲观了，夫妻吵架嘛，很正常的，吵架也是一种激烈的沟通。我看得出来，其实你爸妈还是很相爱的，你妈这个年纪了还喜欢吃你爸前妻的醋。我也看得出来，你爸爸还是很爱你的，只是有点儿恨铁不成钢，哈哈。"裴妙瑜说到最后，笑了起来。

"什么恨铁不成钢？你是在变着法子寒碜我吗？我哪有你说得那么没用？"霍良景开玩笑地去掐她肉肉的水嫩小脸。

"啊呀，好痛，大侠饶命。"裴妙瑜打掉他的手，蹦跳着往前面跑去。

"你跑什么跑，你给我站住，你是逃不出我的手掌心的。"霍良景嬉笑着去追她。

两人一路追追打打，嘻嘻哈哈的。

直到霍良景将裴妙瑜送到家门口，两人才依依不舍地吻别。

回到家之后，裴妙瑜对比霍良景的家庭，突然觉得自己很幸福。自己生活在一个多么和谐的家庭，爸妈是原配，自己跟姐姐从小到大的关系也一直很好。她突然认识到了什么，主动去跟裴雅芙讲话："姐，上次那个画幺鸡事件，是我错了，我不应该那样帮良景的，我也不应该为那件事情顶撞你，跟你闹别扭，我知道你都是为我和良景好。"

"好了，我的好妹妹，我从来就没生过你的气，你能这样想我真开心，我的妹妹真懂事。"裴雅芙高兴地抱住她，两姐妹就这样和好了。

"姐，我觉得，爸妈辛苦把我们抚养这么大真不容易，我们应该好好孝顺他们，多为他们做一些事情，要不，你帮爸爸捶背，我帮妈妈洗脚吧。"裴妙瑜突然这样说。

"呵呵，你是哪根筋开窍了？今天这么好。"裴雅芙笑着说。

"你管我呀，快点儿行动。"裴妙瑜催促道。

于是，在面积不大却很温馨的客厅里，裴雅芙认真地帮爸爸捶背，裴妙瑜端来水帮妈妈洗脚，可把老两口儿高兴坏了，一家人其乐融融的。

03

寒假，裴妙瑜和霍良景去了哈尔滨滑雪、看冰雕。

哈尔滨"冰城"的美誉并非浪得虚名，冬天的哈尔滨，是旅游的最佳季节，花上几天的时间，裴妙瑜和霍良景就欣赏到了冰城一年中最美的容貌，多彩的冰灯，白茫茫的松花江，华灯溢彩的中央大街，还有可以尽情欢闹的冰雪大世界。他们还运气很好地碰上了哈尔滨国际冰雪节的开幕。

"哇，这里好美，感觉这里现在是整个星球上最美的地方了！"裴妙瑜惊叹。

确实很美，冰雪节的全景，完全是盛大的冰雪世界。

冰冻城堡、冰冻火车，各种巧夺天工的巨型雪雕，比《冰雪奇缘》里 Elsa 的宫殿要来得真实一万倍。

入夜之后，一切都更漂亮，五彩缤纷的彩灯全部开了起来，在冰雪城堡和各种冰雪建筑物上闪闪发光，还有各种礼花在冰天雪地里放着，火树银花的，看得人叹为观止。

裴妙瑜和霍良景戴着情侣围巾、手套、帽子，还穿着情侣羽绒服，两个人裹得像企鹅一样，相拥着，站在冰冻城堡上欣赏着这绚丽多姿的冰雪美景。

看着看着，裴妙瑜突然说："亲爱的，等我们结婚的时候，我们就来这座城堡里办一个冰雪婚礼吧，肯定超浪漫的。"

霍良景刮她鼻子，笑她："宝贝，你想得也太远了吧？我们才十八岁呢，离结婚也太早了吧？你知不知羞啊，这么着急地就想嫁给我啦？"

"我说的是真的，好不好嘛？"裴妙瑜很认真地看着他。

"好，"霍良景用力地拥紧她，"我答应你，等我们结婚的时候，我们就来这座城堡里办一个冰雪婚礼。"

霍良景的表情那么坚定深情，他青春俊美的脸颊上隐隐有光泽流动，眼睛里闪动着一千种琉璃的光芒。这个时候，谁都会相信，这个誓言一定是真的。

没错，誓言承诺的时刻，一定都是真的，所以，即使以后不能兑现，也别一直耿耿于怀。人生有太多意外，谁知道以后会发生那么多的故事。

比起霍良景和裴妙瑜的甜蜜浪漫、时尚有趣，裴雅芙的这个春节就过得很寻常了，她就是每天陪着爸妈走亲访友，过着很传统的春节。

第二年三月，春天，万物复苏，万象更新。大地上的色彩开始丰富起来，草长莺飞，丝绦拂堤，千树琼花，碧波涟漪，兰馨蕙草，润物如酥，满园春色，落红如雨。

裴雅芙第五次参加副教授职称评选，终于评上了，她很开心。而妹妹裴妙瑜一直跟霍良景甜蜜而稳定地交往着，两人是打打闹闹的欢喜冤家，每一次呛声都是甜蜜指数爆棚。

春天是个恋爱的季节，周围都是双双对对的情侣，裴雅芙突然很想念霍羿之，很想跟他分享当上了副教授的喜悦。她坐在 C 大公园的长椅上，掏出了一个锦盒。打开锦盒，里面有一对儿漂亮夺目的珍珠耳环，就是霍羿之之前在咖啡馆想送她的那对儿。

当时分手的时候，霍羿之没有拿，裴雅芙也没有拿，遗留在咖啡馆。后来，咖啡馆的人联系到裴雅芙，送还给了她。

裴雅芙找不到理由去还给霍羿之，而且是自己主动提的分手，也不好意思再找他。就这样，这对儿耳环就一直留在她身边了，当个念想吧，就当纪念这段闪恋还是真实存在过。

后来，在一个偶然之时，卫瑶眼尖发现了耳环上的玄妙，裴雅芙便找来放大镜看了，发现耳环上专门刻了很精致的字，一只耳环的珍珠上刻了"裴雅芙"三个字，另一只上刻了"霍羿之"三个字。

卫瑶说："这应该是象征着，耳环上所刻名字的两人是一对儿，不能离弃的，一旦丢了一只，就不完整了。"

所以说，这是一对儿私人订制的耳环了。

原来是独一无二的耳环，那么珍贵。

当初定制这对儿耳环的人赋予它的意义，远大于它本身的价值了。

裴雅芙用手轻轻摩挲着这对儿耳环，内心涌上无法形容的感觉。

那短暂的十五天恋爱，却漫长得像一生，能让她在时光的洪流里细细地一遍又一遍地回味，果然，真爱不是可以用时间去丈量的。

这个时候，距离裴雅芙和霍羿之分手已经有半年了，分手后两人就没有了任何联系。

这半年，他过得好吗？他现在在哪里？

04

C 大的某间大办公室。

这是八人间，摆了八张办公桌和八台电脑。裴雅芙和卫瑶面对面地坐着，在电脑上认真办公、备课。其他老师也很专心地在忙自己的工作，整个办公室很安静，只有手指敲击键盘的声音，还有偶尔的翻书声，透着浓浓的工作氛围。

"小裴。"教导主任董振钦突然走进了这间办公室，走到裴雅芙的办公桌前喊她。

"啊？主任，有事？"裴雅芙从教案中回过神来，赶紧站了起来。

"这是送给你的。"董振钦将一份包装精美的礼物"啪"地扔在她的桌子上，并且很霸道地说，"你今天下班后别走，晚上我请你吃饭，你下班后坐在办公室等着我，我带你去吃饭。"

"啊？什么？"裴雅芙还没反应过来，董振钦就昂首挺胸、一脸冷傲地走了。

他刚刚说要请她吃饭的那语气，根本就不是邀请，是命令啊，都没问她愿不愿意去就走了。

"哇，裴老师，董主任怎么会想到要请你吃饭？他该不会是想追求你吧？"等董振钦走远了，同一个办公室办公的老师就忍不住过来八卦了。

裴雅芙立马反驳："别瞎说。董主任怎么可能会看上我，他之前一直都不待见我呢。"

"那可难说哦，人是会变的嘛。没准儿，他现在终于发现你的魅力了。你看，不光请吃饭，他还送你礼物，也没见他对别的下属送礼物、请吃饭啊。不是想追你难道还有别的解释吗？"另一个同事凑过来说。

"对啊，对啊，我刚刚注意了他看你的眼神，明显就很不一样。我看这礼物就不简单，董主任送的，一定价值不菲，你打开看看，看他送了你什么？"第三个同事说。

"我也想看，你快点儿打开看看。"第四个同事也凑上来了。

这下，除了卫瑶还坐在自己的原位上，其他六个同事都挤到裴雅芙办公桌前争着想看礼物了。

裴雅芙无奈地当众打开了礼物，盒子里的礼物一暴露在空气中，整个办公室就发出了惊叹的"啊"声，连裴雅芙自己也倒抽了一口冷气。居然是块名表，价值好几万元人民币。

"天啊，我还没见过这么贵、这么好的表呢。裴老师，你太幸福了。"

"啊，受不了，这块表可是我一年的工资啊！这种表很有收藏价值的！"

"董主任不愧是钻石王老五啊，才开始追求你就出手这么阔绰，那如果以后追上了你，是不是就要送车、送房、送岛屿给你了？"

众同事喧哗，议论纷纷。

"哎呀，你们别乱说了，这块表这么贵重，我会退还给他的。"裴雅芙没有任何的惊喜，只有惊吓。

"别退啊，是他自己愿意送给你的，你干吗不收？不收白不收。这几万的表对他来说连毛毛雨都算不上。董主任是 C 大最有名的钻石王老五了，虽然他的人品有待考证，但确实硬件、软件都很棒啊，万里挑一的。"

"对啊，董主任是富二代，家里钱多得可以拿来糊墙纸了，又是单身，未婚，只比你大五岁，年龄合适，长得也很帅，有成熟男人的魅力，独子，庞大家产的唯一继承人，我们 C 大校长还是他的叔叔，如果你能攀上他，就赚大发了。"

"董主任一向很挑剔，多少女人往他身上扑他都不正眼看一眼，能被他看上的女人简直是凤毛麟角，你这回真是走大运了，我们都很羡慕你呢，你还不好好抓住这个机会。"

同事们叽里呱啦地给裴雅芙吹耳边风，裴雅芙感觉头有点儿痛，她抱住自己的脑袋说："谢谢你们的关心，现在，你们可不可以别说了？让我冷静一下，好吗？今晚的饭局我都还没考虑好要不要去呢。"

"好好好，你冷静，你考虑，我们去忙工作了。"六个同事四散开，回到自己的办公位置继续工作。

裴雅芙冷静了一会儿后，给一直未发言的卫瑶发 QQ："卫瑶，你说我该怎么办？董主任的晚饭邀请，我不想去的，我对他只有畏惧，没有心动，我想都不敢想把上司变成恋人会是什么感觉，一定是很糟糕的感觉。"

卫瑶在QQ上回复她："我建议你去。董主任其实挺优秀的，因为她是你的上级，所以你才对他有偏见吧？你给他一个机会，等于也是给自己一个机会。你年纪也不小了，天上不会总是有这么好条件的男人掉下来的，你要懂得把握和珍惜。再说了，大学里又没有什么办公室恋情的禁令。"

"卫瑶，你说得好像也有点儿道理，我会参考你的意见的。好吧，让我再想一会儿。"裴雅芙打出这一段字发送出去后，就靠在办公椅上开始思索。

裴雅芙天人交战地足足想了一下午，才决定去。

董振钦开着他的劳斯莱斯把裴雅芙直接载到了他住的豪华别墅。

别墅是他一个人住，还有一个仆人。

仆人给他们做好了很美味的晚餐。

在进餐时，董振钦直接跟裴雅芙说："我看上你了，做我的女人吧！"

"噗！咳咳……"吓得正在喝饮料的裴雅芙被呛到了，忍不住不小心喷了他一脸的饮料。

董振钦用餐巾擦干净脸，对她说："你赶紧点头答应我，我从来都不是个有耐心的人。"

裴雅芙把他送的那块名表拿出来，说："这表太贵重了，我不能收，还给你。"

董振钦说："你还表的意思不是要拒绝我吧？"

裴雅芙说："表是原则问题，绝对不能收，我现在又还不是你的什么人，没有理由收你这么贵重的表。至于做你的女人的事情，我真的觉得太快了，我需要一些时间考虑。"

董振钦从对桌坐到她身旁说："你还需要考虑什么，像我这样的钻石王老五，要什么有什么，别的女人都求之不得，你根本就不需考虑，我能看上你是你的福气。我知道你的心里早已经答应了，你别装了。"

董振钦说着就握住她的肩膀要去强吻她，裴雅芙觉得很恶心，怒火中烧，推拒的同时，本能地甩了他一巴掌，大叫："你别碰我！"

从来就没有人敢打董振钦，敢拒绝他，他一下子怔在了原地。

裴雅芙也慌了，她睁大眼睛看了一下自己打人的手掌，她可是打了她的上司，她 C 大的工作还要不要了。

她管不了这么多了，拿起自己的包就飞快地跑回了家。

通过这件事她也知道了自己的心，她根本无法接受董振钦，连考虑一下都不用考虑了。

她不喜欢这种压迫式的、高高在上的、居高临下的求爱，好像君王赐宠一样。

她不是民间选拔出来任君王予取予夺的秀女。

在爱情里，首先两人要平等，要相互尊重，这一点很重要。

06

裴雅芙担惊受怕地过了一夜。

第二天，她小心翼翼地去上班，发现 C 大没什么异常，董振钦好像也跟平时无异，也没有找她说要开除她之类的话。

裴雅芙的一颗心七上八下的，不断地祈祷董振钦得了健忘症，把昨晚那段忘掉，或者，祈祷他良心发现，大人有大量，不跟她一般计较了。

下午一点半，C大的教职工群里发出通知："请任教大一学生的所有老师注意：三十分钟后去大会议室开会，请勿缺席。"

与此同时，学校的广播里也发出了同样的通知。

三十分钟后，大会议室里黑压压地坐满了来开会的老师，有好几百号人。

C大总共有几千名教职工，现在召集来开会的这几百号教职工只是任教大一学生的，相对教大二、大三、大四和研究生、博士生的教职工，他们的工作轻松很多，是大学里工作最轻松的一批老师了。

裴雅芙和卫瑶等人也都按时出席了。

主持这场会议的是教导主任董振钦。

他西装革履、气场十足地站在主讲台上，深邃的眼睛里闪着睥睨万物的神采，一副傲视群雄的样子，别说，他这种款还是有很多女人喜欢的，现在不是流行霸道总裁吗？台下就有不少女老师是他的崇拜者。

他严肃冷静地对着话筒说道："今天把你们召集过来开会，是有五件事情要宣布，我先说第一件。由团中央、教育部联合组织实施的'青年志愿者扶贫接力计划'全国示范项目，需要在全国部分重点高校中招募一定数量的老师去进行扶贫支教工作。我们C大接到了这个任务，准备从你们中招募一些符合支教条件的优秀老师，去我国某边远贫困山区开展扶贫支教工作，为期半年。"

台下有老师开始窃窃私语：

"天哪，这好像不是个什么好消息啊。扶贫支教好辛苦的。"

"是啊，还要去半年时间那么久，谁愿去啊？"

董振钦扫视下面，说道："我现在问你们，对于这个任务，有没有自愿报名的老师？举起手来。"

台下霎时安静下来，几百号老师居然没有一个举手的。

"呵，我就知道会是这种情况。"董振钦冷笑，像是早已预料到这个结果。

"所以，我准备了一个 B 计划。"董振钦在电脑上打开了一份 PPT，投影仪一直是开着的，那份 PPT 就清晰地投放到了投影仪的大屏幕上，会议室的所有人都能看清楚。

PPT 上显示的是十个老师的名字，还有简历，上面写着每一个老师符合支教的条件，题头写着"学校安排的扶贫支教老师名单"。

董振钦说："没有人自愿报名去，但总得有人要去，所以，学校领导根据各位老师的条件，选出了十位最符合支教条件的优秀老师。

"这些老师都是知识扎实、对应专业要求、单身无负担、能吃苦耐劳的老师。这十个老师里，年龄为四十岁以上的有一男一女，三十岁以上的有一男一女，二十岁以上的有三男三女。

"我现在念一遍这个名单。

"第一个，裴雅芙老师。"

裴雅芙没有听错，第一个念的就是她的名字，她睁大眼睛，又揉揉眼睛，仔细看了一遍又一遍 PPT 上的名单，没错，她赫然是排在第一个。

裴雅芙看着董振钦向她投过来的目光，她仿佛在里面看到了报复的意味。

等到十名老师的名字都念完，台下一片哗然。

那些被念到名字的，都颇有微词，大多数都不想去，一个个举手发言抗议。

只有裴雅芙，安静地坐在那里，一声不吭。

有些老师站起来说："报告主任，我能不能不去？谁不知道去贫困山区支教等同于流放，比坐牢还苦、还累，那些地方鸟不拉屎的，条件极其恶劣，要什么没什么，还有可能感染瘟疫等。我身体弱，我真的适应不了那样的环境。"

有些老师则说："能不能换别人去啊？C大这么多老师，为什么偏偏安排我去？我家里有事，走不开。"

"你们都给我闭嘴！"抗议声被董振钦凶巴巴地压了下去。

"这是上面硬性安排的任务，这是个很光荣的任务，你们嫌苦怕累的，也配当一个老师吗？当人民教师是干吗的？就是为了享福的吗？你们连自己的工作使命都没弄清楚，你们当什么老师？不想去的，也不用在C大上班了，马上给我滚蛋！"

大家一听说不服从安排就会被炒鱿鱼，都安静下来了，不敢抗议了。但有一个姓刘的女老师情绪很失控，在会议室当场哭了起来，她一边哭一边说："董主任，求求你，能不能别让我去？我妈最近生了重病，每天躺在医院，需要我照顾呢，我爸死得早，我妈就我一个女儿，如果我这一去就是半年的话，我妈该怎么办啊？谁来照顾她啊？"

"呵，你不想去就直说，不用给我演这种苦情戏。你妈真的生了重病吗？我怎么没听说过，你把她的病历交上来，我确定了真实性再说。"董振钦面无表情的，根本就不相信这个女老师的话。

"我妈的病历放在家里，我明天给你带过来。还有，我不是单身了，我最近新交了个男朋友，我妈的医药费都是他帮忙贴补的，如果我一去半年的话，这个男朋友肯定会跟我分手，现在的人谁受得了远距离恋爱啊。主任，求求你了。"

那个刘姓女老师哭得一塌糊涂的，看着很可怜。

董振钦依然是一副不为所动的样子，卫瑶看不下去了，她不忍心，她自告奋勇地站起来说："董主任，我顶替她去吧。"名单里没有卫瑶，因为她是残疾人。

"啊？真的吗？太谢谢你了，卫老师。"那个女老师惊喜地看向卫瑶，擦着眼泪。

董振钦原本想拒绝这个顶替的，但是他还没出口时，裴雅芙就站起来替卫瑶说话了："不行。卫瑶你是残疾人，腿脚不灵活，怎么可以去那种地方吃苦？就算是身体健全的人去那地方都会吃不消，何况是你。"

裴雅芙又转向董振钦说："董主任，千万别答应这种荒唐的顶替，哪有残疾人顶替健全人去扶贫支教的，健全人顶替残疾人还差不多。太不合情理了。"

"裴老师，卫老师她自己都愿意，你又替她强出什么头。当闺密也不是这么当的吧。你既然是她闺密，就要尊重她的决定。"那个刘姓女老师不高兴地冲着裴雅芙说。

董振钦阴鸷地笑了，他原本是拒绝卫瑶去支教的，可现在，明白了裴雅芙跟卫瑶闺密情深，裴雅芙想保护卫瑶，那他就偏偏不让裴雅芙得逞了。他看着裴雅芙，幽幽地笑着说："卫瑶老师身残志坚，在我眼里，她比健全人还要健全和高大。既然卫瑶老师这么有诚意，那我就准允她顶替刘老师去了。我马上命人把名单修改一下。卫瑶老师这种自愿扶贫支教的精神很好，非常值得赞扬，大家向她鼓掌。"

董振钦带头鼓掌，紧接着，整个会议室爆发出热烈的掌声。

由董振钦的助手新改后的名单马上呈现在大屏幕上。

董振钦宣布道："那就这么定了，由名单上的这十个老师组成'C大扶贫支教团'，裴雅芙老师任团长，由她带团，承担最大的使命和最光荣的责任。相信她会不辱使命，带好整个团，为我们C大争光的。"

全场又爆发出一阵热烈的掌声。

裴雅芙看着董振钦笑里藏刀的表情，觉得他好可怕。她越来越意识到，董振钦是故意的，他在故意公报私仇，谁叫她不识好歹拒绝他的追求。董振钦的眼神还告诉她，如果她向他求饶，如果她愿意接受他的追求，他会改变决定。但他想错了，她不是那样的人，她宁死不屈。

07

三天后，C大扶贫支教团出发了。

大家经过远距离的长途坐车加爬山（最后有一节路是车子开不进去的，必须徒步爬行的崎岖山路），好不容易辛苦到达了支教地"万希村"（虚拟村庄名，如有雷同，纯属巧合）。

这是一个深深掩藏在大山褶皱里的小山寨。交通不便，偏僻闭塞，贫瘠荒凉，到处是高山野岭。这里的居民相当于山地居民了。

村子条件的艰苦程度让大家大眼瞪小眼，村里的房子除了岌岌可危的低矮土房就是石头房子，时不时掉灰、掉土、掉石子，村里人都是灰头土面的，村支书给大家安排了住房安顿下来，那房子跟猪圈差不多，但已是村里最好的住房。

大家一路上累坏了，把行李和支教用的书本资料放下，就躺在木板搭就的并不平整的破床上休息，随便动一下，那床就会发出很大的响声。

"着火了！着火了！"

"好大的火！"

"快来人啊，救火啊！"

裴雅芙还没休息够，就听到了外面的呼喊声和吵闹声。

裴雅芙翻身下床，打开房门，看到外面乱成一团，远处还有好大的火光，几乎要映红半边天。

"怎么回事？"她看到了村长，抓住村长就问。

"我们万希村发生山火了，大面积的森林及野地着火，火势非常凶猛，再继续蔓延下去，后果不堪设想。我已经报了火警，找来了我们这里的消防队灭火。"村长焦急地说。

其他九个来扶贫支教的老师也被惊醒了，都跑出了屋子。

"有没有什么我们可以帮忙的？"裴雅芙问。

"不用，山火离这里还比较远，你们是安全的，你们回自己的屋里好好待着就行了。你们保护好自己，比什么都强，你们是来支教的，孩子们都还等着你们给他们上课呢。别担心，一切交给消防队吧。"村长说。

"那好吧。"裴雅芙说着，让老师们都进屋了。

本地的消防队灭了几个小时的火之后，消防队的队长焦虑地对村长说："这个火势真的太大了，我们的消防队力量根本就不够，你看，灭了好几个小时火情都没有得到有效的控制。"

"那该怎么办啊？"村长更着急，额头上全是汗。

"不能再这样下去了，我们必须得向上面请求更强大的支援了。村长，你把村委会的电话借我用一下。"队长说。

"好的，你尽管打。"村长把队长带到村委会的办公室里，这里有全村唯一的一副座机。

队长拨通了一串号码："1130 队请求支援，1130 队请求支援……"

"收到！收到！"电话里传出声音。

……

不知道从什么时候起，门外响起了惊呼声：

"快看！有飞机飞到我们这里来了！"

"是啊，真的是飞机，好大的一架飞机！它这是要在我们这里着陆吗？"

"这是来支援灭火的救援队的飞机！"

"哦？飞机？我们也去看看吧。"裴雅芙、卫瑶等十位支教老师，听到外面的声音，按捺不住地跑出屋子来看了。

然后，他们跟很多村民一样，呆站在那里，倍感震撼地睁大了眼睛。

这架飞机确实是来支援灭火的救援队的飞机。它威武气派地空降到万希村，平稳地停在万希村巨大的空地上。

村民们都觉得很新奇，他们从来没见过真的飞机，而且是这么近距离的。

机舱门被打开了，一排一排穿着军绿色迷彩服的消防官兵带着消防武器整齐地下了飞机，英武笔挺地站成几排，表情庄重严肃，别提有多帅气了。

此队消防官兵的队长是最后一个下飞机的，他身边还跟着一个随从，是副队长。

这个队长身形高大、五官俊朗，如黑曜石般澄亮耀眼的黑瞳，闪着凛然的英锐之气，在看似平静的眼波下暗藏着锐利如鹰般的眼神，配在一张端正刚强、宛如雕琢般轮廓深邃的英俊脸庞上，更显气势逼人。

他令人联想起热带草原上的老虎，充满震慑力。

他身着迷彩服军装，无比酷炫地迈着军人的步伐走到最前排，这个场景就像盖世英雄从天而降，准备去拯救世界，他的浑身光芒万丈，熠熠生辉，让裴雅芙永生难忘。

她为什么会永生难忘？不是因为这个突然空降的队长长得太帅了，而是因为他是霍羿之！

当他下飞机的那一刻，裴雅芙一眼就看到了他，也认出了他！

她无法形容自己内心的巨大震撼。

半年后的重逢，竟然如此意外，没有一丝丝预兆。

　　原来，相逢的人真的会再相逢。

　　就像命中注定一样，绕地球跑了一圈，他们又见面了。

　　如果时间是一个圆，他们真的在圆的另一头重逢了。

　　霎时间回忆翻涌，裴雅芙差一点儿无法克制住自己激动的心情。然而，霍羿之仿佛并没看见她，他目不斜视地从她身旁帅气走过，与前来迎接的村长握手。

　　山风很大，裴雅芙一脸蒙圈地回头看他，那个笔挺的背影又熟悉又陌生，光线在上面跳跃，风吹乱了她的头发，她百感交集。

第六章
贪欢一夜

看着烟火的妖艳，

想起那夜的瞬间，

她的脸，

盛满绯红的向往，

对着他的眼，

那么近地出现。

流年碎影在唇间婉转流淌，

轻拢慢捻静守岁月的风尘，

把所有的余情一一捺开。

贪欢一夜，

他的错，

承认爱过，

不承认沉沦。

谁在谁身上种下的情蛊？

天明雾散，

一切该回归原点。

01

之后,霍羿之就带领着整个公安消防队投入到了紧张的扑救山火中。

山火灭了十几个小时,消防官兵们熬了一通宵,到第二天早上,山火总算全部成功扑灭,只是万希村唯一的一所学校和山里的几所民居都被山火烧毁了。

这场灭火战斗充分体现了消防官兵无畏无私的英雄主义奉献精神,也让裴雅芙亲眼见识到了消防官兵的伟大,她对这个职业的认识开始改观。

有几个消防员在救火时受了伤,万希村只有一个赤脚医生,忙不过来,幸好消防队自带了几个医护人员。

霍羿之的背部受了轻微的烧伤,他把医护人员都让给了更需要帮助的队友,不想麻烦和惊动别人,一个人拿着烧伤膏等药找了间无人的有镜子的房间,对着镜子自己努力擦药。

他是裸着上身的,不脱了上衣怎么擦药呢?只不过因为烧伤在背部,自己擦药很艰难,整个人快要扭成麻花了。

霍羿之正擦得认真时,门突然"吱呀"一声被人推开又被关上了,一个有着美丽身形的女人进了屋,她起初以为屋里没人,随即就听到这个女人的尖叫声。

这个尖叫的女人就是裴雅芙,这间房间正好是村长安排给裴雅芙的暂住房。她看到有个裸着上身的男子在自己房里,第一反应就以为是变态,吓了一大跳,因为霍羿之是面对镜子背对她的,裴雅芙还没看清楚,只想着要赶紧防身，随手拿起床上的一个枕头就去打他。

"变态！变态！"她一边打，一边喊。

"喂，谁是变态啊？"霍羿之被枕头打得七荤八素的，也没看清楚打他的人是裴雅芙。

"就是你，你就是变态，死变态！"裴雅芙继续边骂边打。

枕头的质量不好，打几下就坏了，里面塞的鸡毛全部都飞了出来，满屋鸡毛飞，像飘雪一般，场面相当壮观。

"喂，你先看清楚我长什么样再骂好不好？你见过这么帅的变态吗？"霍羿之终于在混乱中抓住了裴雅芙的双手，让她冷静下来。

裴雅芙定睛一看，天哪，居然是霍羿之。

"啊，怎么是你？"裴雅芙很是惊诧。

她看着霍羿之，现在的他被她打得满身、满脸、满头的鸡毛，嘴巴里都进去了一根，很是狼狈，他吐掉鸡毛，满脸黑线，很是无语，对这个女人疯狂的自我保护功能表示惊叹。随即，他也抬眼认出了裴雅芙，松开她的手，脸上露出惊讶的表情："怎么是你？"

没了枕头的阻隔和漫天飞舞的鸡毛，裴雅芙美丽精致的脸看得很清楚。

"你……你还记得我吗？"裴雅芙怔怔地看着他。

"当然记得。我又没有健忘症。"霍羿之边清理自己脸上、身上的鸡毛，边回答。

"我还以为……"昨天下飞机时他好像没看见她一样从她身旁走过，全然不顾她的目光，她还以为，他早已经把她给忘了。

"以为什么？"霍羿之装糊涂地问道。

"呵呵，没什么。"裴雅芙尴尬地一笑。

霍羿之大概能猜到她心里在想什么。

昨天他下飞机时，装作没有看见她，是故意的，半年前她突然提分手，他是有些生气的，也很难过，所以，重逢时故意不想理她。

　　现在，经历了一夜的灭火战斗，他的想法好像有些改变了，他这样的工作，每进一次火海，都有可能再也出不来了，那么，如果是躲都躲不掉的缘分，那就让它顺其自然吧。

　　眼下，裴雅芙很尴尬，霍羿之也有点儿尴尬了，两人分手半年后重逢，真的是有点儿尴尬的。两个人站在那里，都不知道说些什么了，气氛一下子陷入沉闷中。还是裴雅芙率先打破了这股沉闷："你……你来我房间做什么？这间房目前是我住的地方。"

　　"哦，这是你住的地方啊，难怪你会突然进来。我来这里，是来擦药的，我背部有点儿小烧伤，我得对着镜子才能看见伤口，看你房间有镜子，门也没关，就进来了。"霍羿之说。

　　裴雅芙看了看他背部的伤，拿过他手里的烧伤膏，说："你自己不方便擦药，我来帮你吧。"

　　"好吧，那谢谢你了。"霍羿之说。

　　"你个子太高了，你站着我不好擦，你趴到床上吧，这样会比较好擦，你也会舒服一些。"裴雅芙示意霍羿之趴到她的床上，霍羿之照做。

　　裴雅芙看着他背部的烧伤，有点儿心疼，边小心翼翼地用医药棉签蘸着擦药，边忍不住说道："怎么这么不小心？"

　　霍羿之反转头来看着她，灿烂帅气地笑了："你这是在关心我吗？"

　　"谁关心你啦？"裴雅芙赌气之时擦药的手冷不丁地重了点儿，霍羿之痛得大叫起来："哎哟。"

　　"啊，你没事吧？对不起，对不起，我不是故意的。"裴雅芙慌了，赶紧移开自己的手，用自己的嘴对着伤口吹气。

　　霍羿之见她这样，用下巴搁在枕头上，笑了，感觉伤口转眼间好像没那么疼了。

裴雅芙帮他擦药的同时，不自主地打量了一下他的身材，他上身没穿衣服，叫人没法不看啊，健壮宽阔的肩膀和后背，有力的手臂，完美的肌肉线条，小麦色的肌肤，即使光看着一个后背也是帅得惊天动地的，身材真是太好了。

裴雅芙看看看着，就不由得脸红心跳起来。

此时此刻，其实两人的内心都是感慨万千的，他们好像都还没想好该怎么迎接这一场猝不及防的久别重逢。

空气有点儿暧昧，又带着一丝别扭。

霍羿之想化解这种气氛，于是开口道："我给你出一个脑筋急转弯的题目，看你这个硕士文凭的高智商大学老师能不能答出来？"

"好，你说吧。"裴雅芙边给他擦药，边说。

"金木水火土，谁的腿最长？"霍羿之问。

裴雅芙想了想，说道："天地未分之时，灵气盘结运行，从太易之中生出水，从太初之中生出火，从太始之中生出木，从太素之中生出金，从太极之中生出土。五行由此而来。此后，天、地、人各有发展。天若无土，就不能覆盖大地；地若无土，就不能承受地上万物，五谷粮食也无处生长；人若无土，就不能自然繁衍而五常不立；木若无土，有失栽培之力；火若无土，不能照四方；金若无土，难施锋锐之气；水若无土，就不能水借地势流溢四方。那么，是土的腿最长吗？"

"哈哈，笨蛋，你啰唆那么多干吗？其实，答案很简单，是火，因为火腿肠（长）嘛。哈哈哈。"霍羿之笑道。

"什么呀？哪有这样的答案？"裴雅芙感觉相当无语。

"怎么不能有这样的答案？我早就告诉你了，这是脑筋急转弯，脑筋急转弯！"霍羿之强调道。

"对哦，我忘了，是脑筋急转弯，不能用正常的思维去想答案。晕死。"裴雅芙一拍脑门儿，恍然大悟。

"哈哈哈……"霍羿之又发出了阳光而爽朗的笑声，感觉气氛慢慢地缓和了。

过了一段时间后，裴雅芙擦完了药，她前前后后擦了三种药，然后，她把擦完药的棉签扔进垃圾桶，把药膏的瓶盖合上，对一直趴在床上的霍羿之说："擦完了，你可以起来了。"

但是没有人回应她。

"喂，擦完了，你还想赖在我的床上不起来吗？"裴雅芙加大了音量，然而，霍羿之还是没有反应。

裴雅芙凑近他的脸一看，发现他原来侧着脸睡着了，肯定是因为救火熬了一个晚上没睡，现在实在挺不住了。

他的睡颜俊美绝伦，长长的睫毛在眼睛下方打上了一层厚厚的阴影，挺拔的鼻梁下面是一张微显饱满的嘴唇，性感又漂亮。

整个人天生带着高贵不凡的特质。

他的嘴角微微带着笑，浑身充满阳光和阳刚气息，然而，睡着的表情却像孩子一般干净和安静。

裴雅芙又心疼，又悸动。

仿佛有大朵大朵的白色玉兰花开放在枝头，然后，一阵风吹来，花瓣和香味一起缓缓地沁入心房，一片一片下沉，在心底叠成一块小小的痕迹。

她知道，自己从未忘记过他，一直还爱着他。

02

村长安排所有消防官兵去睡了一觉。

下午，睡醒之后的霍羿之和靳昭及以村长为代表的村委会，还有支教团团长裴雅芙等人，在村长办公室开了一个会议。

村长说："这次把你们召集过来开会，是想就被烧毁的学校做一番讨论。学校没了，不但孩子们没地方上课了，这前来支教的十个 C 大的老师也没场地支教了，大家说，该怎么办？"

霍羿之建议道："可以先搭一个简陋大棚来做临时学校，另外，组织村里一些中青年壮劳力尽快修建一所新学校，同时也重建烧毁的那几所民居。等新学校建好了，孩子们就可以搬到那里去上课了。"

"这个主意不错。"大家纷纷点头赞同，村长也点头，但是马上又说："可是，留在村里的大部分是老人、妇女和小孩儿，中青年壮劳力大多数都出去打工了，目前留在村里的中青年壮劳力数量太少了，根本就完不成这么大的工作量啊。"

霍羿之想了想，说："村里劳力不够的话，我可以从我的消防队抽一部分消防官兵出来，义务帮忙，辅助修建学校和民居。"

"如果能这样最好不过了，太谢谢你了，霍上校。"村长一脸感激地看着霍羿之。

靳昭对霍羿之说："我们的消防队原本是计划明天飞回 S 市的，如果要留下一部分人做学校修建工作，那明天的计划还执行吗？"

霍羿之说："照常执行，留下的人不上飞机就是了。至于留下的人的名单，我散会后去跟消防官兵们说，不强迫，让他们自愿报名，今天统计了名单之后我会让靳昭交给村长的。我和靳昭带头报名留下。"

"啊？"靳昭一下没反应过来，霍羿之怎么没跟他商量就替他报名了？他可还没想好要不要留在这个鸟不拉屎的地方义务修学校，在这里帮忙又没工资发，生活条件又艰苦，那学校不知道要修多久才能修完，他还是比较适应 S 市的大城市生活啊。

"啊什么啊？"霍羿之不满地拍了下他的脑袋，"冲你这个'啊'，我就想记你的过。身为一名副队长和堂堂上尉，本来就应该义不容辞，怎么这点儿觉悟都没有？"

"对不起，上校同志，我错了。"靳昭惭愧地低下了头。他其实也没有不想留下，只是稍微犹豫了那么一下。

"霍上校、靳上尉，你们两个能留下太好了，我太谢谢你们了。只要你们俩在，我就感觉什么都不用担心了。"村长喜笑颜开地起身握住他们的手。

裴雅芙安静地坐在那里，表面不动声色的，其实心底里跟村长一样，也很开心，只是她的开心里也许含有小小的私心吧，谁知道呢？

03

当晚，万希村开了个很热闹的篝火聚餐晚会，有美食，有好酒，有篝火，有歌舞，有游戏，参加的人员有全体村民、灭山火的消防官兵和C大扶贫支教团。

村长在晚会上举着酒杯说："办这个晚会，一是感谢所有的消防官兵扑灭了这次山火。来，让我们大家敬最可爱的消防官兵们一杯。英雄们，我们无比真挚地感谢你们，如果没有你们，大家现在不会这么平安喜乐地坐在这里。"

村民们纷纷起立举杯敬在座的消防官兵，消防官兵们也起立，行了军礼后接受了敬酒，一干为敬。

村长干完那杯酒后，倒了酒，第二次举起酒杯："二是热烈欢迎C大扶贫支教团来本地支教。来，让我们大家敬最伟大的支教老师们一杯。老师们，我们无比热烈地欢迎你们，有了你们，孩子们的未来就更有希望了。"

村民们又敬老师酒，裴雅芙、卫瑶等十位老师一干为敬。

"下面，有请消防官兵的代表霍羿之霍上校站到中间来发表讲话。"村长说完，带头鼓掌欢迎，大家也鼓掌欢迎。

霍羿之走到中间，先向在座的所有人行了个笔挺帅气的军礼，然后开口道："谢谢大家，大家太热情了，其实不用这么客气的，消防灭火是我们消防员义不容辞的责任，我们永远会牢记我们的使命和责任，始终把人民的生命财产安全放在首位。对于被山火吞噬的学校和几所民居，大家也不用太难过，只要人好好活着，一切都有希望，接下来，我们有一部分消防官兵还不会走，会留下来义务帮大家搭建一个简易大棚的临时学校，也会跟村民一起修建新学校和新民居，会早日还万希村一个更好、更完整的面貌。"

大家用力鼓掌。

接下来，轮到裴雅芙发表讲话，裴雅芙认真地对大家说："谢谢村长，谢谢万希村所有村民的盛情款待和欢迎，我们 C 大扶贫支教团的十位老师一定不辱使命，尽力教好每一个孩子，不负'老师'这个称谓。"

大家又是一阵雷鸣般的掌声。

之后，村长又宣布了一些下午的会议结果，然后，大家就开怀地吃喝玩乐起来。

在这场篝火聚餐晚会上，很凑巧的，靳昭和卫瑶坐同一桌，靳昭很早就注意到了这个美丽恬静的女孩儿，卫瑶也注意到了他。

靳昭先鼓起勇气开口跟她搭讪："看你文质彬彬的，透着一股书卷气，你也是支教的老师吗？"

卫瑶看着眼前这个英俊温和的消防员，有点儿害羞地点头，微笑道：

"是的。"

"那你可要收下我的膝盖了，因为，我天生就对当老师的特别崇拜，觉得老师这个职业很伟大，是世界上最美的职业之一。"靳昭温柔地笑着说。

"收下你的膝盖？不敢当。"卫瑶被他逗笑了。

靳昭继续说："我是消防队的副队长，我叫靳昭，你叫什么？"

"我叫卫瑶。"卫瑶据实回答。

"卫瑶？名字真好听。瑶，石之美者。有美玉的意思，喻美好、珍贵、光明、洁白。人如其名，你给人的印象就是又珍贵、又美好、又纯洁的感觉。"靳昭由衷地赞叹。

"你嘴巴这么甜，一定交过很多女朋友吧？"卫瑶半开玩笑半认真地道。

"没有，我到现在为止，连一个女朋友都没交过呢。"靳昭连忙解释、澄清，"我嘴巴甜，那是因为我看到了你这样的有缘人，并且我说的是实话，我不是对谁都这样的。"

"真的吗？"卫瑶有点儿不敢相信。

"不信你可以问霍上校，他是我的上司兼死党，他最了解我了。"靳昭有点儿慌，生怕卫瑶不相信他，急忙拉霍羿之过来帮他讲话。

"是的，我可以做证，并用我的人格担保，靳昭至今单身，从未交过女友，没有前任。"霍羿之够义气地举手帮靳昭做证，并且表情是足够严肃和真诚的。他好不容易看到靳昭对一个女的有点儿意思，怎么可能不帮他说好话。

霍羿之是堂堂的消防队队长，很有威信力，卫瑶点头："我相信你了。"

靳昭很开心，心里松了一口气。

"一看你就是没谈过恋爱的样子，你肯定跟我一样，也单身吧？"

靳昭问卫瑶。

卫瑶害羞地不知道该怎么回答，裴雅芙凑过来了，帮她回答："靳上尉，你猜对了。我们卫瑶是天底下最纯洁的姑娘，也不知道哪个小伙子有福气能够追到她呢。"

靳昭内心大喜，卫瑶却是更害羞了，洁白的脸上泛起了红晕。

"卫瑶，你在 C 大教的是什么课？"靳昭温柔地微笑着问她。

"我教的是 C 大美术学院油画专业的课，就教一门课，油画课。"卫瑶说。

"好厉害，那你肯定是美术专业毕业的高才生了。"靳昭赞叹道。

邻桌的裴雅芙又凑过来了，边吃边说："当然啦，她是艺术硕士，画画方面厉害着呢。她不但是美女，还是才女，靳上尉你今天可遇到宝了，想追的话就赶紧哦，过了这村就没这个店啦。"

"小雅。"卫瑶害羞地喊住她。

裴雅芙娇笑着，不再帮她说话，跟其他人吃吃喝喝聊天儿欢畅去了。

"卫瑶，我没有学过美术，但喜欢欣赏美术作品，我家里还收藏了几幅美术作品，你以后有空时能不能给我画一幅油画？价钱随便你开。"靳昭温柔地看着卫瑶说。

"我可以帮你画，但我不收钱的，我们现在已经是朋友了啊，哪有朋友间还谈钱的道理。"卫瑶微笑着说。

"那太谢谢你了。"靳昭看着她的眼睛里全是柔情。

两人聊了很多，相聊甚欢。

之后，靳昭从座位上起身，很绅士地向卫瑶做出邀舞的姿势："美丽的卫瑶小姐，能不能赏脸和我共舞一曲？"

卫瑶尴尬起来，支支吾吾地看着自己的脚说："我……我的脚有残疾，右腿瘸了，不方便跳舞的。"

靳昭听到卫瑶的话，表情竟然并没有卫瑶想象中的震惊，他始终平静自若地微笑着，仿佛这件事情他早就知道了一样，又或者，他是见多了残疾更严重的人吗？所以对于卫瑶的这点儿残疾，他根本不觉得有什么。

"没关系。我带着你，相信我。"靳昭温柔地微笑，轻柔地牵起她的双手，把她从座位上拉起来。

卫瑶起初有点儿抗拒和退缩，但靳昭的眼神和手都很坚定，卫瑶被他感染了，不自觉地被他拉进跳舞的地方。

靳昭用双手牵着她，让她的两只脚踩在他的脚上，跟着他的脚慢慢移动，感受舞蹈的韵律和美好，完全不在意她的鞋子会踩脏他的鞋子。

两人就这样跳了一小段，卫瑶很害羞，又觉得像身处在童话中一样梦幻得不真实，整个人轻飘飘的，她知道靳昭的目光都在她脸上，都不敢抬眼看靳昭。

篝火映红了他们两人的脸。

霍羿之和裴雅芙也跳了舞，他们不是手牵手跳的双人舞，而是跟很多村民一起，围着篝火，跳的很热闹的集体舞。

舞蹈的队形是不断变换的，有时成圈，有时成行，有时穿插，有时分散成两人一小队跳贴背舞，跟着村里的领舞走，两人的手并没有接触，可是，两人的目光时不时会撞到一起。

比起靳昭和卫瑶初相见的害羞、单纯，两人已是久别重逢后的熟人，彼此望向对方的眼神更加复杂，那里面不可言说的情意，像星星点点的萤火虫一般，随着熊熊燃烧的篝火跳动。

当裴雅芙随着舞蹈动作的变化跳到了霍羿之身边时，她主动跟他说："我已经变了。"

霍羿之边跳着边转过头来看她，但是没有言语和表示。

在裴雅芙还期待着他有所回应的时候，舞蹈队形又变了，霍羿之跳到离她比较远的地方去了，中间又穿插了好几个村民，他们阻挡了她的视线，她左摇右摆地都看不全他。

隔着晃动的人影、摇曳的火光，裴雅芙一边跳舞一边望向霍羿之，他跳起舞来也是那么帅，纤长灵活的四肢仿佛生来就具备舞蹈的天赋，每一个动作都似行云流水一般，容貌依然跟以前一样英俊到让人无法相信。

黑色的头发随着舞蹈的动作飞扬开来，像是准备起飞的苍鹭般伸展开了双翅。

俊美优雅又带着满满男子阳刚气息的他，让裴雅芙如此着迷。

歌声喧嚣，舞声鼎沸，人声鼓噪，她不确定他有没有听到她刚刚说的那五个字。

我已经变了，相比半年前的我，变了那狭隘的想法。

我们之间，还有可能吗？

04

星期六。

C 大男生宿舍 511 寝室。

今天没课，霍良景在寝室对着电脑玩游戏玩得很嗨，神采飞扬的表情挂在他那张青春无敌的俊脸上，格外生动。

他的其他三个室友，一个还赖在床上蒙头大睡，一个在吃方便面，一个窝在角落里翻限制级杂志。

寝室乱得跟狗窝似的，臭袜子、臭衣服到处乱丢，垃圾也满地都是。

寝室的座机响了，在桌子前吃方便面的那个率先接起了电话。

"喂，哪位？"他边吃方便面边含糊地问。

"我是宿管大爷，楼下有个女生找霍良景，叫他赶紧下来。"电话里传出浑厚的声音。

"霍大少爷，你的艳福来啦，楼下有女生找你，赶紧下去。"吃方便面的对霍良景说道。

"肯定是我女朋友裴妙瑜啦，除了她还有谁。真是只狗皮膏药啊，周一到周五每天黏着我不说，好不容易到周末了，都不能让我清闲一天。"霍良景虽然这样抱怨，不过脸上明显带着藏不住的甜蜜和幸福。

他换了件更帅气的衣服，照了照镜子，理了理头发，然后一溜烟儿地就跑下去了。

等他看清楚站在楼下找他的那个女生时，他使劲儿揉了揉眼睛，很不相信地说："哎哟我去，我是不是撞鬼了？"很明显，这位个儿高、腿长、胸大、脸尖的女生不是他以为的裴妙瑜。

"良景，我不是鬼，我是你最爱的珊珊啊。"女生一把搂住霍良景的脖子，光天化日之下在他的脸颊上"吧唧"一口，留下了一个艳丽的口红印。这速度太快了，霍良景都没来得及阻止。

待反应过来，他赶紧推开她："你干吗呀，董珊珊！"

对，她是董珊珊，他终于叫出了这个名字。

董珊珊跟裴妙瑜是两款不同类型的美女。

裴妙瑜可爱甜美、单纯天真，脸上带点儿婴儿肥，是十足的萝莉一枚；而董珊珊，高挑性感、热辣时尚，一双欧式眼睛深陷又魅惑，她是中美混血儿，浓浓的欧美范儿，还有个英文名叫 Amy，是名副其实的富二代，C 大校长就是她父亲，母亲是美国人。　.

这些都不是最重要的，最重要的是，董珊珊是霍良景的初恋。

他们在高中的时候就在一起了，曾经也有过很幸福、很甜蜜的时刻，有过很多美好的回忆，而这些美好，在高中毕业那年戛然而止。

高中毕业时，董珊珊考上了美国哈佛大学，这顺了他父母的计划，他们一直以来就是想把女儿送到国外深造的，董珊珊顺理成章地去了美国读哈佛，她因为无法接受异国恋而与霍良景分手，董珊珊的父母也不认同这段恋情，觉得霍良景没出息，配不上他们的女儿。

霍良景在这段感情里是受伤害的那一个，他不是没有恨过董珊珊，但后来又一想，只怪他自己没本事，他又是个男人，该有点儿度量，便不去想她了。

他以为他已经把她给忘了，可当她突然又出现在他面前，那张熟悉的如花的脸近在咫尺，曾经这张脸占据着他所有的目光和呼吸，记录着他很多的第一次，他发现自己的心跳又失去了正常的频率。是犯贱？是余情未了？还是对当年被甩的不甘心？

霍良景觉得自己很可耻、很罪恶，他已经有裴妙瑜了，他不能再对董珊珊有感觉。

他本能地转身就想要逃跑，董珊珊挡在他面前，一脸的伤心："良景，你为什么看到我就要跑？"

"董珊珊，你不是在美国吗？为什么突然跑回来找我了？"霍良景冷冷地说。

"我还是一如既往地叫你良景，你却不再叫我珊珊，而是那么陌生地连名带姓地叫了。"董珊珊怔怔地看着他。

"你没有正面回答我的问题。"霍良景说。

"我从美国飞回来找你，是因为我想你了，所以跟哈佛请了一段时间的假回来看你。"董珊珊回答。

"呵，想我？别说得这么虚情假意了，当年可是你甩的我。"霍良景扭过头，不想看她。

"我知道你在怪我，你怪吧，当年确实是我的错。我知道错了，你能原谅我那时候年幼无知吗？我现在想明白了，我想回头，想重新跟你在一起，我们复合，好不好？"董珊珊拉住他的手，真诚地忏悔和深情地告白。

霍良景的内心有挣扎，但最终还是甩开了她的手："董珊珊，你把我当成什么了？招之则来，挥之即去吗？我告诉你，你早已经不是我生活里的人，我已经有了新的女朋友，我的身边没你的位置了，你走吧。"

"你已经有了新的女朋友了？你告诉我，她是谁？"董珊珊既震惊又难过，她一直太过自信，她自信地以为，霍良景是她的，霍良景最爱她，即使她不要他了，他也会在原地等着她。没想到他却有了新女友了，这个消息让她难以接受。

"我凭什么要告诉你？我走了，你别再来找我！"霍良景扔下这句话就要再次逃跑，董珊珊紧紧地从身后抱住他，眼泪涌了出来，她边哭边说："别离开我，我真的爱你，你就不能再给我一次机会吗？"

听着她的哭声和话语，霍良景有点儿心软，他轻叹一口气，拉开她抱住自己的手，转身看着她的脸，那张带着泪水的美丽小脸很是可怜，他的语气放软下来："你别闹了，这里人来人往的，别人看着不好。我们去找个地方坐一坐，聊一聊，好不好？"

"嗯。"董珊珊边掉眼泪，边点头。

两人找了个甜品屋坐下来聊，霍良景一再地拒绝接受董珊珊，只是劝她别哭了，董珊珊想了个缓兵之计。

她说："我不逼你了，我不是那种不懂事的人，就算我们俩回不到以前了，总还是可以做朋友的吧？我就请了一个月的假，我在S市也没有什么玩得好的朋友，就跟你最熟了，这一个月里，你能不能以朋友的身份多陪我玩玩？"

霍良景想了想，说："好吧。"

董珊珊擦着眼泪，露出了笑容。

于是，接下来，霍良景瞒着裴妙瑜，陪董珊珊出去玩了多次，他也不是故意想瞒裴妙瑜，只是他了解裴妙瑜是个醋坛子，不瞒的话可能更解释不清楚，怕引起更多误会，索性瞒了。

有一天晚上，霍良景陪董珊珊在酒吧疯玩，玩酒吧游戏，两人都喝多了，董珊珊其实是有计谋地通过游戏灌了霍良景很多酒，霍良景醉得找不着北了，董珊珊的酒量好得很，没喝醉，却装醉，然后，霍良景被董珊珊搀着去了酒店。

董珊珊把霍良景放到床上，就开始主动吻他，霍良景一开始是推拒的，然而，董珊珊像条蛇一样一次一次地缠绕上来，霍良景原本就对她余情未了，加上酒精的作用，自制力变差，被她撩拨得失去了理智，最后两个人就滚在一起了。

第二天一大早，董珊珊联系自己的一个可靠的朋友，叫她给裴妙瑜发匿名短信："有人看到你男朋友霍良景昨天晚上跟一个女生在鸿兴大酒店开房，你还不去确认一下，否则被劈腿了都不知道哦。"在这之前，她早就暗自调查清楚了霍良景女友的信息。

裴妙瑜一收到这条不知道是谁发来的短信，就气急败坏地去酒店抓人，结果真的亲眼看到了自己的男朋友霍良景和董珊珊无比亲密地睡在一张床上，两人什么都没穿，盖着被子。霍良景当时还在睡觉，还未醒来。

那一刻，裴妙瑜感觉天崩地裂了，眼泪夺眶而出，她冲着董珊珊大骂："你这个婊子！肯定是你勾引我男朋友的！你赶紧给我下来！你有什么资格睡在我男朋友身边，你就算睡在马路上，我都嫌你脏！"

她边骂边把董珊珊拉下了床，霍良景被吵醒，看到眼前的一切全明白了，赶紧穿好衣服，然后跟裴妙瑜道歉解释："对不起，我昨晚喝醉了，干了糊涂的事情，是我的错，你怎么骂我、打我，怎么惩罚我都行，就是求你不要跟我分手。"

"良景，你犯不着跟她道歉，既然被撞见了，索性公开吧，我们俩是真心相爱的，你如果不喜欢我，就算你醉了我也没法强迫你，昨晚你明明就是愿意的。你不是瞒着她偷偷跟我约会很多次了吗？以后，我们再也不用偷偷摸摸了。"穿好了衣服的董珊珊大言不惭地说。

紧接着，她又对裴妙瑜说："裴妙瑜，我告诉你，最先跟良景在一起的人是我，我们高中的时候就在一起了，你是后来者，你什么都不如我，凭什么跟我争？你退出吧。"

"够了！董珊珊，你在胡说些什么？我们高中毕业那年就分手了，我哪里跟你有偷偷约会，我只是以普通朋友的身份陪你玩了几次，你这样满口胡诌，只会让我越来越恶心你！"霍良景怒斥她。

然后，他又着急地看向裴妙瑜："妙瑜，你别听她瞎说，不是她说的那样的，我只爱你一个，你听我解释。"

裴妙瑜摇着头，眼泪横流，她感觉自己掉入了一个黑洞，脑子里一片迷乱，她需要理理情绪，她疯狂地冲了出去。

"妙瑜！"霍良景赶紧去追她。

05

追是追到了，该解释的也解释了，可裴妙瑜受的打击太大了，哪有那么容易原谅他。

连着好几天，裴妙瑜都没有理霍良景。

裴妙瑜痛哭着跟远在贫困山区万希村的姐姐裴雅芙打电话，说霍良景偷吃的事，问她："姐，我该怎么办？"

此时的裴雅芙正跟大伙儿一起搭临时学校的大棚，她走到一个角落去打电话。

裴雅芙很心疼妹妹，气愤地说："你赶紧跟他分手吧，这种劈腿的渣男不能要！他能劈第一次，就会有第二次，这种事绝对不能原谅！"

裴妙瑜强调："是偷吃，不是劈腿！他们只上床了一次！而且良景还喝醉了。"

"这有什么差别。"裴雅芙说。

"当然有差别了，本质的差别。偷吃只是身体出轨，劈腿是身体、心理都出轨了，劈腿就是长期保持关系，上床很多次了，不可能只一次，肯定后者更严重。良景跟我说了，他不爱她，他只爱我一个，他们上床是个意外，他喝醉了她引诱他，他又是个正常的男人。"裴妙瑜说。

"妹妹，你说来说去，其实就是不想跟他分手吧，你想用这些话来说服我，还不如说，你其实是想用这些话去说服你自己。"裴雅芙说。

"也许吧，"裴妙瑜的眼泪又流了下来，"可是我真的很爱他，我舍不得跟他分手。他这次犯错也是情有可原的，他跟我忏悔很多次了，他的认错态度是很好的。要不然，我再给他一次机会吧，你说好不好？"

"唉，我真的不赞成你跟他继续走下去。你是陷进去了，你是当局者迷。嘴巴说道歉、说忏悔、说爱，谁都可以，关键要看行动。"裴雅芙说道。

两姐妹聊了很多，最终的结果还是裴妙瑜太爱霍良景，纠结着，舍不得分手。

06

万希村让人很郁闷，要什么没什么。

没有网络，没有WiFi，无法登录微信、微博，手机信号也经常不好，经常电话打不进来或打不出去，食物很清淡、简单，饭菜吃不习惯，想吃的很多东西都没有，严重水土不服。

用水、用电都很紧张，经常停电，什么电器都没有，连电视机都没有，贫瘠落后造成很多的不方便。

还经常被蚊子咬，简直像回到了原始社会。

除了很能吃苦的裴雅芙和卫瑶，C大扶贫支教团的很多老师一开始都很不适应，各种偷偷抱怨，有年轻的新老师哭着想回去的，裴雅芙和卫瑶不断地给他们做思想疏导工作。

几天后，万希村的简陋大棚搭建好了，分隔出了十间小教室。

万希村总共有八百多号人，整个村的适学儿童从幼儿班到初三有两百五十八人，每个班将近三十个学生。分了小学部、初中部和一个幼儿班。

C大扶贫支教团的十个老师分别给不同班的孩子上课，老师们讲得很卖力，学生们也听得很认真。

这里的孩子都非常淳朴、可爱，珍惜每一个学习的机会，学习气氛很浓厚。

那一双双求知若渴的眼睛，让C大老师们感到前所未有的震撼，他们更加感受到知识力量的巨大，更加体会到为人师表的责任。

支教工作远比他们预计的困难，贫困山区的孩子比起城市的"小皇帝"，无论是文化基础还是礼貌教养都无法相提并论，对此，老师们不厌其烦一点一滴地教。

消防队有一大部分人在几天前乘飞机飞回了 S 市，剩下的几十号人留下来帮万希村修建新学校和烧毁的民居。当老师们在上课时，他们就在不远的另一个地方修建新学校，光着膀子，忙得大汗淋漓的，消防官兵们都是一色的健美好身材，在阳光下特别养眼。

偶尔，霍羿之忙里偷闲，趁着倒水、拿砖的工夫，去窗外偷偷看裴雅芙上课。

优雅地微笑着给孩子们上课的裴雅芙，发着光，很美好，霍羿之经常看得发呆。有时候，当他看得出神时，冷不丁会撞上靳昭或过路的部下、村民，他们会没有眼力见儿地热情跟他打招呼：

"霍上校，你怎么在这里？"

"霍上校，你在干吗呢？"

"霍上校好，立正，敬礼。霍上校，你在看什么？让我也看看。"

这些招呼总让霍羿之如惊弓之鸟，措手不及的他会有点儿不好意思。堂堂一个威风凛凛的队长，总不可能承认自己在偷懒看女人吧，毕竟人家现在还不是他的女人，他可不会做这么没把握的事情。

"呵呵，没……没什么。天气真好，我在这里健身。"他摸着后脑勺，抬头望天，然后信口胡诌，找理由，开始装模作样地比画几个健身的动作。

"哦。健身好，祝霍上校健身愉快。"部下或村民总能被他糊弄过去，但靳昭就没那么好糊弄了。

他嘿嘿笑着，心知肚明地压低声音，凑近霍羿之的耳朵说："我其实知道你在干什么，放心，我会替你保密的，因为，我跟你做的事情是一样的。"

"啊？什么？你也在偷看裴老师上课吗？看我不打断你的腿，我的女人你也敢偷看？"霍羿之勃然大怒的同时，醋劲儿十足。

"裴老师什么时候变成你的女人了？"靳昭一脸迷惑。

"我是说……她以后会是我的女人！"霍羿之认真地纠正道。

"哈哈，"靳昭笑了起来，"放心，我不会抢你的女人的。刚刚我只是在跟你开玩笑而已。其实，我是在偷看卫瑶老师上课，嘿嘿。"靳昭说到后面，有点儿不好意思起来。

"哈哈，原来如此。那我们俩就各看各的吧。"霍羿之搭上靳昭的肩膀。

第七章
断珪缺璧

一条被折断了尾的人鱼，

习惯了嘲笑与同情、不便与孤独，

突然有一天，

一个人将自己的心捧于前，

他可以把她的寂寞画上休止符，

可以陪她听遍悲歌却不会让她落泪，

她不讨厌，

亦如他藏不住爱她的喜悦。

断珪缺璧，

弥见珍奇。

既然不讨厌，

那我们在一起吧。

对不起，

残鱼不配飞鸟，

让时光陪我生老病死。

01

有一天，裴雅芙独自一人开着万希村唯一的一辆小三轮车，去山下比较远的一个集市采购孩子们学习所用的物资。

买齐了东西回来的路上，突然天气变化，下起了倾盆大雨。

裴雅芙开着小三轮车，艰难地行驶在崎岖的山路上，本来路就不太好走，因为下雨，更加坑坑洼洼难走了。

开着开着，只听到一连串巨大的响声，很多路边山上的岩土顺着雨水而整体往下移动滑落，裴雅芙惊慌地想赶紧开到前面去，但还没来得及，一阵更大的响声响起，连人带车就都被埋进了急速滑落的大堆山泥里。

眼前的光线被山泥遮挡掉，整个世界暗了下来，车子怎么开也开不动了，只剩一小部分露在外面。

天哪，她遭遇了传说中的山体滑坡！

三轮车的车头和驾驶座是跟小车一样包着的，后面装货的货箱用布严实盖住了，所以裴雅芙淋不到泥沙，只是埋在下面时间一久，就会缺氧，缺氧之后的后果不堪设想。

想到这一点，她急坏了。

"怎么办？手机没信号，无法用手机求救。今天真是倒霉，早知道这样，出门应该看看皇历的。"原本想用手机求救的裴雅芙颓丧地放下了手机。

她在黑暗里拍着车门大喊："救命！救命！外面有没有人？我被埋在山泥里，赶紧来救我！"一声比一声大，一下比一下拍得用力，然而，外面好像完全没人听见，没人路过，只有凄厉的风声、雨声和雷声。

这荒凉的山路上，平时天晴都没几个人路过，这会儿暴风骤雨的，哪有半个人影和车辆。

恐惧紧紧地裹住了裴雅芙，冰凉的眼泪顺着脸颊流下来，冷意渗骨。

她好害怕，她不想死，她还年轻，还没有结婚，没有生孩子，没有孝敬父母，没有实现自己的梦想，她还有好多事情没有去做，人生中那么多的美好她都还没有开展。

她好不容易重逢了自己喜欢的人，她还没来得及告诉他自己依然爱着他，从未忘记过他。

"救命。"

"救命……"

裴雅芙感觉呼吸越来越困难，声音越来越微弱，渐渐的，她失去了意识……

02

万希村村里，霍珏之、靳昭和众多消防官兵、村民躲在屋里避雨。

原本大伙儿都在修新学校的，突然天色变暗，刮风下雨。

大家望着外面这恶劣的天气，感叹道："啧啧，这大雨什么时候才能停啊？"

"大家都回去休息吧，不用再等雨停了，今天这雨肯定天黑前都停不下来了。明天再开工。"霍珏之解散了众人。

这时候，卫瑶打着伞一瘸一拐地过来找他了，着急地冲着他说："霍上校，裴老师今天一个人开着小三轮车下山采购去了，到现在还没回来，我打她手机也打不通，现在这天气，我真担心她，我腿脚不方便，又不会开车，不知道该怎么办，你能不能帮我去找找她？"

"啊？什么？"霍羿之听到这个消息很着急，他连忙拨打裴雅芙的手机，连续拨打了几遍，都是打不通。手机不在服务区。

"她还真是大胆，居然一个人开车出去了，要去采购可以跟我说啊。这种山区地形危险，现在又下暴雨了，这种地势下雨很容易造成山体滑坡的，那三轮车又不是质量好的那种。"

霍羿之心里涌起一种不好的预感。

"你别担心，我马上就去找她。你把她去采购的大概路线发我手机上。"霍羿之对卫瑶说着，就冒雨上了停在外面的一辆越野车。

这辆越野车是S市消防队用飞机空运过来的，万希村交通不便，有越野车的话，方便建学校运输物资。

"霍帅，要不要我也跟去？"靳昭跑到车旁边说。

"不用了。"霍羿之说着，开动了越野车。

霍羿之根据卫瑶发到他手机上的路线，开着越野车在暴雨里仔细地沿着路线寻找裴雅芙和她的车。

功夫不负有心人，他终于找到了被埋在山泥里的一辆车，那就是裴雅芙开出去的车。他赶紧下车，拿起越野车里的工具，冒雨将山泥铲掉，及时救出了昏迷的裴雅芙，给她做人工呼吸等急救措施，并不停呼唤她："雅芙，我是霍羿之，你醒醒，醒醒。"

裴雅芙悠悠醒转，看到霍羿之那张熟悉又焦虑的脸，她知道自己得救了。

刚才埋在山泥里犹如世界末日来临的心情终于得到缓解，她以为自己会死掉，没想到她的盖世英雄来救她了。

他没有身披金甲圣衣，也没有驾着七彩祥云，他此刻被大雨淋得很是狼狈，手上、身上也沾满了山泥，但他比《大话西游》里的那只孙猴子帅多了，孙猴子再英雄盖世也是虚构出来的人物，但霍羿之，是真真实实存在的、触手可及的、有血有肉的。

她一把抱住他，放声痛哭。

两人在大雨里紧紧相拥。

❸

裴妙瑜独自冷静了几天后，将霍良景和董珊珊约出来谈话。

约在了一家星巴克咖啡店。

裴妙瑜对霍良景说："只要你跟董珊珊断绝关系，以后不再相见，我就原谅你这次的偷吃。"

霍良景马上说："妙瑜，谢谢你还肯给我机会。我答应你，我以后绝对不会跟她见面了！"

对于那一晚他是后悔的，他并没想跟董珊珊发生关系，全是酒精加对方处心积虑的迷惑，过后他就清醒了，他知道各方面都悬殊的两个人不可能有结果，董珊珊回来找他也只是一时冲动，她还是要回美国念书，她父母还是不会接受他。

裴妙瑜得意地看向董珊珊说："哼，贱女人，你听见了吧？以后别再缠着我家良景，有多远滚多远！否则，我见你一次扇你一次！"

董珊珊不理会她，直直地看着霍良景问："良景，你现在还爱我吗？你看着我的眼睛回答。"

霍良景有一刻的迟疑，然而，他还是咬牙看着她，冷硬地回答："我早就已经不爱你了，从高中毕业那年你决定跟我分手的那一刻起，我的心就死了，我现在爱的人是妙瑜！"

"呵，原来如此，那也许是我自作多情了吧。不过，我不会祝福你们的，就算是要祝福，也是祝你们俩早日分手，分手快乐。"董珊珊微笑着，眼睛里却有眼泪快要溢出来。她连忙转身，背对着他们，表面装作洒脱地快速离去。

内心里有一种沉重的难过，来回反复地切割着她。

她不甘心。

当年她跟霍良景分手后去美国读书，交过两个男友，对比之下还是觉得霍良景好，于是回来找他，自信地以为他还为她单着，结果他找到了新的爱情，她很嫉妒，见不得原本是自己的所有物现在却到了别人手里，想把他夺过来。

她都分不清这是占有欲居多还是爱居多。

她回美国了，她想她还会回来的，她迟早会把霍良景夺走。

04

裴妙瑜和霍良景重归于好，两人手拉手地在星巴克咖啡店里聊了很多。

裴妙瑜说："良景，我也应该反省我自己的，你之所以会偷吃，是因为我一直没跟你……那个吧，你毕竟是血气方刚的年纪，有需求。但女朋友一直是能看不能吃，我们俩交往以来最大的亲密就是 kiss，所以难怪你容易被别人勾引了。"

"哈哈，妙瑜，你能这样想我好感动啊。"霍良景用力地握住她的手，看着裴妙瑜的眼睛里是浓浓的爱意。

裴妙瑜想了想，好像下了很大决心似的，深呼一口气，红着脸，鼓起勇气说："要不然，我们……我们现在就去开房吧。"

"啊？我没听错吧？"霍良景掏掏耳朵，震惊无比地看着裴妙瑜。

在他的印象里，裴妙瑜虽然性格活泼，还有点儿任性叛逆，可是家教比较严，骨子里其实挺传统的，是个很单纯的姑娘，没有那么 open，所以他从来没有对她提出过那方面的要求，他愿意等她。

现在她居然自己主动提出来了，他着实意外。

"怎么？你不愿意？"裴妙瑜看他的反应，嘟起了嘴。

"没有，当然愿意啦，我高兴还来不及呢，就是幸福来得太快了，一点儿准备都没有。"霍良景笑着说。

"你要准备什么？"裴妙瑜一脸懵懂。

霍良景凑近她的耳朵，小声说："'雨衣'，做的时候要戴的那种'雨衣'。"

裴妙瑜听完这个明白了，漂亮的小脸蛋儿瞬间就红了，霍良景也有点儿脸红了。

裴妙瑜挽住他的手臂，羞涩地低声说："走，我们一起去药店买，买完就去酒店。"

买"雨衣"的时候，裴妙瑜原本想跟霍良景一起进去，后来还是没勇气，是让霍良景一个人去店里买的，她就远远地站在药店门外，背对着店门，都不敢看，好像做了见不得人的事情一样。

霍良景买的时候，也有点儿害羞，不过他毕竟是个男孩子，以前也有过经验，比起裴妙瑜还是胆子大多了，买了就赶紧跑出来了。

后面有药店的店员在霍良景身后议论："那个小帅哥看样子好年轻，应该还是大学生吧？就出来买这个？现在的大学生好开放哦。"

"你呀，老封建吧，现在都什么年代了，大学生都是成年人了，这些不是很正常的事吗？现在有些大学校园里还有自动贩卖机可以买这个的呢。总比有些男孩子不买这个直接做的好吧，起码人家考虑到了女孩子的安全和健康。"另一个店员说。

"你说得虽然有道理，不过如果是我的女儿，我可不赞成她在大学就跟男孩子发生关系。现在的大学生有几对儿能结婚走一辈子的呀，一毕业就分手的概率大得很。大学里如果就被男孩子玩坏了身体，之后又分手了，那以后谁娶她啊。大学里怀孕堕胎的事情还少吗？"

"儿女大了之后就由不得你咯，这个是没法杜绝的。可能你越反对，你女儿反而会越抗拒，你只能正确地引导，多教她一些正确的性知识，保护好自己的身体。"

店员们的议论霍良景和裴妙瑜都听不见，他们的心里只有彼此。

到了酒店的房间里，两人坐在酒店的大床上，都有点儿紧张，仿佛都能听见两人快速的心跳声。

"你……你先去洗澡吧。毛巾在浴室。"霍良景把房间衣柜里的白色睡袍取下来，递给裴妙瑜。

"嗯嗯，好。"裴妙瑜听话地去洗澡了。

浴室里哗哗的水声让霍良景变得心浮气躁的。他感觉自己很渴，连着喝了好几杯水。然后，他把房间的窗帘全部拉上了，原本现在还是白天，这下房间里变得很暗了，他把房间里所有的灯都打开了。

"是不是太亮了？"想到这里，他又关掉了几盏灯，营造了一种相对比较朦胧的光线。

等他把房间里的光线调到自己满意的程度之后，他打开电视机，不停地换台，好像没有一个好看的台，不是节目不精彩，是他现在根本就没心思看吧，感觉注意力和耳朵，都倾斜到浴室的方向了。

脑子里乱七八糟的，浮想联翩。

他来来回回地在房间里走，不知道自己要干什么。

"对了，做俯卧撑。"霍良景突然一拍脑袋，想到了这个事，便开始俯卧在地板上，脚尖点地，双手撑地，身体保持从肩膀到脚踝呈一条直线，双臂放在胸部位置，两手相距略宽于肩膀。

"一下，两下，三下……"他的姿势很标准，也很健美、很漂亮。他一边做，嘴里一边数着做的个数。

"我洗完了。"当霍良景做了几百个俯卧撑，做到大汗淋漓时，裴妙瑜终于打开了浴室门，走了出来。

身着白色浴袍的她，精致得好像一个洋娃娃，娇美可爱。

刚洗完的公主卷发湿湿的，柔顺地搭着，没有完全擦干，有几根头发的发梢还时不时滴出一滴小小的晶莹的水滴。

她的嘴唇沐浴过后湿湿的，莹润水亮，在灯光的映照下，就像上面升起了一弯彩虹，让人移不开眼睛。

浴袍下露出漂亮的小腿和脚踝，白皙柔嫩，皮肤跟婴儿一样光滑，美好得让人一阵心悸。

霍良景看着这样的裴妙瑜，从他这个俯卧在地板上的角度看，更加的漂亮、甜美，他的喉结忍不住滚动了一下。

他快速从地上起身来，拿起自己的浴袍，连汗珠都顾不得擦就冲进了浴室，关上了门："我去洗澡。"

还不到五分钟，霍良景就洗完出来了。

正在用毛巾擦头发的裴妙瑜，看着穿着浴袍的霍良景，睁大了眼睛："你怎么洗得这么快？"

"本少爷的动作一向就是这么快啊，佩服吧。谁像你，跟蜗牛投胎似的，洗这么慢啊！"霍良景今天这个澡确实洗得比平常要快，但他才不会承认是自己等不及了呢，那也太不好意思了。

"切，我才不是蜗牛呢，我是闪闪发光的美少女！"裴妙瑜说着，还很可爱地摆了一个漫画里的美少女pose。

"哈，嗯，现在还是美少女，不过很快就要变身咯。"霍良景坏坏一笑，然后突然把裴妙瑜整个人公主抱起来，放到了床上。

很快，他就会让她变身成为真正的女人的。

"我……我可是第一次，你一定要对我温柔一点儿。"裴妙瑜很紧张地搂住霍良景的脖子，小脸蛋儿嫣红嫣红的，又可爱，又迷人。

"放心，宝贝，我会对你很温柔的。"霍良景深情地看着她，动情地吻住了她的嘴唇。

裴妙瑜的两只手紧紧地搂着霍良景的脖子，慢慢地闭上了双眼。

他一边吻她，一边轻柔地抚摸着她，从头发开始，沿着小巧的耳垂、白皙的颈部、娇美的肩膀一直往下，那种感觉像树叶拂过一样。

他的指尖触及的地方，裴妙瑜身体里的细胞就一个个睁开眼睛，感受着清风、明媚的春光、夜里的水声和一点一点的眩晕。

霍良景从高中就跟董珊珊在一起了，那时候他们就偷吃了禁果，所以，他是有经验的，并且把这种经验运用得相当的好，而且，这种事是男人的本能。

他的唇在她的全身绽放。

裴妙瑜感到自己不断地下坠，下坠，这真是一种很神奇的感觉，从未有过的感觉。

"啊！好疼！"某一个瞬间，她感到了一种奇异的疼痛，她蓦地睁开眼睛，发出了惊叫声。

"宝贝，待会儿就不疼了。你忍一忍。"霍良景边吻她，边安慰她。

他小心地动作，更加温柔起来，裴妙瑜在他的温暖里，慢慢地适应了那种陌生的感觉。

外面的天色逐渐地暗下来。

一树海棠花悄悄地开放了，花瓣被园丁喷洒的水雾打湿，发出闪亮的痕迹。

两人的呼吸细密交缠。

近乎透明的蓝色海洋正涌进屋里来。

终于，裴妙瑜伸出手去，甜笑着，拥抱住了霍良景同样青春细腻的身体。

她想，她是幸福的，她把自己最珍贵的第一次献给了自己最爱的人。

05

卫瑶一直记着靳昭请她画一幅油画的事情，她白天给万希村的孩子上课，晚上就利用休息时间给靳昭画油画。

画了好几个晚上，终于画完了。

画的是风景画，世外桃源般，非常美，有水、有山、有晚霞、有山禽、有人家，画里远远的还有一家三口的背影，一个爸爸和一个妈妈，中间牵着一个小孩儿，很温馨的画面。

当卫瑶把这幅画给靳昭时，靳昭很激动、很开心，他赞叹："哇，这幅画太漂亮了，意境优美，画工熟练，用色均匀，构图大气，在细节上也很是讲究，你画得真是太棒了，我佩服得五体投地！"

卫瑶被她夸得有点儿不好意思起来，腼腆地脸红了，轻柔地说："谢谢。"

"这画里的三个人是谁？"靳昭问她。

"不是谁，我瞎想的。"卫瑶淡淡地说。

"哦，我还以为，你画的是未来的我和你，以及我们的孩子呢。"靳昭半开玩笑半认真地说。

卫瑶那张白皙素净的脸迅速飞上了霞光般的红晕，连忙说："别乱说，别乱开玩笑，你硬要追究这画的灵感的话，其实，我只是住在这万希村时日久了，经常看到山里的村民们，看到这里一户户淳朴善良的人家，就灵感乍现，画了山里面的一户人家。"

"哦，这样啊。你这幅油画的名字叫什么？"靳昭说。

"还没有取名字的，要不然，你给它取个名字好了。"卫瑶看着画说。

"嗯，我想想。"靳昭想了想，说道，"我想起一首古诗，薛道衡的《人日思归》：入春才七日，离家已二年。人归落雁后，思发在花前。就叫'思归图'吧。这幅画画的就是一个最让人向往的美好家园景象，人人看此画，都会思归吧。"

"思归图？不错，挺好听的名字，那就叫这个名字吧。"卫瑶点头道。

"那是不是应该把这个名字题在这幅油画的右下角啊？"靳昭建议道。

"可以啊，你书法怎么样？如果不错，你可以题，因为这名字也是你起的，按理应该你题的。"卫瑶说。

靳昭微微一笑："那我献丑了。"

靳昭题完后，卫瑶颇有惊艳之感，他的笔迹儒雅俊逸，又不失力道，题在这幅油画上，居然很和谐。

"靳上尉，我真的没想到，你一个消防员，居然也能写这么漂亮的字，真让我刮目相看，平时没少练书法吧？"卫瑶很是惊喜。

"书法只是业余爱好，平时我有空时才练一练。你的画才是真的好。没有你的这幅画，就算再好的字也没用武之地啊。"靳昭谦虚地微笑。

"哈，感觉我们俩真的有些兴趣相投呢，而且还有些互补性。你喜欢书法也喜欢收藏绘画作品，而我是喜欢画画同时喜欢收藏书法作品。你写，我画，你是写得多，我是画得多。"卫瑶说。

"那是我的幸事，能逢得你这么好的知己。"靳昭的笑容舒悦温柔，如万希村那条清澈的缓缓流淌着的小溪流。

卫瑶美丽浅笑，靳昭继续说："这画多少钱？不能让你白画。"

卫瑶摆手说："不要钱，朋友间谈钱就俗了。我上次就跟你说了的啊。送给你的。我们是朋友。你刚刚还说了，我们是知己。"

靳昭说："那就礼尚往来，我也送你一样东西，我最贵重的东西就是我自己，我以身相许，怎么样？"

卫瑶被他吓到了："你开玩笑越来越没边了。"

"我不是在开玩笑，我说的是真的。"靳昭很认真地强调，一张温柔俊脸满满的是真诚和深情。

"卫瑶，我喜欢你，我想跟你在一起，想跟你组建家庭。这幅《思归图》的景象，就是我所向往的未来的我和你的家庭。"

靳昭现在说的每一个字，都是百分之百真诚的，也是经过深思熟虑的。他今年已经二十八岁了，早已经过了冲动的年纪，在以前该冲动的年纪他都没有冲动，现在更加不会干傻事了。

他要找的，就是一个能相伴一生的伴侣。

可是卫瑶完全没有心理准备，这大白天的，晴空朗朗的，今天到底是什么日子，突然毫无预兆地收获了一场告白，而且对方还是条件很优秀的大好青年。

她怔怔地看着他，好半天没反应过来。

她不讨厌他，甚至是有些好感的，她年纪也不小了，今年二十六岁了，如果要谈恋爱也是可以谈了，可是她的腿……

"靳上尉，你冷静一点儿，你看看我的腿脚，我是个瘸子，我这一辈子都只能一瘸一拐地走路了，我是个残疾人，你这么健全帅气，又是个副队长，是个上尉，你有很多身体健全的好姑娘可以选择，我配不上你。"卫瑶这是委婉地拒绝。

"我不嫌弃你的残疾。在我眼里，你比很多身体健全的女孩子还要美丽。我相信缘分，相信自己的感觉。我愿意一辈子当你的拐杖。爱情没有这么多限制，只要我们彼此喜欢就行。"靳昭想去拉卫瑶的手，却被卫瑶躲开。

"你现在也许不嫌弃我，但不代表你以后不会嫌弃我。对不起，我们俩真的不合适。"卫瑶转身，不再看他，背对着他。

"你要我怎么证明？我一辈子都不会嫌弃你，只会一辈子爱你、疼你。"靳昭走到她身前。

"你不用证明什么，问题不在于你，而在于我，我说服不了我自己，过不了我自己这一关。我说白一些，我只当你是一个可以聊得来的朋友，对你没有任何的男女之情，你明白了吧？"卫瑶语气坚决地表了态，然后，一瘸一拐地走了。

靳昭看着她一瘸一拐远走的瘦削背影，心生怜意，他很清楚，自己的爱不是同情，也不是冲动，是奔着一生一世去的，当然也就不可能这么容易停止。

他知道卫瑶绝对不是一个容易追到的女孩子，他会努力的，总有一天，他会追上她，融化她。

"靳昭，加油。"他在心里给自己暗暗打气。

第八章
坠欢重拾

杯中的浊酒倒映着回忆，

输过的和赢过的，

都落满尘埃。

时间在走，

初心依旧。

他眼前的她是红尘万丈，

他跳不出去，

只是一个瞬间的触碰，

便有了一生的从容。

破镜重圆，

分钗合钿，

重寻绣户珠箔。

坠欢重拾，

恩爱如初。

01

万希村虽然贫瘠，却空灵。

这里没有大城市的压力和尔虞我诈，没有车水马龙，没有钢筋水泥的尘烟和冰冷。

这里的一切都很自然、清新、真实，可以让人产生卸下所有负担的那种愉悦之情。

裴雅芙渐渐地爱上了这个地方，爱上了这里的孩子们，爱上了这里的山民们。

这天，她带她那个班的学生走出临时的大棚学校，去野外的草地上讲课。

学生们盘坐在草地上，围成一圈，听她坐在中间讲课。

她这两堂课讲的是小学科学，里面包含一些自然学科的知识，让学生们一边听知识一边随地感受身边的大自然，会有更好的领悟。

讲完一节课后，她看了看手机上的时间，对孩子们说："下课了，大家休息十分钟，可以在这附近玩玩，但别跑太远了啊。"

"好的，老师。"孩子们异口同声地回答，然后欢闹着，作鸟兽散。

裴雅芙就一个人走到一处地方远望。

温暖的阳光穿梭于微隙的气息，舒畅、漫长。

呢喃着天真，充盈着她清丽而飘逸的身影。

"天气真好。"裴雅芙舒服地伸了个懒腰。

就在这时，她的手机铃声响了，她接起来，是妹妹裴妙瑜的电话。

"姐，我告诉你一个好消息，我跟良景和好了。"手机里是裴妙瑜清脆欢快的声音。

裴雅芙心里"咯噔"一下："我并不觉得这是个好消息。我上次在电话里跟你说了很多，让你好好想清楚，结果你就是这么想清楚的啊？你纠结了那么久的结果就是这个？"

"这有什么不好的？我不能理解你的思维。"裴妙瑜说。

"我也不能理解你的思维。如果换作我，这种事情绝对无法原谅。感情里最容不得的就是背叛，这是原则性的问题。"裴雅芙说。

"姐你说得太严重了。我觉得我应该给良景一次机会，如果男朋友一偷吃就分手，那这辈子得分多少次手啊？而且也不是他的错，是那个骚狐狸精勾引他。"裴妙瑜坚持己见。

"你这只是在自我催眠。如果霍良景自己行得正，没人能勾引成功。这场爱情里，你明显爱得更多，这样很危险。"裴雅芙皱着眉说。

"姐，你的思想太保守了，束手束脚的，爱情不是买卖，哪能论斤称两那么平衡。"裴妙瑜说。

"不听老人言，吃亏在眼前。我可是过来人。你现在只是被爱情蒙蔽了双眼。妹妹，你醒醒吧，霍良景真的不是你可以托付感情的对象。"裴雅芙说。

"哈，你是过来人？别把自己装得跟个身经百战的情圣似的。你所谓过来人的经验也就是柯越那一段而已，而且还是他甩的你，还不如我呢，起码良景犯了错之后不停地跟我道歉，生怕我会离开他，不像你，人家高冷地转身离你而去，你怎么哭着挽留，他都不理你。柯越跟你分手，然后找了个更强的女人，看着好像是他的错，可是一段感情失败，双方一定都是有责任的，你扪心自问，你就没有错？感情失败的你，又以什么立场来教我谈恋爱？难道想让我像你一样，成为第二个失败的你吗？"裴妙瑜有点儿失控了，开始说起比较过分的话来。她并不知道裴雅芙其实还有霍羿之那短暂的一段情，这件事裴雅芙从未跟她说过。

裴雅芙感觉有点儿受伤，颤抖着嘴唇说："你这是在揭我的伤疤。我跟柯越的情况与你的不同。你为了一个男人，来撕姐姐我？跟你一起长大、共同生活了这么多年的姐姐难道还会害你吗？你跟霍良景又才认识多久？我比你年长几岁，看人的眼光肯定深一些，你只是年轻冲动而已。"

裴妙瑜在电话里大声说："我哪里冲动了？我是很认真的。我是年轻，年轻就什么都不懂吗？现在是人人平等的开放式时代，不以年龄论英雄，你太小瞧年轻人了，我们90后跟你们80后已经完全不一样了，我们有自己独立的思维，别再拿你们过时的那套来跟我们说教。你眼光看得深？那你怎么现在还一个人单着呢？你智商高、文凭高有什么用，谈恋爱靠的是情商，我觉得你情商还不如我！"

"你觉得你这是爱情，因为太爱他你能原谅他，我觉得你这是在犯贱，好像没了霍良景，感觉就没人要你了似的。你原谅了他这一次，他以后只会更放纵，女孩子要自尊自爱，不能这么没有底线。你那么缺爱吗？改天我找个更优秀的男生介绍给你好了。"裴雅芙说。

"裴雅芙，你才犯贱呢！我跟良景和好，我只是通知你一声，并不是需要征得你的同意。我觉得我跟你根本就无法沟通，我后悔打这个电话给你了，以后我再也不会给你打电话，不会跟你讲我的任何事情，就当我没你这个姐姐！哼！"裴妙瑜说完，气鼓鼓地挂了姐姐的电话。

裴雅芙很难过，原本晴朗的心情因为这通电话一下子变得很糟糕。

02

有一次，霍羿之和靳昭需要坐飞机飞回S市一趟，主要是去采购一些先进的修建学校的施工材料，也顺道去处理一些S市的工作。

C大扶贫支教团的老师们听闻这个消息，嘱托他们帮带一些这里没有又很想念的东西，比如某个牌子的护肤品、巧克力、咖啡，甚至是自己专用的枕头。

飞机飞回来，该带的东西都带了，大家一窝蜂地围上去领自己的东西，都很开心。

靳昭特意给卫瑶带了一瓶很淡雅的香水和一本限量版的名家书画集，他在人群里搜索卫瑶的身影，看到她之后就走过去，但卫瑶一看到他就转身要走，靳昭连忙喊住她："卫瑶。"

卫瑶只得停下脚步来。

靳昭走到她面前，把香水和书画集送给她，温柔地微笑着对她说："给，这是为感谢你上次画的油画，我的回赠。"

"不……不用的，不用什么回赠，不用这么客气，说了那幅画是免费送你的。"卫瑶没有接，摇着手，一再推拒。

但靳昭执意塞到她手里，说："就算你上次拒绝了我，但我们还是普通朋友吧？这么多人看着，给我个面子吧？"

卫瑶没办法，只得不自在地收下。

自从上次靳昭跟她表白后，她就一直躲着靳昭。

霍羿之在找裴雅芙，他在人群里走到她面前，递给她两个超大的保温桶："这是你父母托我带的，是你最爱吃的家常菜，他们亲手做的。"

"谢谢。"裴雅芙激动地接过，迫不及待地打开，香气扑鼻，还散发着热气。

她吃了一口，很熟悉的味道，家的味道，瞬间热泪盈眶。很感动，很想念爸爸妈妈。

儿行千里父母忧。天底下，对她最好的还是父母啊。

"我爸妈给我带了好吃的菜，我请大家一起吃。"她对着在场的所有人喊。

"哇，有口福了。"大家迅速围拢过去，你一口，我一口的。

纷纷举着大拇指夸赞："好吃，好吃，裴老师你太幸福了，你爸妈的厨艺一级棒。好久没吃过这么好吃的菜了。"

"喂，你们好歹留一点儿啊，待会儿晚饭的时候可以下饭啊，别当零食全吃了。"霍羿之突然笑着对大家说。

"是哦，是哦，"大家恋恋不舍地收回嘴，"裴老师你快盖起来，我们现在不吃了，这么好的菜，应该留着开饭时下饭的。"

"好吧。"裴雅芙笑着，盖起保温桶的盖子，把这两桶菜收了起来。

霍羿之还带回一架崭新的钢琴，当漂亮的三角钢琴被消防官兵们抬出飞机，大家都是目瞪口呆的。

裴雅芙很是惊喜，老师们也大开眼界，村民和孩子们更是围上来，左摸摸右摸摸的，他们都还没见过真实的钢琴呢，很多人都还叫不出这个庞然大物的名字，根本没什么渠道去接触和知晓。

"你怎么会突然想到要空运一架钢琴过来？"裴雅芙摸着光滑的琴身，问霍羿之。

"你上次不是说了吗？因为万希村没有钢琴和任何其他乐器，你在给孩子们上音乐课时就很局限。所以，我就顺便从 S 市买了一架回来。不用谢。"霍羿之灿烂而自然地笑着说。

裴雅芙看着他，那一瞬间霍羿之帅得不得了，帅到晃眼。

他带笑的黑色眼睛，如同旋涡的中心、龙卷风的穴眼，完全把人卷进去了。

裴雅芙心里的感动，如同透过轻纱散射过来的阳光，被浸泡得红润而安详……

她只是某一次无意中跟霍羿之提到过这个问题，没想到他就记在心里了。

03

晚饭后，清风徐徐，月朗星稀。

家家户户低矮的房子里都亮着昏黄的光，安宁而静谧。

月光投在高低不平、坑坑洼洼的山路村道上，一阵风轻拂过，颤动野花的腰肢，荡起绿树的裙摆，撩起人心底的涟漪。

那架引人注目的三角钢琴，放在裴雅芙所带班级的那间教室的讲台旁。所幸教室的面积搭得很大，要不然这三角钢琴很难摆下了。

此时，教室里传来悦耳的钢琴声，清脆、透明、优美，朦胧如月光，纯净如泉水，婉转似鸟鸣，好听极了。

教室的地面上，随着灯光，映出一个美丽优雅、修长婀娜的剪影。

是谁这么有雅致在这里弹钢琴？霍羿之忍不住被琴声吸引了。

"是你，雅芙。"当看清楚弹钢琴的那个人，霍羿之惊喜出声。

裴雅芙也看到了他，停止弹奏，站了起来。

"是我。我晚饭后没什么事，就想着来试试新钢琴。"裴雅芙笑着说。

"弹得真好听，不愧是钢琴老师。我是出来散步，无意中听到钢琴声，就过来了。你试吧，不介意我在边上听吧？"霍羿之笑着说。

"当然不介意了。对了，上次我遭遇山体滑坡的时候你救了我，我还没专门感谢你呢，为了感谢你，我现在就专门为你弹一首钢琴曲吧。"裴雅芙说。

"那我却之不恭了。"霍羿之说着，又开玩笑道，"仔细想想，救你一命，赚得一首独奏钢琴曲，我还是有点儿亏啊，不够划算。"

"喂，你别得寸进尺啊，你到底要不要听啊？我可不会随便给别人弹琴听的。"裴雅芙说。

"要听，要听，当然要听了，你赶紧弹吧，我两只耳朵都乖乖竖着，等着你的天籁之音哈。"霍羿之说着，走过来，坐上了钢琴凳的一头，裴雅芙坐上了钢琴凳的另一头。

裴雅芙不再说话，开始认真地弹起钢琴来。

她的琴技真的是很棒的，钢琴专业出来的，就是不一样，很专业，钢琴声如行云流水般从其白皙纤长的指间倾泻而下，音色单纯而丰富，如夜莺的呢喃，如大珠小珠落玉盘，如冬日阳光，盈盈亮亮，温暖平静。

她给霍羿之弹的是一首比较柔和浪漫的曲子，高昂尖利的部分少，深如暗夜，轻轻柔柔，悠长绵软，有声若无声，自有无底的力量漫向天际。

霍羿之听着这样的琴声，看着这样优美弹琴的裴雅芙，觉得琴声如诉，所有最静好的时光，最灿烂的风霜，而或最初的模样，都缓缓流淌起来。

太美了，这一刻太美了，此刻的裴雅芙是钢琴女神，用她的琴声带领他奔赴最美好的国度，仙境一般的国度，霍羿之深深地沉醉了，不愿苏醒。

裴雅芙边弹琴，边还转过头来看着他微笑，这微笑也太迷人了，本来一切在这浪漫的钢琴曲氛围里就已足够迷人，她原本安心弹琴就行，弹琴时居然也不忘记他，居然还朝他微笑，她是在考验他的自制力吗？

他可以把这笑容当作勾引吗？

不管是不是勾引，气氛正好，他情不自禁地吻了上去。

原本流畅的琴声被这亲吻打乱，继而逐渐停了下来，因为女主角已经无心再弹琴了，裴雅芙不知道为什么自己没有拒绝他，也许是她也不忍心破坏了这么美的氛围吧。

两人坐在三角钢琴前浪漫无比地忘情接吻。

他的嘴唇温暖，她的嘴唇柔软。

这一场亲吻，像春风，又像奶油。

流年的影子，风的歌声，月的优雅，定格的年轮，絮语千言，半年的思念，铺满指心的爱，道不尽，都融化在了这一场亲吻中。

四唇相接，缱绻相依，绽开一路玫瑰色的风景。

他们的身后是一排一排学生们用的课桌椅，头顶是橘黄色的灯光。

地面是交叠在一起的双影。

窗外，平静的村庄，深谷幽山，渐入好眠的夜。

天荒地老，恍若梦中。

04

第二天一大早，裴雅芙顶着一双熊猫眼起床，开门，结果吓了一跳："啊呀！你怎么在我房间门外？我还以为天降一个门神呢。"

可不是吗？霍羿之居然捧着一大束山花杵在她门外，看那些山花，新鲜得很，花瓣上还带着露水，应该是他刚刚摘的吧。

"嘿嘿，早。"霍羿之居然这样笑眯眯地跟她说。

"天啊，霍上校，你怎么这么一大早地堵在裴老师的门外？还拿着花？不会就是为说一个'早'字的吧？你这是要干吗？"

"早看他们俩就不对劲了，眉来眼去的，早就暗度陈仓了吧？"

"哇，危险啊，这是要拐走我们 C 大女神的节奏吗？"

"你们俩什么时候勾搭上的？老实交代。"

有几个老师听到动静过来了，有个还端着漱口杯在刷牙，他们坏笑着议论，一副欲围观的架势。

"还杵着干吗？赶紧进来！"裴雅芙嫌丢人，连忙将霍羿之拉进房间，关上门。

但这样，好像两人又更显暧昧了。

裴雅芙红着脸问他："一大早，你这到底是要干吗呀？"

霍羿之把那一大束山花塞到她怀里："这是送给你的。我有话要跟你说。"

裴雅芙接受了那束花："谢谢你的花。你要跟我说什么？"

霍羿之很认真地看着她说："昨晚我们两个接吻后，就都晕晕乎乎地各自回房了，也没来得及多说什么，我一夜没睡着，想了一夜，觉得我还是爱你的，从来就没有忘记过你，并且感觉自己是越来越爱你了，我想重新追回你，我们重新在一起吧。"

裴雅芙又震惊，又喜悦，其实她昨晚也没睡着，要不然早上不会是熊猫眼了。

霍羿之现在所说的一些感受，其实也是她的感受。

裴雅芙一时间没有说话，只是心里在翻江倒海的。

霍羿之看她好像还有一些犹豫和迟疑，问道："你现在是否还介意我的消防员职业？"

裴雅芙马上摇头："不了。自从来万希村，见到消防官兵奋不顾身地灭山火，无偿地帮村民修学校，经过这么多天跟消防官兵的相处，我对这个职业有了新的认识，消防员的伟大已经凌驾于生命之上，以前是我太肤浅、太胆小了。"

"那你愿不愿意再给我一个机会，让我们重新开始？"霍羿之眼巴巴地问她，漂亮深邃的眼睛里含着热切的深情和期待。

裴雅芙想了想，说："我……我要考虑一下，我晚上答复你，好吗？"

"嗯，我等你。"霍羿之点头。

然后，裴雅芙就跑到卫瑶房间去了，她要跟她的好闺密卫瑶商量一下。

她问卫瑶："霍羿之跟我表白了，你说，我要不要接受他？"

卫瑶笑着说："小雅，恭喜你啊，这是好事啊，你走桃花运了。霍上校长得帅，身材好，工作能力强，是个队长，多威风、多完美，喜欢他的姑娘一抓一大把。我看你挺喜欢他的，平时看你有事没事眼珠子总往他身上转，那你干吗不接受他？"

裴雅芙看着卫瑶说："卫瑶，我有件事没跟你说过，我半年多前就跟他认识了，我们一见钟情，有过一段为期十五天的闪恋，因为那段恋情实在开始得太快，结束得也太快，我没跟任何人提起过。这次来万希村跟他是意外重逢。

"当时是我提分手的，因为我接受不了他消防员的职业，这个职业太危险了。现在，虽然我还喜欢他，也曾期盼过他主动找我重新开始，现在这个期盼实现了，可是我又觉得心里不踏实，我也很难形容现在的感觉……

"也许是因为我贪心吧，我年纪不小了，今年都二十七岁了，我想要爱情，又想要结婚，想要一段能走得长久一点儿的感情，我已经耗不起了，我不知道我跟他能否走得长久。"

卫瑶听完后，说道："天哪，小雅，你怎么开始矫情起来了？以前也没见你这么纠结过。

"霍上校很好，很完美，我以前还觉得我们 C 大的教导主任董振钦已经很不错了，但自从看到霍上校以后，就觉得，他马上把董振钦给比下去了。霸道总裁算什么啊，像霍上校这样正气阳光的完美男神才是最配你的，你们俩站在一起简直是天生一对儿啊。

"所以，我建议你接受霍上校，霍上校那种，别说是打着灯笼找不到了，就算是打着 LED 探照灯也找不到啊。何况人家还被你分手过一次了，还能坚持第二次追你，已经是真心可鉴日月了。"

"哈，卫瑶，你是不是霍上校的脑残粉啊？都把他捧到天上去了。"裴雅芙笑着打趣道。

"我是实话实说。小雅，我觉得你的顾虑，还是对于他的消防员职业的顾虑吧？你完全没必要有这种顾虑，消防员都是那么勇敢的人，你在爱情面前也应该更勇敢一些。不要再想这个职业有多危险、随时会死人，这对消防员不公平，这样危险的职业总得有人去做。"

"嗯，这一点你说得对。这是对爱情的一种新的理解，消防员都是那么勇敢的人，我在爱情面前也应该更勇敢。"裴雅芙点头说。

"你告诉我，你现在是不是还是很爱霍上校？"卫瑶问道。

"是的，还是很爱啊，看到他就会心跳加快，感觉自己的生命无比鲜活，那是一种很不一样的感觉。"裴雅芙不否认地回答。

"那你就相信我的建议，跟着自己的心走，接受他，跟他在一起，你跟霍上校势均力敌，可以走得长久。完全不要再有任何关于他消防员职业的顾虑了，这种顾虑搞多了就很烦人了。你要记住一点：如果不能放手去爱，那么平安健康地活到老又有什么意义。"卫瑶说。

如果不能放手去爱，那么平安健康地活到老又有什么意义。

是的，生命的意义不在于长度，而在于厚度。

快乐幸福的一天，抵得过平凡麻木的一百天。

"卫瑶，你说得好有道理。"裴雅芙点头。

"小雅，你能这么想就对啦。消防员是世界上最可爱的人之一，这么可爱的人值得最好的爱情。"卫瑶拉着裴雅芙的手说。

"对，我应该趁着还能爱的年纪，大胆地去爱，珍惜心跳的感觉，如果再错过霍羿之，我不知道此生还能不能遇到这么爱的人。"裴雅芙说。

于是，晚上，裴雅芙找到霍羿之，认真回复了他："我考虑好了，我也依然爱你，我愿意再给你一个机会，也给我自己一次机会，让我们重新开始。只是这一次，我希望我们再也不会分开了。"

"太好了，我太开心了，太幸福了。雅芙，你相信我，我会让你成为这个世界上第二幸福的人。"霍羿之狂喜，深情地紧紧拥抱她。

裴雅芙从他怀里挣扎出来，不满地质问他："为什么你只让我成为这个世界上第二幸福的人，为什么不是让我成为这个世界上第一幸福的人呢？"

"哈哈，因为，第一幸福的人肯定是我啊，拥有了你，我就毫无悬念地成为这个世界上第一幸福的人！"霍羿之握着她的双肩，深情款款地看着她，笑着说。

"油嘴滑舌。"裴雅芙被他逗笑了。

霍羿之再一次将她拥入怀中，低下头，开始深情拥吻她。

他攫住她漂亮的红唇，来来回回、缠缠绵绵、细细密密地把裴雅芙吻得透不过气来。

世界在他们的脚下天旋地转。

裴雅芙美丽优雅的小脸绽放成娇艳欲滴的红花。

那一刻，她在霍羿之的亲吻里失去了呼吸，甚至是思想，她抬起手臂圈住霍羿之的颈项，深情地回应他。

那一刻，她不在乎自己是死是活，不在乎自己是否还能呼吸，她只知道这个男人、这张唇、这副胸膛、这些心跳，这一切加起来，就是她的世界、她的宇宙。

05

万希村这所唯一的学校有双休。

周末，裴雅芙也不闲着，周六她经常给成绩差的学生补课，周日她会经常家访。

C大扶贫支教团的每个老师都带了一个班，都是一个班的班主任，对这个班承担着神圣的使命和责任。

裴雅芙作为支教团团长，这半年期限内她其实相当于万希村学校的半年校长了，整个学校的综合情况都要管到。

万希村没有固定的老师，本村没有文化人，没有外地的老师会自愿驻扎在这个鸟不拉屎的地方长期任教的。

万希村学校的教育靠的是团中央、教育部组织的"青年志愿者扶贫接力计划"，C大扶贫支教团接力的就是上一批支教团。

等半年期限一过，下一批支教团又会过来接力。

这周日，裴雅芙跟卫瑶商量道："我们又跟上周一样去家访吧。我想了解清楚每个学生的家庭情况。重点的家访对象是那些旷课和辍学的孩子。"

"好啊，我也正好有这个想法，你就算不说我也准备跟你提的。"卫瑶爽快地答应了，"贫困使万希村学校的入学率和巩固率极不稳定，孩子们随时可能辍学，有些人家里劳作一年就管吃半年的，哪还有多余的钱送孩子上学。"

"是啊，所以我们得多去家访，看看那些可怜的孩子，看能不能多帮一点儿忙。"裴雅芙说。

两人收拾了一下，准备了一些课本、现金，还有干粮之类的，就要结伴出门了。

这时候，霍羿之和靳昭却找了来。

霍羿之说："听说你们俩现在要去家访，我和靳昭自告奋勇做司机，陪你们俩去家访。"

"我看没这个必要了，因为，山里的孩子住得都相隔甚远，远的要走三四十里路，翻过一两座山头，很多山路都极其窄小，根本没法开越野车的，你们这两个大将司机派不上用场的。"裴雅芙说。

"啊？远的要走三四十里路啊，"靳昭有点儿急了，"这么远，你们两个女孩子徒步走太辛苦了，尤其是卫瑶的腿脚还不方便。不行，我们俩一定要做护花使者的。啊，我想到了，不能开越野车，就骑自行车呗，我跟霍帅一人载一个，正好啊。"

"对。自行车适合山路上骑，又灵活又方便。村委会有自行车，我跟靳昭去借两辆来。你们在这儿乖乖等着啊。"霍羿之说完，跟靳昭一起去借自行车了。

趁着这个空当儿，卫瑶拉着裴雅芙，低声说："趁他们去借自行车了，我们俩赶紧溜吧。"

"为什么要溜？有两个自行车司机挺不错的啊，总比我们徒步走快多了。"裴雅芙不解。

"我……你……你跟霍上校是没问题，你们男女朋友恩恩爱爱，可我跟靳上尉……不太熟啊，我不想跟他一起去。"卫瑶有点儿别扭地讲出了自己的心里话。

"哦，哈哈，原来是这样。靳上尉挺好的啊，处久了不就熟了吗？"裴雅芙明白了，她早就看出来靳昭在追卫瑶，但卫瑶总躲着他。她觉得靳昭挺好的，她想给两个人创造机会，才不会听卫瑶的建议呢。

卫瑶拗不过裴雅芙，只得乖乖等着。

很快，霍羿之跟靳昭一起，借了两辆自行车来。

四人两车就出发了，霍羿之载裴雅芙，靳昭载卫瑶。

"这里的山路十八弯，这里水路九连环，这里的山歌排对排，这里的山歌串对串……"这是靳昭的歌声。

"啊，啊，啊，五环，你比四环多一环，啊，啊，啊，五环，你比六环少一环，终于有一天呐，你会修到七环，修完七环再修八环，修完八环修九环……"这是霍羿之的歌声。

裴雅芙和卫瑶就跟着他们两人唱，一边唱，一边笑。

虽然大山里条件艰苦，这两男两女骑着破自行车行进在山间的羊肠小道，还一起唱歌，远远看着挺浪漫的，远远听着挺开心的，艰苦阻挡不住浪漫、欢乐和爱情的发声。

裴雅芙坐在自行车后座上原本就是搂着霍羿之的腰的，霍羿之却还嫌不够，抓着她的手又更紧地揽了一下："搂紧了啊。"

裴雅芙照做，霍羿之幸福地作享受状，然后又得寸进尺地说道："其实你还可以将头贴在我宽阔的后背上的。"

"你欠打啊。没看到还有别人。"裴雅芙娇嗔地轻捶了一下他的背，脸却微微地红了。霍羿之笑得无比酸爽，看来那个粉拳捶得那叫一个舒服。

"啊呀，我受不了了。喂喂，请问是单身狗保护协会吗？我要投诉，这里有人虐待动物。"靳昭载着卫瑶在后面看到他俩这样，忍不住腾出一只手假装打电话，开始发牢骚抗议。

卫瑶坐得很规矩，双手都是牢牢抓着车座的，与靳昭严格保持距离。

卫瑶不想让靳昭来的，他执意要来，她也没办法。虽然卫瑶上次拒绝了他，但靳昭没有放弃对卫瑶的追求，明眼人也看得出来，一直在给他们俩制造机会。

"啊，这个地方好难走啊，自行车没法骑了。"有些很难走的地方，霍羿之只得停下来。像前面，就是山路断了一截，都是水和泥，自行车一骑就会陷进去。

霍羿之脱掉鞋袜，把裤腿卷高，先把自行车背过去，然后又折回来，把裴雅芙背了过去。

卫瑶当然就留给靳昭背了。

卫瑶没办法,她脸红了,看着靳昭在她前面蹲下来,只得上了他的背。

老实说,他的背很宽阔、很温暖、很有力量,感觉很好。

而卫瑶又瘦又轻,靳昭背起她毫不费力,他背着她,就像背着世界上最珍贵的宝贝一样,那么小心翼翼、轻轻柔柔的。

靳昭背着她走得很慢,心里想:希望这段水路能再长一点儿,长一点儿。我愿意背她一辈子。

第九章
冰心玉壶

小时候，
她有一个梦想，
当老师。
讲台上的老师，
似灯塔耸立，
带他们从幼稚走向成熟，
从愚昧走向文明，
从迷失方向的黑鸭子找到回家的路。
长大后，
她真的成了老师，
才明白，
老师是捧着一颗心来，
不带半根草去的人。
不计辛勤一砚寒，
桃熟流丹，
李熟枝残，
种花容易，树人难。
冰心玉壶，
诲人不倦。
他年应记老师心。

01

裴雅芙四人翻山越岭，一家一户去家访。

山里环境恶劣，路况不熟悉，有时找一户人家要费好大周折。

她和卫瑶挨家挨户去动员那些旷课和辍学的孩子，让他们回到课堂上去，说："学费不用愁，老师给你们交学费。"

万希村的家家户户都很穷，有些穷得让他们很震撼、很心痛。

那种贫穷是一般人无法想象到的。

在城里出生的他们，根本不知道同一片蓝天下，人和人的境遇有如此大的悬殊。

比如有一家，家徒四壁，一家老小衣服轮着穿，只有过年时才能吃上一顿肉。也吃不起米，每天吃的饭菜就是红薯、白菜、萝卜，孩子都是一脸的菜色，严重营养不良。

看到他们来了，却用最热情的姿态，用家里最好的东西招待他们，就是两个鸡蛋，是留着准备去卖掉换油盐的，却拿来招待他们。

裴雅芙当即掏出口袋里所有的钱给了那户人家。

还有一家，母亲去世得早，父亲今年因为干农活儿出意外，成了残疾，瘫痪在床。

家里有一个十岁的姐姐和一个五岁的弟弟。

十岁的姐姐就成了这个家的支撑，每天像小大人似的砍柴、做饭、种菜、耕田，照顾一家子。

没办法，所以姐姐今年辍学了，其实很想念书，旧课本都被她翻烂了。

　　这些辛苦是一个大人都很难承受的，但是一个十岁的小姑娘却要承受这些。

　　裴雅芙四人看着这样的情况眼眶都湿润了，霍羿之、卫瑶和靳昭掏出了口袋里所有的钱给她。

　　他们通过数次家访，摸清楚了万希村学校所有学生的家庭情况，列出了一个特困户的名单，裴雅芙跟村委会，还有 C 大扶贫支教团的所有老师开会，霍羿之和靳昭也毛遂自荐地参加了这次会议。

　　裴雅芙在会上很严肃认真地说："C 大的老师们，你们都看到了，这里有很多求知若渴却家庭贫困到读不起书甚至吃不上饭的孩子，他们的可怜境地很让人同情。和他们相比，我们都是身在天堂里的人。我觉得我们每个人，只要有能力的，都不应该坐视不管，都应该为他们做些什么。我建议，每人按自己的经济实力资助几个成绩优秀、家庭又非常贫困的特困生读书，一直资助他们到大学毕业。我带头资助八名学生。"

　　"我也资助八名学生。"霍羿之声音响亮地说。

　　"谢谢。"裴雅芙赞许地看了他一眼，然后做记录。

　　"我资助五名学生。"靳昭说。

　　卫瑶看着靳昭，觉得他很有爱心，对靳昭的印象加分，她也举手说："我也资助五名学生。"

　　其他老师也纷纷举手报名：

　　"我资助四名学生。"

　　"我资助三名学生。"

　　"我资助两名。"

　　裴雅芙一一做记录，给他们每个人划分了所资助的学生的具体名单和资料。

支教团的十个老师，每个老师都加入到了资助的队伍，最少的都有资助一名孩子读书。

大家的情绪高昂，都觉得做这种事很有意义。

02

三个月后，之前在山火中烧毁的学校和民居都被消防官兵建好了。

新学校和新民居都比原来的要好。

学生们搬进了宽敞明亮、美观坚固的新学校，都感觉非常幸福。

以霍羿之为首的消防官兵也准备乘飞机离开万希村了，S市有很多工作在等着他们。

在准备离开前的最后一天，消防官兵跟万希村的所有学生、村民和支教团都合了影，大大的集体照。

这是非常珍贵的合影。

在裴雅芙的要求下，霍羿之和裴雅芙单独合了影。

在靳昭的要求下，卫瑶也跟靳昭单独合了影。

这分别前的最后一个晚上，霍羿之和裴雅芙依依不舍。

裴雅芙说："我的支教工作还没结束，我还要过三个月才能回S市，这意味着，我们两人要面临三个月的分离呢，我们俩现在可是热恋中的情侣，三个月感觉好长。你会想我吗？"

"当然会。我现在还没走就已经开始想你了。"霍羿之深情地搂住她，裴雅芙顺势将头靠在他宽阔的肩膀上。

此时此刻，两人是坐在一座小山头上赏月。

万希村本来就是大山里的村庄，高山野岭很多。

现在已经是六月份了，天气逐渐热了起来，万希村种植的水稻开始抽穗了，快要到收割的时节了，空气中有浓浓的稻香。

萤火虫也开始出来活动了，它们一律提着黄色的小灯，像无数星星在闪烁，真美。

有一些萤火虫还围在霍羿之和裴雅芙身边飞舞，被萤火虫包围的两个人，像自带着耀眼的光芒，更美。

裴雅芙头靠着霍羿之说："我也会想你的，每天都会想你。回 S 市后，你要记得多给我打电话，进行消防工作时要注意安全，记得好好照顾自己，按时吃饭，按时睡觉，工作不要太拼命，要劳逸结合，还有，不许看别的女人，眼里、心里都只准有我一个！"

"知道了。"霍羿之甜蜜地轻笑着，更紧地搂住了她。

两人在漫空萤火虫的飞舞闪烁中接吻。

美丽又炽热的深吻。

霍羿之温暖的嘴唇包裹着裴雅芙的嘴唇。

柔软的嘴唇，让人联想到花瓣和随风飘扬的莼菜。

彼此的呼吸和味道交融在一起，彼此向对方灌输自己全部的温暖和爱意。

裴雅芙的气息，是带着透明的露珠味道的气息，像含着水气的百合花，通过霍羿之的鼻腔直达内心，在心里扩散开来。

霍羿之贪恋这样的香气，紧紧地拥抱着她，吻着她的嘴唇，吻得更加热烈。

而裴雅芙，也热烈地全身心回应着他。

雅芙，我爱你。

羿之，我也爱你。

舍不得与你分离，让我用嘴唇把你记一遍，再记一遍。

深深相爱的两个人，尽情地用亲吻来表达自己的情感和对于即将分离的不舍。

夜更深了，天却仿佛更亮了，头顶的月亮和身侧的萤火虫都发着透亮的光芒，不知疲倦地微笑和舞蹈。

草绵延地生长，风格外细腻。

世界如此柔软、温暖、芬芳。

活着，真好。

有爱，真好。

03

在这最后一个晚上，在另一个地方，靳昭也在跟卫瑶单独做告别。

他把卫瑶带到了一处没有草木的沙地上。

卫瑶震惊地睁大了眼睛。

她看到沙地上有好多红色的蜡烛，一根根都是点燃着的，燃烧着热情的火苗，这些点燃的蜡烛围成了一个巨大的桃心形。

桃心形里面放着一束纸折的漂亮的红玫瑰，还有一幅书法。

靳昭把那束纸玫瑰和书法都拿了出来，先把玫瑰送给卫瑶，对她说："万希村买不到真的玫瑰花，我就用红色的纸亲手折了这一束，送给你。"

然后，靳昭把那幅书法展开给卫瑶看，上面赫然写着刚劲潇洒的一句诗：生死契阔，与子成说。执子之手，与子偕老。

落款是：靳昭致卫瑶。

靳昭说："这幅书法也是我亲手为你写的，送给你。"

卫瑶很感动："谢谢你，这些礼物都好用心。为什么一下子送我这么多东西？"

靳昭看着卫瑶，深情无比地说："难道你还不明白我的心吗？因为我喜欢你。明天我就要上飞机离开万希村了，这一别我们很久都没法见面了，我很舍不得你，我想抓紧时间，跟你进行第二次表白。

　　"我书法所写的诗，就代表了我想对你说的话：生死契阔，与子成说。执子之手，与子偕老。我不是只想跟你谈恋爱，我是奔着跟你白头偕老去的，我是很认真的。

　　"虽然你上次拒绝了我，但我的爱不会这么脆弱，我认定了你，我想保护你一辈子，想照顾你一辈子。卫瑶，你考虑一下我吧。

　　卫瑶看着靳昭英俊温柔的脸，那上面布满深情和真诚，毋庸置疑，她是有一点儿动心的。

　　从第一次在篝火晚会上见到靳昭，她就对他有好感，觉得这个人是聊得来的，可以做朋友的。

　　人与人之间有一种神奇的磁场，可以把有缘的人吸引到一起。

　　如果说那时候还只是朋友间的好感，那靳昭的第一次告白，就让她开始重新审视自己对他的感情，之后三个月的朝夕相处，靳昭对她的无微不至的关照和温柔，她都体会到了，记在心里。

　　从来没有一个男人对她这么好过，她不是没有感觉的。

　　人都是有感情的，时间一久，对靳昭了解得越多，卫瑶越觉得他有魅力、有担当、有责任感，是个好男人。

　　但是他越好，卫瑶就越觉得自己配不上他，看看自己残疾的右腿，她很自卑。

　　她低着头说："你喜欢我什么？我只是一个瘸子。"

　　"喜欢一个人需要理由吗？不需要的。喜欢了就喜欢了，我没法控制我自己。如果硬是需要一个理由的话，我想说，卫瑶，我喜欢的是你的全部。好的、坏的，我都喜欢；美丽的你、善良的你、内向的你、自卑的你，我都接受；哪怕你的残疾，我也是喜欢的。"靳昭情深似海、情真意切地说。

卫瑶的眼泪在眼眶里打转："谢谢你，可是对不起，我们真的不合适。你值得更好的姑娘。"

"为什么不合适？你看着我的眼睛告诉我，难道你真的对我一点儿感觉都没有吗？"靳昭握住她纤弱的肩膀，想让她正视他的眼睛，卫瑶刚看他一眼就触电般猛地低下了头。

"你刚刚的眼神告诉了我，也许你现在还不够喜欢我，但你对我并非全无感觉，那为什么不能给我一次机会？你不试试怎么知道我们俩不合适呢？"靳昭说。

卫瑶不停地摇头："我只是一个瘸子，我真的不值得你这样做，你离我越远越好。"

"别总说自己是瘸子，在我心里，你跟其他人一样健全。你独立自强，你生活得很好，你把你的学生们也教得很好。你无须依靠任何人，你只是走路的样子有一点儿特别而已，这样的你，跟健全人有什么分别？我不在意你是个瘸子，我不在乎你的残疾，我早就说了我不在意，你为什么还要自己束缚住自己的思想？你可不可以对自己好一点儿？"靳昭深情地看着她说。

"靳昭，你知不知道你很烦啊？"卫瑶终于开始说重话了。

她挣脱开靳昭，逃得离他几步远，与他保持距离。

"你的两次告白，我都是委婉拒绝的，这只代表了我尊重你是个朋友，不想伤害你，请你别自作多情。你非得让我说得这么直白你才肯死心吗？那我现在就告诉你：我不喜欢你，所以没法接受你的情意，希望你以后不要再纠缠我了！"卫瑶狠下心来，努力逼着自己说出了这番话。

"你的礼物我没法收，你自己留着吧。"卫瑶把靳昭刚刚送入她手里的纸玫瑰和亲笔书法都放在了沙地上。

然后，她冷漠转身，像上次一样，一瘸一拐地走了。

靳昭很伤心，他的眼眶湿润了。

第二次告白又被拒绝了，就算这一次准备得浪漫又精心也于事无补。

也许，她真的对他一点儿感觉都没有吧。也许，是他一直在自作多情吧。

可是还是放不下，放不下，怎么办？

第二天，满载着所有消防官兵的飞机从万希村飞走了，卫瑶一直躲在自己的房里，没有出去送。等到飞机飞得很高、很远了，她才一瘸一拐地从房间里跑出来。

她抬头望着蓝天上那一个小点儿，视线模糊了，眼泪慢慢流了下来。

靳昭走了，不难过是假的。

那三个月的朝夕相处，九十多个日夜的点点滴滴，靳昭帅气的温柔微笑，靳昭贴心的一言一行，一下子都在她的脑海里闪现。

飞机飞走了，仿佛也带走了她的念想，她忍不住开始想念起靳昭来。

然而，低头看着自己残疾的右腿，她又陷入纠结的痛苦的深渊。

04

霍羿之回S市后，每天忙于他的消防工作，有空时就跟裴雅芙打电话。

他们两人的感情，并没有因为两地分离而减淡，反而更加浓烈了。

有一次，霍羿之接到一个国际长途电话，是远在法国的生母李蕙打来的。

她在电话里跟他说："儿子，我准备再婚了，新郎是个法国人。你是我唯一的儿子，有没有空来法国参加我的婚礼？"

"妈，我当然有空。"

霍羿之去了。

他在婚礼上，看到了穿着婚纱的生母，又美丽又幸福，脸上绽放着发自肺腑的快乐笑容，以及迷人的光彩。新郎斯文温柔，有着法国人特有的浪漫绅士气质，看着生母的眼睛里是一片浓到化不开的爱意，两人看着很般配、很相爱。

婚礼结束后，李蕙跟霍羿之推心置腹地谈了很多。

她说："有些事情我觉得有必要跟你讲清楚，免得你误会。当年，我跟你父亲霍智修离婚，并不是因为你继母曾美缇的插足，而是我们之间没有爱情了，也想过为了你坚持，那时候你年纪还小。

"可是越来越难坚持，就算为了你勉强不离婚，彼此都不快乐，也不会给你带来快乐。现在，你成长得很好，还从事了让我们引以为傲的消防职业，说明当年的离婚并未带给你太大创伤，如果一直不离婚勉强维持着，你也不一定能成长得比现在更好。

"你父亲是离婚后才找的曾美缇。现在时代进步了，中年人的爱情也不会被孩子和家庭捆绑。"

"我爸是离婚后才找的曾美缇？真是这样的？"霍羿之很吃惊地问。他一直都以为是曾美缇当小三插足父亲和母亲的婚姻，才导致他们离婚的。

"真是这样的，我一个当妈的干吗要骗你？"李蕙顿了顿，继续说，"我知道你一直以来不太喜欢你的继母和弟弟，我觉得你这样不好，他们没有什么错，你应该试着接受你现在的家庭，跟你继母和弟弟好好相处。"

霍羿之沉默着，没有说话。

李蕙握着儿子的手，说："我知道你是想为妈妈打抱不平才排斥他们两个的，妈妈知道你很孝顺，真的没必要这样了，妈妈现在已经找到了真正的幸福，有了新的家庭，有了爱我的人，你应该可以放心了。

"你和他们，现在是一家人，一辈子都要见面的，一直僵着大家都不开心，有什么意思呢？应该好好相处，这样，我当妈的也放心啊，你父亲夹在中间也不会为难。

"其实人生很短暂，一晃几十年就过去了，年纪越大你越会懂得，亲人是最重要的，没有什么能比一家人和和美美的更重要了。"

霍羿之好像有所动容和领悟，他说："妈，我知道了。我会试着好好跟他们相处的。"

他一直以来讨厌继母和弟弟的心结似乎有所缓解。

"这样就好。"李蕙露出了欣慰的笑容，"儿子，我祝你每天开开心心的，早日找到那个能跟你共度一生的姑娘，两人顺利结婚，然后早点儿让我抱外孙。"

"妈，那个能跟我共度一生的姑娘，我好像已经找到了。"霍羿之英俊刚毅的脸上露出幸福的神采。

"啊？真的吗？那太好了，什么时候带到妈跟前来，让妈瞧一瞧。"李蕙很开心。

"我们才刚谈恋爱没多久，离谈婚论嫁还早着呢，您就别这么着急见儿媳妇了，就当什么都不知道，让我们安安静静地先谈着吧，免得吓跑了人家。"霍羿之难得的脸上有了一点儿羞涩。

"好好好，我不着急，你们安安静静地先谈着吧，要好好对人家。"李蕙眉开眼笑地说。

"我知道了。妈，我祝你和叔叔（李蕙现任丈夫）永远幸福。"霍羿之很真诚地说。

"谢谢你，我亲爱的儿子。"李蕙抱住他。

母子俩深情拥抱。

05

尺璧寸阴，流光瞬息。

俯仰之间，夏去秋来。

又是三个月过去了，九月份来了，C大扶贫支教团的半年支教时间满了，老师们准备回S市了。

在这半年里，在以裴雅芙为首的十个老师的认真教导下，万希村学校的学生们的成绩都有很大提高。

裴雅芙他们除了认真支教，还帮村民做了很多事情，比如造林绿化活动、帮村民种菜耕田等，虽然很艰苦，却过得有意义而充实。

老师们上巴士前，跟万希村学校的所有学生合了影，也跟万希村全村村民合了影。

"老师，我们舍不得你们走。可不可以不走？"孩子们看着老师们，都热泪滚滚的，眼里尽是不舍之情。

"我们也舍不得可爱的你们啊。"老师们眼里也噙满了泪花，和孩子们一一拥抱告别。

"老师，这是我煮的鸡蛋，带给你们在路上吃。"有些孩子塞鸡蛋给他们。

"老师，这是我自己种的红薯，烤熟了的，一个都没有烤煳，香着呢，我用毛巾裹好了，还是热腾腾的，送给你吃。"有些孩子塞红薯。

还有的孩子，送他们各种各样的礼物：

"老师，这是我专门为你画的画，送给你。"

"老师，这是我特地为你写的诗，送给你。"

"老师，这是我亲手给你做的一百个信封，你要记得多给我写信啊。"

"老师，这是我绣的手帕，上面绣了你的名字，还有花，送给你。绣得不好，你别见怪。"

老师们看着这些稚嫩、用心、充满童真的礼物，心里的感动和不舍交叠冲击着内心，眼泪流得更凶猛了。

面对这即将而来的分别，不少村民也落泪了，尤其是村长，沧桑瘦削的脸上老泪纵横的。

半年的相处，大家都有深厚的感情了，如何舍得别离？

一时间，大家全都是眼泪汪汪的，这个分别场面说有多煽情就有多煽情。

"村长、孩子们、村民们，我们走了，再见。我们会想念你们的。"一步三回头地上了回城的巴士后，裴雅芙在车窗内冲着村民们挥手。

其他老师也纷纷挥手："再见，再见。"

"老师，再见。"村长、孩子们、村民们也都不停地挥手，一边挥手一边擦眼泪。

"老师，再见，再见……呜呜……"许多学生一边哭，一路追着老师乘坐的巴士跑。

"别追了，回去吧。"裴雅芙对着追着跑的学生说，眼泪已经把她的视线都模糊了，这些孩子给她的感动太多了，给她的震撼太大了，她的整个心尖儿都在颤抖。

"回去吧。"其他老师也是一边哭一边冲着车窗外挥手。

整个巴士内充满了浓浓的分离的悲伤。

万希村是一个多么让人难忘的地方，这里的孩子和村民是多么的可爱淳朴、善良纯真，这半年的经历比得过在城里生活的十年，这半年的深刻领悟是很多东西都无法与之相提并论的，最开始都抗拒来这里的老师们，现在对这一趟支教之旅充满了感恩和怀念。

过几天，下一批志愿老师又会来万希村支教，这个由团中央、教育部启动的"中国青年志愿扶贫接力计划"会一直不间断地接力、继续下去。

裴雅芙回 S 市的这天是周末，裴妙瑜和霍良景都不用上课，裴妙瑜很早就跟姐姐打了电话，问了其行程，说："姐，我会去接你的。"

姐妹俩感情还是很好，之前关于霍良景偷吃事件的争吵，裴雅芙早就让步了，当时还是她主动打电话跟妹妹和解的，谁叫裴妙瑜是她妹妹。

裴雅芙想，青春里的人不爱到发昏那也不叫青春。

妹妹还年轻，她以后总会慢慢长大和懂事。

有些事别人怎么跟她讲道理，她都听不进去，只有自己亲身经历才会明白。

也希望霍良景没有渣到无可救药。

06

C 大男生宿舍 511 寝室。

周末的太阳早就从窗户照进来了，把寝室里照得一片明亮暖和，霍良景却还在蒙头大睡。

放眼望去，乱糟糟、臭烘烘的寝室里就只剩下他一个人，其他三个室友都出去各玩各的了。

"咚咚咚"，有人敲门。

霍良景不理会，翻个身，继续呼呼大睡。

门外的人敲了好几下都没见有人来开门，干脆自己去推门，结果门居然开了，原来没锁。

门外的人轻手轻脚地进来，轻手轻脚地关门，轻手轻脚把手里提着的某样东西放在桌上，然后又轻手轻脚地走到霍良景的床前，突然用力一掀，把他的整床被子都掀起来了，冲着他大喊："懒猪，快点儿起床啦！"

霍良景感觉全身一凉，睡意被强行闹醒，他恼怒地睁开了眼睛："谁啊？你找死啊！"

"哎哟，人家好怕怕啊。"裴妙瑜立马做出一副可怜兮兮、我见犹怜的样子。

当霍良景看清楚眼前呈现的是那张粉嘟嘟的熟悉可爱的脸，他的怒气一下子消了："妙瑜？原来是你啊。你怎么来了？"

"亲爱的，我为什么不能来啊？女朋友来找男朋友，不是很正常的吗？"裴妙瑜边说，边一屁股坐到了霍良景身上，双手撒娇似的搂住了他的脖子。

"是很正常啊，那我亲你也是很正常的。"霍良景说着，就用自己的嘴堵住了裴妙瑜粉嫩的小嘴。

"唔……你坏死了！"裴妙瑜被他亲了一口后，赶紧从他身上起身。

"良景，我今天来找你，其实是有正事的，我姐姐去万希村支教了半年，现在终于要回来了，他们的车下午三点抵达车站，我下午三点要去接她，我都跟她说好了，我可不想一个人去，你得陪我一起去，你骑车载我去。"裴妙瑜说。

"下午三点啊，现在还早啊。没问题。"霍良景顽皮地冲她比出了"ok"的手势。

"除了去车站接她，还有别的事情要做呢，总不可能空着手去接人，我们得先去花店买一束漂亮一点儿、隆重一点儿的花。"裴妙瑜说。

"我还以为多大的事呢，就是买束花嘛，没问题，很快的，去车站的路上顺道找一家花店买一束就可以了。"霍良景吊儿郎当地说。

"那你赶紧起床吧，然后洗漱，再吃早餐，我给你买了早餐。我是不是对你很好啊？"裴妙瑜提起桌子上的还冒着热气的早餐，笑眯眯地说。

"嗯嗯，我的妙瑜宝贝对我真好，还给我买了爱心早餐，我感动死啦。不过，你其实还可以对我更好的。"霍良景说到后面，帅气的笑容越发邪恶起来。

"什么？我这样对你还不够好吗？还要更好？还要怎么做才是更好啊？"裴妙瑜眨着天真无邪的乌黑大眼睛，嘟着漂亮可爱的小嘴说。

"宝贝，你过来，过来我就告诉你。"一直还坐在自己床上的霍良景，别有深意地看着美丽可爱的裴妙瑜，朝她勾勾漂亮修长的手指头。

裴妙瑜将信将疑地走过去，离床边还有一点儿距离时，霍良景就感觉等不及了一样，猛地身体前倾，伸出长臂一揽，将她整个人揽抱进床内，动作熟练地用自己的身体压住了她。

"你……你干吗？"裴妙瑜有点儿惊吓地睁大了亮晶晶的眼睛。

"宝贝，我这是在告诉你对我更好一点儿的方法啊，就是让我吃你，喂饱我。"霍良景邪恶地坏笑着看着她，然后深深地吻住了她的嘴唇。

霍良景此刻的嘴唇很烫，带着一股独属于他的特有的男孩儿淡香，他灵活柔软的舌头沿着裴妙瑜嘴唇的缝隙溜了进去，在里面翻江倒海。

裴妙瑜很快就沦陷了，霍良景于她而言就像毒药，无论在思想上还是身体上她都无法抵抗他。

他一边吻她，一边脱她的裙子，她的肌肤很快完全地暴露在空气中，像是散发着柔和光线的上等白玉，吹弹可破，细腻光滑，美好得让人窒息。

霍良景无法克制住自己，年轻朝气的身体里热血澎湃，他灼热的嘴唇沿着裴妙瑜美丽玲珑的曲线一路辗转往下，一吻就是一个沸点，一吮就是一朵碎梅。

男生宿舍的床有点儿小和窄，不过，这样好像更刺激了。

天地间仿佛什么都不再剩下。

只剩下两具年轻鲜活的身体，彼此的气息纠缠在一起。

每一寸肌肤在接触的瞬间都燃起足以焚烧一切的温度。

潮湿的柔软吞噬了一切汹涌的欲望。

霍良景的喘息声像是某种兽类。

男人在某种层面上来说，其实就是一种兽类，和兽类没有什么区别。

他没必要再像第一次那样温柔和小心了。

他会指引她，慢慢地教导她，让她明白，这是一个多么美好的世界。

两个在爱河里深深徜徉的年轻人，尽情地去探索属于彼此身体的奥秘和爱的奥秘。

娇美柔嫩的裴妙瑜，把霍良景视作唯一的裴妙瑜，被霍良景身体里年轻冲动的力量猛烈地吞噬着，近乎狂风暴雨般地吞噬着。并且，她在这样的吞噬里感到了快乐和幸福。

"我爱你，良景，很爱很爱。你爱我吗？"

"爱。"

出了一身汗的霍良景，深深拥抱住裴妙瑜，在她的额头上印上一个浓情蜜意的吻。

07

之后，霍良景骑着他的酷炫摩托车，载着裴妙瑜，去花店买了花，然后去车站接裴雅芙了。

思女心切的裴雅芙父母也去车站了。

下午三点钟，当裴雅芙在车站下车，看到半年未见的家人老早就等在了那里，激动开心得眼眶湿润，快步跑过去，放下行李，一把抱住了父母和妹妹。

"爸、妈、妹妹，我好想你们。"眼泪从她的眼睛里流了出来。

"姐，我也好想你啊。"裴妙瑜也哭了，红红的眼睛就像小白兔一样。

"雅雅，你瘦了。在那边吃不好吧，回家妈妈给你做好多好吃的。"母亲苏锦心心疼地对裴雅芙说。

"去那边吃吃苦也不是坏事，好像变得更成熟了。平安回来了就好。"父亲裴回说着，帮裴雅芙提起行李，放到自己家车子的后备厢内。

霍良景干站在一边很久了，终于能插上一句话了，他笑容灿烂地跟裴雅芙打招呼："裴老师好，欢迎裴老师回来。我是跟妙瑜一起来接您的。"

裴雅芙看着霍良景，愣了一秒钟，脑子里第一时间想起的是他背叛自己妹妹偷吃的事情，她是不喜欢这样的男生的，不过，她当然不会很明显地表露出来自己的真实想法，她只是礼貌地微笑着说："是良景啊，谢谢你。"

"裴老师，半年不见，感觉您更漂亮、更女神了。"霍良景还及时地送上马屁，想讨好自己女朋友的姐姐。

他并不知道裴妙瑜把自己偷吃的事情告诉了裴雅芙，不知道裴雅芙对他有看法，所以在裴雅芙面前很放松、很自在。

卫瑶下车后，一直在一边安静地等着裴雅芙，看着她跟家人欢乐团聚，看着其他几个老师都陆续被各自的家人、朋友接走了，只有她没有人接，她不由得觉得有些孤单，莫名地想起了靳昭，想着，如果她通知他来接她，他会不会来？

"卫瑶，我来接你了。"真是想什么来什么，就在卫瑶想着靳昭时，靳昭居然很神奇地出现了。打扮帅气的他，手里捧着一束美丽的鲜花，温柔微笑地看着她，就像一束温暖的阳光，突然间照亮了她灰暗的心情。

"对不起，我来晚了，我走的那条线路今天堵车。"靳昭有点儿愧疚。

卫瑶看到靳昭，又震惊，又很不好意思，她都拒绝他两次了，第二次的话还说得有点儿重，一般的男人应该都不会理她了吧，没想到靳昭居然还会来见她。

"靳上尉，你……你是特意来接我的？"卫瑶有点儿尴尬又有点儿惊喜地看着他。

"是的。这花送给你，欢迎你回来。"靳昭光明磊落地回答，然后，把那束漂亮的鲜花递给卫瑶。

卫瑶看着靳昭英俊温和的脸被鲜花映衬得更加夺目，她无法言说自己现在的心情。

原本以为没人来接她的，她不是本市人，她来自一个边远的小城市、小地方，家里条件不好，为了梦想，一个人在S市奋斗，在S市没有亲戚、家人，她平时性格内向，也没有很多朋友，就只有裴雅芙一个好朋友。

看到支教团的其他九个老师都有人来接，她是很羡慕的，不过她很早就安慰过自己了，没关系，裴雅芙在车上就跟她说了，让她跟她坐一个车回去，因为她们住在一个小区，她不至于落单。

现在，看到特意来接自己的靳昭，她其实内心里是很感动的，并且这种感动远远压过了之前的尴尬和各种坏情绪。

终于也有一个人是专门来接自己的了，真好。

"你怎么知道我这个时候回来？"卫瑶问。

"裴老师他们不是一起回来吗？裴老师告诉霍上校了，霍上校又告诉我的啊。"靳昭笑着说。

卫瑶看着他一如既往的温柔微笑，一点儿都不像被她拒绝了两次的人，跟没事人似的。

她有点儿纳闷儿。

也许，靳昭是心胸很宽大的人吧，既然这样，那她也没必要忸怩了，凡事不要这么极端，做不成恋人，大家还是朋友啊。

卫瑶这样想着，接受了那束鲜花，友好地微笑着说："谢谢你。"

不过，看着靳昭像没事人一样的微笑，卫瑶心里又有一点儿隐隐的痛，他能这么平静，是代表原本就不够爱她吧？所以在被她拒绝了两次后，还能这么看得开、放得下。

反而是她这个主动说拒绝的人，内心早被搅乱了一池春水，心里没那么容易平静了。

"卫瑶，你在这儿等着我啊，我开车来的，待会儿我把你和你的行李送回去，好吗？现在，我还要去代霍上校给裴老师送束花。"靳昭微笑着说。

"哦，好。"卫瑶居然答应他送自己了，看着靳昭听到这个回答后显得格外兴奋的脸，她才反应过来，自己好像没有那么抗拒他了。

靳昭从自己的车里拿出另一束花，是一大束香水百合，走到裴雅芙跟前，递给她："裴老师，这是霍上校托我给你带的花，代表他欢迎你回来，他让我转达，他因为工作太忙了，今天没法来接你了，请你见谅。"

裴雅芙一脸娇羞地接过了那束花："谢谢。麻烦你代我转达霍上校，说我谢谢他的花，说没关系，工作重要，让他安心工作。"

"哇，姐姐，那个霍上校，是你男朋友？你交男朋友了，为什么不告诉我？你又不是搞特工的，瞒这么严实干什么？我又不会抢了去！老实交代，他是做什么工作的？你们俩什么时候看对眼的？"裴妙瑜立马炸开了。

"才交往没多久，还不是时候。哪来这么多问题，你好烦啊。"裴雅芙无奈回答。

既然瞒不住，索性承认了，其实她不想这么快告诉家人的，她妈妈和她妹妹的嘴巴都不会放过她的，都怪靳昭送花送得不是时候。

"雅雅，真交男朋友了？太好了，太好了，妈妈的心头病可算是要去了。那个霍上校听起来不错啊，别人都叫他上校了，上校是个警衔啊，这是个大军官吧？长什么样子啊？改天带他回家让我们见见。"母亲苏锦心高兴得不得了，脸放红光。

"不行，我还没想过要嫁给他呢，不能这么快见家长，我是多么稳重的人啊，没有十拿九稳不会做决定的，先谈个两三年再说。"裴雅芙果断拒绝母亲的无理要求。

"谈个两三年？你今年都二十七岁了，你打算谈到三十岁都不结婚吗？三十岁就已经很老了，生个孩子都没那么健康了，到时候人家还会要你吗？"苏锦心皱起了眉头。

"快点儿上车。你们还在那里絮叨个什么劲儿啊？真是三个女人一台戏。车站又不是茶馆，有什么话回家再说。"父亲裴回来给裴雅芙解围了，拉着苏锦心就往车那边走。

"卫瑶，我们走……"裴雅芙不忘喊卫瑶，但话还没说完，她就发现靳昭站在卫瑶身边，帮卫瑶提着行李。

"哈，我明白了，看来不用坐我们的车了，你让靳昭送你回去吧。靳昭你开车小心点儿，再见。"裴雅芙笑得很灿烂地跟卫瑶和靳昭挥手拜拜。靳昭是个好青年，她巴不得卫瑶早点儿被靳昭追上。

卫瑶和靳昭也跟裴雅芙挥手。

卫瑶红着脸，上了靳昭的车。

她后来总算想明白了，靳昭并没有只想跟她做普通朋友，应该还是想追她。

是的，靳昭是这样想的。

两次告白都被拒绝，他不是没有受伤，但伤痛还是抵不过三个月的思念。

他坚信：精诚所至，金石为开。

第十章
琴瑟和鸣

西凤吹不散眉弯，
残缺挡不住爱恋。
想念丰饶了指尖，
于云水之畔，
演绎天地间的缠绵。
他与她，
泅渡山南水北，
素笺宵酒，
笑对地荒天雨。
爱你很深，很深，
结同心尽了今生。
琴瑟和谐，
鸾凤和鸣。

01

第二天，C大扶贫支教团的十名老师去C大报到。

这个时候已经是九月中旬了，早就开学了。

教导主任董振钦、一些老师和同事，还有他们的很多学生们都出来热情欢迎他们，C大挂了欢迎横幅，放了鞭炮，场面很热闹。

教导主任发表了欢迎致辞："C大扶贫支教团的十位老师，欢迎你们回来。你们辛苦了。校方得到了支教地区的反馈，非常肯定你们这半年来在贫困山区万希村的扶贫支教工作，你们的表现都很棒。我代表校方感谢你们。你们是C大老师的榜样，C大因你们而自豪！"

大家热烈鼓掌。十位老师接受了学生们的献花。

裴雅芙恢复了正常的上班、上课。

在万希村吃了半年的苦回来，面对什么都有的城市生活，她觉得幸福到奢侈，越发想念那里的村民和学生。

她经常在课上教育学生："你们要珍惜现在这么好的生活，你们不知道贫困山区的学生们有多苦，饭都吃不饱，衣服都没得穿，学也没钱上。那里闭塞落后，没电视、没手机、没网络，什么娱乐都没有，只能玩泥巴。小小年纪每天还要劳动，帮大人们干很多事情。你们跟他们比，简直就是皇帝跟公主。你们都要好好学习，天天向上，如果谁不听话，我就把他扔到贫困山区去过一天苦日子。"

她也开始变得唠叨，总是唠叨妹妹裴妙瑜："哎呀，妹妹，你怎么这么浪费啊，吃个饭总是剩这么多，吃不了这么多就别装这么多，倒掉好可惜，又没养猪、养鸡的。每一粒米都是农民伯伯辛苦种的，你在这里浪费，贫困山区好多人还吃不上米饭呢。要节约。

"哎呀，妹妹，你开灯怎么总是不记得关呢？这里开一盏那里开一盏的，很浪费电知不知道？贫困山区经常因为没电，要点蜡烛或者煤油灯，你却在这里浪费电。要节约，节约。

"哎呀，妹妹，你这个月已经买了七套衣服了，怎么又买新的了？你的衣柜都已经塞不下了，好多衣服还是新的，你穿一次就不穿了，多浪费啊。你知不知道贫困山区很多人都没衣服穿，更别说买漂亮衣服了。节约是美德，要节约，节约，节约，重要的事情说三遍。"

有时候裴妙瑜被她唠叨烦了，就忍不住回嘴："姐你好烦啊，你去了一趟山区，回来后整个人就变得神经质了，都变成唠叨的老太婆了。"

"我哪里神经质了，我只是学到了很多东西，思想觉悟更高了。不像你，这么大了还跟个小孩子一样很不成熟。十九岁的你的懂事程度，不及万希村十岁的孩子。你想想我跟你唠叨的哪一点没有道理，你让爸妈评评理。"裴雅芙振振有词地说。

"妙妙，你姐姐说得对，你是要节约一些。"爸妈也站姐姐这一方，裴妙瑜只能不吭声了。

裴雅芙也变得对自己越发苛刻，其实她一贯以来都挺节约的，现在更加节约了，工资挺高的她花钱很省，很少买东西，省吃俭用的，东西用到很旧了还在用。

她经常想："如果我省下了这个，省下了那个，就可以多资助一个贫困学生。"

她还会经常打电话到万希村村委会的座机去，那是全村唯一的一部电话，通过那个电话跟她资助的那八名特困生交流，了解他们的学习、生活和心理。

因为霍羿之这个消防队队长的工作很忙，裴雅芙回来一周了都没见到他。

她很想念他。

看着手机里他的名字，纠结着要不要打给他时，没想到心有灵犀，霍羿之正好打了过来，裴雅芙很兴奋地马上接了电话。

"哇，接电话这么快啊，是不是很想我啊？"霍羿之正气阳光的声音在手机那头响起。

"是啊，是很想你。你有在想我吗？"裴雅芙说。

"当然有想你，要不然干吗给你打电话？"霍羿之的嗓音很好听。

"只是打电话啊，又不来看我，没诚意。我都回来一周了，都没看到你的影子。"裴雅芙装作有点儿生气地说。

"哈，雅芙，我也想来看你的，但是这几天工作实在太忙，走不开，对不起啊。"霍羿之说。

"好吧，我接受你的道歉了。"裴雅芙说。她从来都不是一个无理取闹的女人，他的工作繁忙，责任重大，她其实都能理解的。

"雅芙，这样好不好？明天周六，你不上班，但我还要上班，我这种工作、我这个级别事情多，是没有周末和节假日可言的，只能是不忙的时候休假。你来我单位看我，好不好？"霍羿之说。

"好。"裴雅芙欣然答应。

02

周六，裴雅芙精心打扮得很漂亮，去霍羿之单位找他。

"小姐，这边请。"有一个接待员小兵领着她去见霍羿之。

当她看到站在训练指挥台上的霍羿之，一身军装，英姿飒爽，气宇轩昂，帅气逼人，她难掩三个多月未见的激动和思念之情，隔着老远就大声喊他："羿之！"

霍羿之听到喊声转过身来，看到了凤仪玉立于远处的裴雅芙，眼里放出欣喜的光芒，也激动地大喊："雅芙！"然后冲她张开了双臂。

裴雅芙忘情地冲上去，投入了他的怀抱。

霍羿之开心地抱起她，连转了好几个大圈。

裴雅芙在这样的晕眩里幸福得飞上了天。

台下传来窃窃的笑声和私语，裴雅芙感觉到不对劲，清醒过来，连忙离开霍羿之的怀抱。

往台下一看，发现台下黑压压的有好多排消防官兵在抬头看着他们，她刚刚站的那个角度看不到这些消防官兵，还以为就霍羿之一个人在场呢。

裴雅芙的脸"唰"地就红了。

霍羿之倒是很镇定，他向裴雅芙介绍："台下的这些消防官兵，都是我的部下，是Ｓ市消防队的组成人员，总共有一千一百名，刚刚你来的时候，我正在指挥他们进行军事训练。"

然后，霍羿之又跟这些消防官兵介绍裴雅芙："同志们，给你们介绍一下，这是我的女朋友，她叫裴雅芙，是一名光荣的人民教师。"

消防官兵们齐刷刷地给裴雅芙行军礼，非常恭敬嘹亮地喊："嫂子好！嫂子辛苦了！嫂子很漂亮！"

裴雅芙哪见过这阵势，先是被吓到，后是羞得满脸通红，很囧地看着霍羿之求助，不知道怎么回复这些人。

霍羿之凑到她耳边，小声教了她几句。

裴雅芙就照着他教的，说了几句："谢谢同志们！同志们好！同志们辛苦了！"

消防官兵们又"啪"地来个很响亮的立正、敬礼，整齐回复她："为人民服务！"

裴雅芙的脸更红了，只能看着大家傻笑。

霍羿之看她这样子，有点儿想笑，又觉得很可爱，他为她解围，对部下们说："同志们，你们自行操练吧，我去招待一下家属。"

说完，他就牵着裴雅芙的手走了，台下一阵起哄声。

然后，霍羿之牵着裴雅芙的手带她参观他们单位，参观了他的办公室、训练场地、宿舍等很多地方。

一般宿舍都是几个人住上下铺，因为他是队长，所以能一个人住一间宿舍。

霍羿之的宿舍里很整洁，所有东西都摆得好好的，高堂素壁，窗明几净，被子叠得跟箱子似的，铺着的床单跟用电熨斗熨过似的，一马平川，不见一丝褶皱。

这样的宿舍布置，是十足的军事化管理，只有军人的宿舍才这样的。

裴雅芙只有在大学军训期间才看到过叠得像箱子一样的被子，然而军训一过，学生们的宿舍就很快还原成乱七八糟的了，尤其是男生宿舍，简直是脏、乱、差的代表，只有例行检查的时候，男生们才会临时抱佛脚地快速整理一下宿舍。

这样一想，裴雅芙觉得，什么时候可以请霍羿之去他们C大讲一堂课，课的主题就叫"如何整理好自己的宿舍"。

想到这里，裴雅芙忍不住"扑哧"一声，笑出了声。

"你在笑什么？"霍羿之问她。

"我就是高兴，我在想，你这么会整理宿舍，那做家务应该很棒吧？"裴雅芙说。

"怎么？这么快就想当霍太太了？都考虑到家务的事情上去了。"

霍羿之走近她，从身后亲昵地搂住她，将自己的脸贴上了她的脸。

现在，霍羿之的宿舍只有他和裴雅芙两个人，亲密一点儿也没人看见的。

"哪……哪有，我在说你自己家的家务，我一直以来对于不爱干净、不爱收拾房间的男人是不太喜欢的，因为你爱干净，我就放心了。"裴雅芙在给自己找台阶下。

"那是，我不止会做家务，还会做其他很多事情。我是一个完美的男人，什么都会，你能想到的就没有我不会的，你信不信？"霍羿之帅气无比地笑着说。

"我信！"裴雅芙转过身来，一脸深情又认真地看着他。

"羿之，自从我遇到你，你就帮我化解过很多难题，也不止一次救过我，在飞机上出现乱流时、在路上被人抢包时、在暴雨天遭逢山体滑坡时等。在你身边，我现在很有安全感。我从小就梦想着有一个无所不能的英雄来拯救我，我觉得那个英雄已经出现了，他就是你。"

"雅芙，我愿意做你的英雄，一辈子保护你。"霍羿之情深似海地看着她。

两人深深对望，眼睛里有那么多的情感，缠绵的、贪恋的，仿若一生都看不够。

裴雅芙踮起脚尖，主动吻了一下霍羿之的脸颊。

霍羿之受到鼓励，捧住她的精致小脸，吻住了她的嘴唇。

裴雅芙觉得全身的细胞都在轻微地颤动，脑子里"嗡"地响了起来。

霍羿之的吻技很熟练，他的味道让人很陶醉。

裴雅芙在这样的亲吻里，仿佛看到了百花盛开的花园。

春阳映入花蕊，春风摇动着花枝，莺燕翩然起舞，蜜蜂流连花间，美不胜收。

世界变幻出比万花筒更加多彩的画面。

吻不醉人人自醉。

长达五分钟的深吻，极为绵长和美丽。

裴雅芙被吻得喘不过气来，整个人软倒在霍羿之身上。

这个吻，终于在她快要断气之前结束。

之后，霍羿之牵着她的手，带她去参观了很多消防工具，跟她讲了很多消防知识，说了一些他平常的工作内容和他难忘的一些重点消防事故，还有他之前在工作中牺牲的一些同事。

裴雅芙通过他的讲解，对消防员这个职业有了更深层的了解。

午饭时间，霍羿之带裴雅芙去他的单位食堂吃饭。

食堂里吃饭的人很多，一排一排笔直坐的都是消防官兵。

大家看到他们俩，都会放下碗筷，马上起立，敬礼，认真地打招呼："霍上校好！嫂子好！"

其他后面去食堂打饭的消防官兵们，看到他们俩，也会笔直板正地行军礼，声音嘹亮地打招呼："霍上校好！嫂子好！"

因为在指挥台上裴雅芙与霍羿之的惊鸿一抱，再加上霍羿之在一千多名部下面前的隆重介绍，一传十，十传百，裴雅芙已经闻名霍羿之的整个单位，大家都知道有这个嫂子的存在了。

"呵呵，你们好。吃饭，吃饭，不用管我们。"裴雅芙尽量表现得落落大方地回应他们。

但是，还是很不好意思，她有点儿受不了这么多人的目光和热情，都想躲起来吃饭了。

她小声地在霍羿之耳旁道："这里的每个人都要跟我起立，行军礼，打招呼，都对我这么客气和尊重，我有点儿不适应呢，其实我都不认识他们，这么多人，总是嫂子嫂子的叫，怪不好意思的，咱们能不能换个没人的地方吃饭啊？"

霍羿之很认真地回答她："不能。"

裴雅芙压低声音问道："为什么啊？"

"作为一个消防队长和上校的女朋友，你要习惯这种待遇。"霍羿之笑着对她说。

"哦……好吧。"她没话说了，对于这种霸气又傲娇的理由，小女子她屈服了。

03

星期日，霍羿之搞了一次大聚会。

参会的人有裴雅芙、霍良景、裴妙瑜、卫瑶、靳昭，还有C大支教团的几个老师和在万希村一起建学校的几个消防官兵。

等于是庆祝大家又都回到了S市，纪念大家在万希村缔结的情谊。

霍羿之向裴雅芙介绍霍良景："这是我弟弟。"

裴雅芙很震惊："什么？霍良景是你弟弟？他是我教的班的学生，我是他班主任，他还是我妹妹的男朋友，这是不是太巧了？"

"啊，原来裴妙瑜是你的妹妹？真的好巧。"霍羿之也很吃惊。

"可是，你跟霍良景感觉一点儿都不像，外表长得不像，性格也很不像。"裴雅芙说。

"我们是同父异母的兄弟。"霍羿之跟她说。

然后，他跟裴雅芙简单讲述了一下他的家庭情况。

自从霍羿之参加生母婚礼回来，他跟弟弟和继母的关系都有所缓解，这次聚会请了霍良景，就是关系的一大改变，但还没完全释怀到其乐融融的状态。

大家先吃饭，然后去 K 歌，玩得很嗨。

裴雅芙、霍羿之这对儿 CP 和裴妙瑜、霍良景这对儿 CP 不间断地花式虐狗。

靳昭眼里只有卫瑶，吃饭时给她倒茶、夹菜，唱歌时帮她选歌、送零食，还给她挡酒，一直各种照顾她，围着她打转儿。

K 歌时，大家玩抽扑克牌的游戏，抽到牌最小的必须说出一个秘密，否则就要受惩罚。

"哟呵，靳昭运气太好啦，抽中了，快说秘密！"第一轮游戏就是靳昭输，他也太背了，大家都起哄。

"靳昭同志，一定要是真的秘密啊，不准撒谎，大家都听着呢，如果是假的，马上就能听出来，就不算数，要重来。"霍良景强调道。

霍良景和靳昭认识挺久的了，因为靳昭跟霍羿之是铁哥们儿，经常去霍家找霍羿之玩，难免会碰到霍良景，碰的次数多了，就认识了。

靳昭的性格很温和，对谁都是很亲切、很友好的，人缘佳，所以霍良景也不讨厌他。

尽管靳昭跟霍良景的哥哥霍羿之年纪差不多，但霍良景从来不会叫他哥哥、大哥之类的，就是直呼其名。

"放心，我说的肯定是真的，我以我的上尉警衔起誓。谁像你鬼主意那么多哈。"靳昭瞅了霍良景一眼说。

然后，他清了清嗓子，说："我要说的秘密是：我跟卫瑶是高中同学。"

"什么？"在场的所有人，包括卫瑶在内，都很惊讶。

"卫老师，他说的是不是真的？"霍良景求证卫瑶。

卫瑶想了想，有点儿迷糊地说："我……我不知道啊，我在高中时性格内向，都不敢看男同学的，跟男同学基本是零交流，当然我现在的性格也还是内向，所以到高中毕业时，班上有些男同学的名字我都叫不出来。对靳昭，我在高中时真的没印象，但也不代表他说的是假的。"

"啊？哎呀，那到底是不是真的呀？我都被你搞糊涂啦。"霍良景听到卫瑶迷糊的回答有点儿头大。

"我有高中毕业照为证。"靳昭举起自己的手机，翻出了存在手机相册里的一张高中毕业照。

一堆的脑袋赶紧凑过去看。

大家很容易就从几十个人的毕业照里找到了卫瑶，卫瑶一直清秀腼腆，柔弱的巴掌小脸上挂着淡淡的害羞的红晕，长着一张初恋脸，跟一朵最淡雅的小雏菊一样，很好认，现在的她与高中时期相比，变化不大。

一直清纯简单如高中少女的她，如果不说年龄，谁知道她现在已经二十六岁了啊。

但是靳昭的话……大家瞪大眼睛从毕业照里的第一排找到最后一排，眼睛都快瞪成斗鸡眼了，都没找到。

"我去，哪里有你啊？靳昭你从哪里偷的毕业照？"霍良景沉不住气地说。

"是这个吧？"霍羿之突然指着毕业照最后一排第五个，一个又黑又瘦又矮，戴着一副黑框眼镜，长相很不起眼儿，脸快要被别人挡住了的小男生说。

"对，还是霍帅的眼睛厉害，霍帅才是我的真爱粉啊。"靳昭悲壮地点点头，近乎感激涕零地一把抱住霍羿之。

霍羿之马上推开他，笑着说道："滚，我已经有雅芙了，只有雅芙能抱我，其他人休得近我身！"

裴雅芙一脸甜蜜和得意，裴妙瑜朝霍羿之竖起大拇指："佩服，撒得一手好狗粮。简直跟我和我家良景有得比了。长江前浪推后浪。"

"oh, my god, 这四眼鸡仔哪里像你了？靳昭，难道你现在这张跟我在同一级别的无敌帅脸是整容整出来的？"霍良景都要把手机屏幕看穿了，也看不出照片上那个小男生跟靳昭有哪点像。

"是我，我也没整容。我那时候年纪还小，还没长开，各方面确实都很不起眼儿。后来读大学后，我爱上了体育运动，个子突然猛长，也做了近视激光手术，把眼睛治好了，摘掉了眼镜，便脱胎换骨了。尤其是在军队历练后，变得更加英姿挺拔了，就慢慢长成了现在的男神模样。"

靳昭说的都是实话。

卫瑶听靳昭这么一说，又仔细辨认了一下他，说："我认出来了，他好像确实是我的高中同学，只不过，他的变化太大了。看来，不但是女大十八变，男生也有可能会男大十八变啊。"

大家听卫瑶这么说，又仔细比对了照片，终于相信了靳昭的话。

"卫瑶，你真的认出我来了？太好了。"靳昭走到她面前，一脸的开心。

"靳昭，你是不是早就认出了我是你的高中同学？"卫瑶问。

"是的，我在万希村篝火聚餐晚会上第一次见到你，就认出来了。你跟高中时没怎么变。"靳昭回答。

"那你为什么一直不告诉我？"卫瑶说。

"因为，我想等着有一天你自己把我认出来。"靳昭温柔地微笑着说。

"高中毕业后，你后来有回母校看过吗？"卫瑶问他。

"有的，母校后来又重新翻修了，还扩建了，现在比以前漂亮多了呢，什么时候有空，我陪你一起回去看看？"靳昭说。

"好。"卫瑶点头。

"我跟你说，我们高中班里的那个刘钧逸和江小燕结婚了，还生了两个娃，一个男孩儿，一个女孩儿，可逗了，现在过得可幸福呢。"靳昭给卫瑶讲高中同学们的事情。

"啊？真的吗？真看不出来啊，那时候他们两个都不说话的，江小燕是班里成绩最好的模范生，刘钧逸是班里成绩最差的混世魔王，没想到多年后居然走到一起，结婚生子了，人生好奇妙啊。"

"是啊，人生就是这么奇妙的。地球是圆的，如果两个人有缘，走一圈之后，又会在另一头相遇的。"

······

两人的话题变得很多。

卫瑶因为知道了靳昭是她的高中同学，不觉多了份亲切感。她的话也渐渐变得多了起来。

围绕着高中开始，两人聊了很多，很多。

04

国庆七天长假，裴雅芙和霍羿之、霍良景和裴妙瑜、靳昭和卫瑶，这六人组团去旅游。

卫瑶原本不想去的，在裴雅芙和裴妙瑜的轮番轰炸游说下，好不容易才答应了。

裴雅芙和裴妙瑜都觉得靳昭不错，有意撮合靳昭和卫瑶，给他们俩多创造机会。旅游是多好的机会啊。

他们去了三亚。

三亚是中国著名的度假天堂，气候宜人，海水清澈，号称中国最美的海滩。

这里汇集了阳光、海水、沙滩、气候、森林、动物、温泉、岩洞、田园、风情十大风景资源和丰富的历史文化资源，是中国热带海滨风景旅游资源密集的地区，是中国不可多得的能成为世界顶级度假胜地的城市。

六人下飞机后，先去找了一家高档的海景酒店。

霍羿之对酒店前台进行住宿登记的服务员说："你好，麻烦你给我们开四间单人间。"

"等一下。"裴雅芙马上插嘴，"羿之，我们六个人，为什么只开四间单人间啊？"

"姐，我跟我亲爱的良景宝贝一间啊。这个问题，我在飞机上就跟霍大哥说过了。"裴妙瑜紧紧地挽着霍良景的手臂，霍良景也是一脸的甜蜜幸福，这两人是要腻死人不偿命的节奏。

"妹妹，你好歹是个女孩子，能不能矜持一些？"裴雅芙皱着眉头看着她。

"姐，是你老古董吧？我们是男女朋友，住一间有什么不可以的？你以为 90 后的思维跟你们 80 后还一样吗？"裴妙瑜说到最后，问前台的服务员，"你们酒店有规定，男女朋友不能住同一间房的吗？"

"小姐，您好，没有这个规定，可以住的。"穿着酒店工作服的服务员礼貌回答。

"那就对了。姐，人家都说可以住了，你还有什么可说的？"裴妙瑜对裴雅芙说。

霍羿之拍拍裴雅芙的肩膀，柔声说："雅芙，放心好了，他们都已经成年了，会对自己的行为负责的。"

裴雅芙不好再说什么了，看霍良景和裴妙瑜这甜蜜的程度，两人肯定早就越过最后一道防线了，她还能怎么样，只能默许了。

"妙瑜跟良景一间的话，那也应该是开五间单人间啊，为什么是四间？"裴雅芙说。

"姐，你傻啦？你跟霍大哥不是情侣吗？那为什么还要住两间？你不是最倡导节约的吗？住一间比较节约，你们两个就要一间单人间就可以啦。剩下卫瑶和靳昭这两个单身贵族一人一间，不就是开四间就可以了吗？"裴妙瑜说道。

霍羿之站在那里没说话，任凭裴妙瑜说，他要感谢裴妙瑜说出了他不好意思说出的话。

他心里就是这么想的，想跟裴雅芙住一间。

在飞机上，裴妙瑜就跟他偷偷商讨过这件事情，裴妙瑜就赞成他这么做，因为姐姐太古董了，如果他不主动，姐姐估计永远都不会主动的。

"谁说情侣就要住一间，我们可没你们这么开放。裴妙瑜，是不是你怂恿你霍大哥出的馊主意，说什么要四间？我就知道你霍大哥没这么下流，肯定是你想的。你小小年纪不学好，自己下水了不成，还要拉别人下水，看我怎么收拾你。"

裴雅芙说着就要去掐裴妙瑜，裴妙瑜赶紧躲到霍良景身后。

"是我想的，不怪妙瑜。"关键时刻，霍羿之站出来说话了，果真是铮铮男子汉，敢作敢当。

"雅芙，我想跟你住一间，可以吗？"霍羿之一脸深情款款地看着裴雅芙。

那帅得服务员也看呆了的脸，那绝对能电死人的眼神，那衬衫下完美健壮的身材，活脱脱就是韩剧男主角，不，比韩剧男主角还要帅，正常女人只想早一点儿主动把他扑倒，谁愿意忍心拒绝他啊？

裴雅芙在某一秒钟有软化，但经过激烈的内心思想斗争后，最终还是拒绝道："不可以。开五间单人间。"

虽然她是一个受过高等教育的新时代女性，还是一个硕士生，但并不代表她的骨子里就不传统。霍羿之想住一间的意思谁都明白。她还是觉得跟霍羿之谈恋爱的时间不够长，彼此不够了解，没法这么快将自己的身体交付于他。

结果，还是按裴雅芙的意思，开了五间单人间。

霍羿之的内心有点儿失望，自从在万希村复合，两人谈恋爱也有好几个月了，最亲密的行为仅止步于接吻。

随着时间的推移，两人的感情越来越深，爱一个人就想全部拥有他，这是很正常的人性。

不过他也能理解裴雅芙，那种太随便的女孩子他也不会喜欢。他会等她的。

在海景酒店放下行李之后，他们六个人就一起出去玩了。

他们先去了天涯海角。

海湾沙滩上大小百块石头耸立，刻着红色大字"天涯""海角"和"南天一柱"的巨石突兀其间，昂首天外，峥嵘壮观。

游客很多，大家都在拍照，合影。

霍羿之和裴雅芙牵着手，在"天涯""海角"巨石下深情对望，彼此对对方说着爱情誓言：

"天涯海角，至死不渝。"

"天涯海角，至死不渝。"

而霍良景和裴妙瑜这一对儿，却顽皮得很，他们用小刀在"天涯""海角"的巨石上分别刻下自己的名字，还组成了一句话，刻的是：霍良景和裴妙瑜永远在一起。

"喂，你们这样刻，不算是破坏旅游景物吗？"靳昭在一边笑着说。

"要你管。"裴妙瑜吐着舌头，冲他做了一个大大的鬼脸。

"啊呀，快跑，景区的工作人员来抓你们两个了。"靳昭突然大叫。

"啊！天哪！"裴妙瑜和霍良景听到这句话，惊恐万分，原本就做贼心虚的他们，赶紧手牵手地撒丫子就跑，一溜烟儿地跑好远。

"哈哈哈……"看着两人像老鼠一样狼狈逃跑的身影，靳昭就又着腰在后面笑，站在他边上的卫瑶也忍不住腼腆地笑了。

裴妙瑜和霍良景听到笑声反应过来，停止了奔跑，知道上当了："好啊，靳昭，原来你是骗我们的，哪有什么人来抓我们。你站住，别跑，看我们怎么修理你。"

靳昭眼见裴妙瑜和霍良景要追过来打他，哪会那么傻地等着，他突然拦腰抱起卫瑶，抱着她就在沙滩上跑了起来。

卫瑶吓呆了："喂，你你你……你干吗？放我下来。"

靳昭只顾着抱着她跑，没时间回她话。

靳昭毕竟是军人，在部队历练过多年，在单位每天都要军训，休假时也会跟霍羿之一样，每天健身两个小时以上，身体素质非常好，非常强健，抱着卫瑶飞快跑都不带喘气的，犹如抱着个空气棉的布娃娃，很轻松。

而裴妙瑜和霍良景两个人在后面空手追他都没追上，反而是追得气喘吁吁、大汗淋漓的，累成了狗。

在这样的追跑中，卫瑶慢慢变得不再抗拒，她如此被他抱在怀里奔跑，逐渐感觉到了自己于他而言的珍贵。

她看着靳昭的脸，他的面部曲线那么柔和俊朗，她能听到他的心跳、他的呼吸，周围是因奔跑而带起的风，头顶是阳光，脚下是沙滩，身后是"天涯""海角"的巨石，远处是波光粼粼的海水，一切都是这么美。

心里有一种淡淡的幸福感慢慢升腾起来，如青烟袅袅。

"啊，不追了，追不上，那家伙的脚简直跟装了风火轮似的。"追到最后，裴妙瑜和霍良景实在没力气了，他们终于放弃，停下来，倒在沙滩上，大喘气。

"这美好时光，这人间仙境，别浪费在靳昭那个臭小子身上了，我们应该好好谈恋爱。"霍良景在沙滩上搂住裴妙瑜，对着她的脸颊重重地亲了一口。

裴妙瑜如银铃般地娇笑着，也回亲他的脸颊一口，然后，腻歪地搂住霍良景的脖子："亲爱的，热死啦，我们去游泳吧。"

"好，宝贝，你说干什么就干什么，走。"霍良景把裴妙瑜从沙滩上拉起来，两人嘻嘻哈哈地去换泳衣，然后跑到海里面游泳了。

靳昭看他们两个不追了，终于停下奔跑，小心翼翼地放下了怀中的卫瑶。

卫瑶的一张美丽小脸红扑扑的，不知道是被三亚的太阳晒的，还是因为害羞。

她低着头，问他："你……刚刚干吗突然抱着我跑？吓我一跳。"

"因为他们俩要来打我，我肯定要跑，但是我不能一个人跑，我得带着你，因为无论什么时候，你都是最重要的；无论什么时候，我都不想丢下你不管。"靳昭的回答饱含着无限的深情和真诚，卫瑶的一颗芳心"怦怦"直跳。

她真的要被他的温柔给融化了。

05

三亚真的很好玩，有好多好玩的地方，除了天涯海角，他们还去了亚龙湾、蜈支洲岛、三亚湾、南山海上观音、椰梦长廊、蝴蝶谷、鹿回头、亚龙湾鸟巢度假村、三亚奇幻艺术体验馆、观日岩、友谊海鲜广场、田园小鱼温泉、沃天堂主题乐园等，玩得乐不思蜀。

这是一个让人迷恋的地方，可以称得上是"梦之国"。

他们爱死了这里那一片蓝色的起伏，爱死了这里那一片灿烂的阳光，也爱死了这里咸咸的海风、高高的椰子树、应有尽有的各种热带水果。

晚上，大家听着海浪的声音沉沉睡过去，早上一睁眼就可以看到窗外的大海和阳光。

他们抱着椰子喝了椰汁，光着脚丫子尽情感受这里的海水和沙滩，潜了水，霍羿景和裴妙瑜在海里游泳的时候还在水下浪漫地接了吻，吃了最新鲜的杧果，甜香的味道从嘴里一直沁入心底。

他们坐着电力三轮车在三亚穿梭，逛了人山人海的海鲜市场，吃遍了各种叫不上名来的虾、蟹、海鱼、贝壳，拍着圆鼓鼓的肚皮满足地大叫："爽！"

经过这几天的三亚旅游，爱情、友情、亲情都在这里有了更浓郁地发酵。

卫瑶和靳昭，走得更近了，有各种暧昧发生。

霍羿之和霍良景的兄弟关系也明显改善了。

看着裴妙瑜和霍良景每天双宿双归地住在酒店同一个房间里，霍羿之是很羡慕弟弟的，果真 90 后的人比 80 后的人开放啊。

霍良景给他出主意："哥，裴老师比较保守，你就主动一点儿嘛，这种事情其实是亲着亲着，感觉来了，就水到渠成的，没必要非得开一间房才能发生的啊。女人嘛，都比较害羞，就算心里想要也不会主动跟你说的，可能还会说反话，你有时候不能全顺着她。"

霍羿之敲他的头，给了他一个爆栗，笑着说："废话，这种事情还用得着你教我吗？滚一边去。"

某天入夜的时候，霍羿之送裴雅芙回她的酒店房间。

裴雅芙站在门口，用门卡开了门，但并没有要请霍羿之进去坐的意思："送到这里就可以了，谢谢你，我今天玩得很开心。"

"你好像还欠我一样东西。"霍羿之完美无双的脸上带着一点点坏笑。

"什么东西？"裴雅芙迷惑。

"晚安吻。"霍羿之高大的身躯走近她，她迅速被笼罩在他的阴影之下。

裴雅芙有点儿羞涩地笑了，她踮起脚尖，飞快地在他的右脸颊上蜻蜻点水般亲了一口："晚安。"

"这么敷衍啊，这个吻不合格，连十分都不到。"霍羿之说。

"我没有敷衍……"裴雅芙的话还没说完，就被淹没在霍羿之突然而来的热吻中。

他紧紧抱着她亲吻，舌头探进裴雅芙的嘴里，溜过她的牙龈齿根，一再地碰触裴雅芙的舌头，所到之处，电光火石，让人意乱情迷。

他的吻有着许多的变化，或长或短，或快或慢，让裴雅芙忍不住想要更多的吻。

裴雅芙被他吻得晕晕乎乎的。

霍羿之一边吻她，一边搂抱着她往她的房间内走，然后他腾出一只手关上了房门。

裴雅芙闭着眼睛接纳着他绵密炙热的亲吻，被他带着，一直往后退，都不知道什么时候就被他带到了自己房间的大床旁。

两人倒在了柔软的真丝大床上。

霍羿之的吻带起了火辣辣的味道，他衬衫下面绷得紧紧的充满活力的身体渐渐压向软绵绵的她，他的右手开始不规矩地动起来，摸到了她丰满高耸的胸，手感真好。

裴雅芙的眼睛"唰"地睁开，大脑内的警报拉响了，她用自己的手抓住了霍羿之欲动作的手。

霍羿之感觉到她的抗拒，他尊重她，努力克制住自己，停了下来，移开了手，在她的额头上轻轻吻了一下："晚安。"然后便起身走了。

走出裴雅芙的房间，帮她关上门后，霍羿之深呼吸了一口气，看着自己的右手："好歹摸到了她的胸，还是有进步的。"

感觉跟端庄的女神在一起，他自己都变得更高尚了，在以往的恋爱经历中，他可没这么有自控力。

第十一章
溃不成军

一生只谈三次恋爱最好，

一次懵懂，

一次刻骨，

一次一生。

她把三次都给了同一个人。

她甜美的笑容在阳光里摇晃，

成为他命途中最繁华的点缀。

他们看不见，

整片悲伤的轮廓压在突兀的群山绿影中。

青春是抹浅浅的痕，

谁为谁把伤痕割深？

终将腐朽，

无处可逃，

溃不成军。

01

2013年冬天，S市下起了大雪。

鹅毛般的大雪纷纷扬扬，覆盖了整座城市，天地一片苍茫的洁白。

人们出门都是裹得严严实实的，尤其是雪夜，寒气更加凛冽，街上的行人少了很多。

凌晨两点，霍家别墅内，一家人早已入睡。

霍智修和曾美缇夫妻俩睡在一张床上，在一楼。

霍良景睡在二楼自己的房间，虽然大学是寄宿，但他回家住的次数多，他家离学校近，还是家里头更舒服。

霍羿之的房间是空的，他参加工作后回家的次数很少，一般都睡在单位宿舍。

霍智修在一阵难受中苏醒，说不出哪里难受，感觉浑身都难受，而且很口渴，他皱着眉头，艰难地起身，打开床头灯，穿上拖鞋，去客厅倒水喝。

突然，客厅内传来水杯掉在地上碎裂的声音，接着又是一阵闷重的钝响，划破了这清冷的夜晚。

曾美缇被吓醒了，赶紧起身，发现丈夫不在身边，连忙跑去客厅，就发现霍智修倒在地上，紧闭着眼睛，已经失去了知觉。

"智修！智修！智修你怎么了？你醒醒。"曾美缇惊恐地抱起丈夫，眼泪涌了出来。

"妈，发生什么事了？"同样被惊醒了的霍良景，随便披了件衣服，便从二楼"咚咚咚"地跑了下来。

"良景，你爸昏倒了，快，赶紧叫救护车。"曾美缇哭着说。

"好。"霍良景用最快的速度打了120。

救护车来得很快，曾美缇和霍良景都陪着霍智修上了车，去了最近的大医院。

从急救室出来，医生告诉他们一个残酷的消息："病人得了尿毒症。"

"什么？尿毒症？"曾美缇听到这个消息就受不了了，眼前一黑，整个人一个趔趄，差点儿要晕死过去。

"妈！"霍良景赶紧扶住她，让她在走廊的椅子上坐下来。

"医生，还有得救吗？"霍良景红着眼、哽咽着问。

"幸好发现得早，现在还只是到中期，如果到晚期，就没救了。准备住院做透析吧。透析只是缓解症状，目前唯一的根治方法是肾移植，需要边做透析，边等待合适的肾源。找到配型成功的肾后，就尽快手术吧。"医生说。

霍智修就这样住了院。

霍良景打电话给霍羿之时，他正在紧急地连夜指挥处理一起仓库火灾事故，一家陶瓷大市场的三层仓库起火，过火面积1.3万平方米。

发生火灾的仓库位于一栋总层高12层的居民楼，其中1—3层为仓库，4—12层为居民楼。火灾扑救过程中，起火建筑多次坍塌，坍塌面积4000平方米，已造成4名消防员遇难，11人受伤。

霍羿之的手机放在车内，他和靳昭在火灾现场忙得团团转，根本没有时间去看手机。

霍良景连打了好多个电话都是无人接听，他只得发了条短信给霍羿之："哥，爸得了尿毒症，在仁心医院住院，看到短信后速来。"

等到霍羿之处理完这起事故，已经是一身乌黑狼狈，军装有多处受損，他回到車里，看到短信，眼圈迅速紅了，連衣服都顧不得換一身，就十萬火急地開車直奔醫院。

當霍羿之趕到病房內，霍智修已經蘇醒了，但是看上去很虛弱，他握著霍智修的手，心疼地喊："爸，爸你一定要快點兒好起來。你不用擔心，我一定會盡快幫你找到合適的腎源，讓你盡快手術，盡快痊愈。"

接下來，兄弟倆和曾美緹輪流日夜照顧霍智修，霍羿之還聯合醫院一起，動用自己的所有人脈，通過各種方法尋找合適的腎源。

屋漏偏逢連夜雨，船遲又遇打頭風。霍智修得了尿毒症的消息很快傳遍了他的公司，消息越傳越誇張，說他快要死了，員工們一片心慌，群龍無首，軍心大亂。

一些心懷叵測的人趁機在公司作亂，為了各自利益爭斗，內斗越來越嚴重，公司的股價大跌，很多合作方都撤資了，公司面臨四分五裂的局面。

曾美緹不得不從醫院回到公司處理公司事務，然而她一個人，又是個女流之輩，以前只負責財務這一塊的，現在要掌控公司全局，還是力不從心。

霍羿之知道了，便幫她一起接過父親的擔子，操持父親的公司。

霍羿之只是暫時幫公司的忙，他很聰明，有經商能力，在大學里也學過工商管理，只是不愛干這個。他和曾美緹一起同心聯手，最終努力化解了這次危機。

三個人相互扶持，共渡家庭難關，此時，霍羿之才覺得他們真正成為一家人。

霍羿之看到了繼母對父親的真愛，看到了弟弟的懂事，接受了繼母和弟弟。

弟弟也看到了哥哥在大难面前的处变不惊和超强的处理能力，看到了霍羿之处理公司危机的能力，发自内心佩服这个哥哥，承认哥哥比他优秀，以后会以哥哥为榜样，接受了他这个哥哥。

裴雅芙和裴妙瑜也在中间做了帮助。

最后，成功找到了合适的肾源，开展手术，手术很顺利，霍智修的尿毒症终于治好了。

一家人其乐融融。

02

2014 年夏天，阳光亮得晃眼。

C 大西侧的长廊，爬满了紫色的藤萝。

绿色叶片，柔软的枝蔓垂挂下来。

这是裴妙瑜最爱的季节，因为可以穿漂亮的裙子，可以吃五颜六色的冰激凌，脚指甲可以涂亮晶晶的指甲油而不用担心被鞋子遮住。

而裴妙瑜和霍良景，也在这个美好的季节里满二十岁了，两人步入了大三。

他们真的以为，他们俩会天长地久的。

然而，董珊珊的再次出现，打破了所有的平静。

放暑假了，在美国读哈佛大学的董珊珊飞到了国内，约霍良景出来单独谈话。

她紧紧地抱着他，情意绵绵地说："我忘不了你。你原本就是我的，重新回到我身边吧。"

霍良景拉开她，皱着眉头说："我之前就已经跟你说得很清楚了，我现在爱的是妙瑜，我以为那时候你明白了，原来你现在还是执迷不悟。"

"良景，我知道你对我还是有感觉的，你只是有顾虑吧？你担心我的家人没法接受你，对吧？我跟你说，我已经跟我爸妈做好了思想工作，我跟他们做了很久的思想工作，终于说服了他们。如果我们重新在一起，他们不会再反对了。"董珊珊说。

"你怎么跟你爸妈做的工作？他们那么固执，高中的时候还狠狠地羞辱了我一顿，说我妄想攀高枝，说我配不上你，我现在还记得他们说的话。我根本不相信你能让他们改变想法。"霍良景说。

董珊珊看着霍良景说："我跟我爸妈说，你是潜力股，只要给你机会，你就会成功。重要的是，如果我跟你在一起，我会变得更上进，而不是像现在在美国这样整天不务正业、游手好闲的，因为我会为了自己喜欢的人而努力，让自己变得更优秀，好能跟你一起打造属于我们俩的更美好的未来。我说了这些，他们就想通了。"

"就算你爸妈真的想通了又怎么样？董珊珊，我们已经回不到过去了，请你忘了我吧。你条件这么好，什么样的男人找不到，为什么偏要死死缠着我这个有主的人呢？"霍良景说。

"我只爱你！除了你，我谁都不要！"董珊珊说着就去吻霍良景，他躲闪不及，被她强吻了好几下。

他用力推开她："你一个女孩子，有没有羞耻心？别逼我对你发火，我的忍耐是有限度的。"

"在你面前，我是没有羞耻心了，因为你远远比所谓羞耻心更重要。你发火吧，无论你怎么发火，甚至打我、骂我，我都不会放弃你的！我一定要把你夺回来！"董珊珊坚定无比地说。

"你……你简直是不可理喻！"霍良景深感头痛，转身走了。

很快，他就被请到了C大校长董建超的办公室。

霍良景诚惶诚恐，他在C大读了这么久的书，还从来没有进过校长办公室。校长是神坛上的人物，一般人根本不可能近距离接触得到，他只在学校公开的重大会议上见过他。

唯一一次近距离的接触，是在高三的那一年。

有一次董珊珊偷偷带他去她家玩，原本是瞒着她父母的，在她父母不在家的时候进去的，结果她父母提前回来撞见了他们俩，而且正好是撞见他们俩在亲热，她父母很生气，对霍良景进行一番盘问，之后是反对他们交往。

当时的话，都说得不太中听，霍良景记得董建超衣冠楚楚、一副成功人士的派头，可是那一刻变成一个很普通的父亲，把他视为洪水猛兽，怎么着都要护着女儿的感觉。

那是一次不太愉快的见面，彼此都对对方没有留下什么好的印象。

之后，董珊珊还是倔强地跟霍良景交往了一段时间，霍良景也正在叛逆期，她父母越反对，他越要跟她在一起，直到高中毕业，她拿到美国哈佛大学的录取通知书，加上她父母对她的各种洗脑，她才终于主动跟霍良景提出了分手。

霍良景考上C大的时候，根本就不知道董建超是C大校长，否则，他应该会换一个学校的吧。

"霍良景同学，好久不见。请坐。"董建超看到他进来，做了个"请"的手势，请他坐下。

"校长好。"霍良景心神不宁地坐下。

"你还记得我吧。几年前，在我家，我跟你见过一面。我是董珊珊的父亲。"董建超说。

"记得。"霍良景点头。

"那时候，我跟珊珊的妈妈都护女心切，对你说过不太好听的话，还请你多包涵，理解做父母的心。"董建超看着霍良景说。

他谈吐优雅、举止稳重，浑身散发着强大的气场，一言一行都是校长的派头。

"没事，我理解的，我当时也有很多表现不当的地方。"霍良景说。这几年，他好歹长大成熟了一些，想问题想得更全面了。

"我说得直接一点儿吧，这次找你来，就是为了我女儿珊珊，是她要我做你的思想工作。"董建超说。

"哦，是这样啊。没事，您说，我好好听着。"霍良景表面上表现得平静礼貌，心里在暗暗数落董珊珊：好你个董珊珊，为了跟我复合，居然把你父亲都搬出来了，我看你有多少花招要耍。

"我女儿是真的很爱你，她从来没有这么喜欢过一个男孩子。我以前是不看好你们，但现在，我觉得，你能这么吸引她，还是有你的过人之处的。我董建超的女儿，眼光不可能太差。

"我调了一下你的学籍档案和每年的成绩单来看，你的综合情况还是不错的，尤其是钢琴专业的专业课特长很突出，你有钢琴天赋，只要有好的机会，加以培养，你未来也许能成为像郎朗、李云迪、赵胤胤那样有影响力的国际钢琴演奏家。

"你有这样的宏图大志吗？"董建超问。

"我有的，成为一名有影响力的国际钢琴演奏家，这是我的梦想。"霍良景说。

"好，有这样的梦想就好，男儿就应该有抱负。但是，实现梦想的路不是那么容易走的，钢琴弹得好的人很多，但成功的人很少。"

"你现在的钢琴水平，还要多加学习和磨炼，你得有世界级的钢琴老师教你，你得有很多到世界各地去演奏的机会来历练，只在 C 大学习是不行的。"董建超说。

"校长，那我应该怎么做？"霍良景问。

"成功的路要一步一步走，先走好了第一步，才会有下一步。这里有一个机会，今年，我们C大有三个公派留学名额，这是个非常好的机会，所有学生削尖了脑袋都想争到名额。"董建超说。

"我知道这个公派留学名额的事，我很想争取到，我已经递交了申请书，但结果还没出来。"霍良景说。

"这么宝贵的名额，只会给C大综合成绩排名最优秀的三个学生，你的申请书我看过了，按正常申请条件你根本就不合格。"董建超说。

霍良景的眼神黯淡了下去："其实，我也早就想到了这个结果的，C大比我优秀的人太多了。"

"你别灰心，结果还没公开宣布呢，那三个名额还没最终确定。我跟你说，虽然你没达标，但这个公派留学名额我可以开后门给你一个。"董建超看着霍良景说。

"真的吗？"霍良景抬起头，眼里放出惊喜的光芒。

"真的，但当然不会无条件地开后门，条件是，你得跟我女儿董珊珊交往。这个世界是现实的，人与人之间更多的是以利相交，你如果跟我女儿没有什么关系，我为什么要帮你？我又不是傻瓜。"董建超很现实地说。

霍良景听到这个条件，沉默了，他低着头，好半天都没有出声。

董建超继续说："霍良景同学，我知道你现在有个女朋友叫裴妙瑜，也是C大的学生。我调查过那个姑娘的资料，家世很普通，成绩很一般，长得算可爱吧，但哪有我女儿漂亮，无论哪方面她都不及我女儿，对你的前途也毫无帮助。人是需要对比的。

"你是个男人，当然，现在应该说还只是个男孩儿。二十岁的年纪，考虑事情还不会那么长远，但我已经四十多岁了，跟你父亲一般的年纪，看问题比你看得长远得多，男人的前途是很重要的，机会如果抓不住，也是稍纵即逝的。

"当然，爱还是要有，我不相信你对我女儿已经没有感情了。你如果跟我女儿在一起，以后各种机会都会多得很，这个公派留学名额只是第一步。这样的两个女孩子，放在你面前选择，你是个聪明人，应该会做出明智的选择吧。"

董建超跟霍良景说了很多，让霍良景有点儿摇摆和纠结起来。

他想了想，说："校长，谢谢您的赏识，请给我一点儿时间考虑，好吗？"

"好，我等你的答复。"董建超说。

03

接下来，董珊珊也没有停歇，经常去找霍良景，出现在他面前，送他很多礼物，对他各种纠缠，跟他几个玩得好的同学搞好关系，让他们帮她说好话。甚至还跑到他们家去找他了，帮他妈妈曾美缇做家务，陪他爸爸霍智修聊天儿，各种讨好他的父母，让霍良景不知道该怎么办了。

他的性格里原本就是有摇摆和纠结的成分的。

学艺术的男生大多数都多情，他以前爱过董珊珊，现在也还是有点儿余情未了。

董珊珊用自己的爱来诱惑他，C大校长也以前途诱惑他，他在这种双重诱惑下，越来越难招架。

他考虑了很久之后，最终，还是为了自己的前途，跟裴妙瑜提出了分手。

分手的那天，下着雨。

那些雨，一滴一滴，连成线，冰冰凉凉的，满天发亮，就像情人的眼泪。

霍良景将裴妙瑜约在 C 大附近的一家 KFC 里。

他跟董珊珊手牵着手走到裴妙瑜面前。

霍良景忍着痛，很直白地说："对不起，妙瑜，我们分手吧，我已经决定跟珊珊一起出国留学了。"他还是喜欢她的，但是光喜欢有什么用，他只能选择一个。

裴妙瑜原本捧在手里的可乐掉在了地上，洒了一地酱色的汁液。

她看着他们俩紧紧牵在一起的手，看着董珊珊得意的带着挑衅的投向她的目光，她痛不欲生，眼泪横流，摇着头，无法接受。

"为什么会突然提分手？为什么你又跟董珊珊好了？你明明说过你现在爱的人是我。为什么你变得这么快？我感觉我不认识你了。你有什么苦衷吗？"她颤抖着声音问。

"没有什么苦衷。我本来就是一个见异思迁的渣男，你把我忘了吧。"霍良景冷冷地说完，牵着董珊珊的手就走出了 KFC。

两人共撑一把伞，从背影远远望去，很般配，多讽刺。

裴妙瑜赶紧追出去，她抓住霍良景的手臂，哭着喊："良景，你别走，我不想跟你分手。我有什么不好的地方，你告诉我，我可以改。"

她连伞都没顾得上打就追了出来，外面的雨越下越大，裴妙瑜很快就淋湿了。

霍良景转身看着被淋得像落汤鸡一样很狼狈的裴妙瑜，一字一顿地冷酷地说："你改不了，除非你重新投一次胎。"

然后，他一咬牙，狠狠地甩开了裴妙瑜原本抓着他手臂的手，这个动作幅度太大，裴妙瑜一个站立不稳，被甩在了湿淋淋的地上，好痛，好冷。

漫天的雨浇下来，卷着风，像鞭子一样抽在她的身上。

天黑沉沉的，感觉要崩塌下来。

霍良景和董珊珊早已坐车离去，只留裴妙瑜一个人在雨中，哭得无法自抑。

人生原来这么可笑，你最爱的人有一天会伤你最深，难道所有的承诺都只是当时的贪欢吗？

04

事后，裴雅芙知道了，拍着裴妙瑜的肩膀，安慰、开导她："妹妹，你别难过了，为那种渣男，不值得。之前霍良景偷吃时，你就应该想到会有这一天，能劈腿第一次的人，迟早也会有第二次。你是斗不过男人的初恋的，最深不过初恋，最美不过初见。何况霍良景的初恋那么强大，以爱情和前途双重引诱。"

裴妙瑜哭着说："良景也是我的初恋，凭什么我就应该放弃？"

裴雅芙一边帮她擦眼泪，一边说："能被人抢走的东西就不属于你，属于你的东西，谁也抢不走。霍良景其实并不属于你。想开一点儿吧，谁在青春里没爱过几个人渣？等于用眼泪交学费上了一堂情感课。以后你就会长教训了。"

裴妙瑜听姐姐这么一说，好像想开了一些。

她振作起来，叉着腰说："哼，旧的不去，新的不来。我是无敌美少女，想要什么样的男人没有。能被别人抢走的东西，我才不稀罕呢！我要比霍渣男过得更滋润，没有他，我也可以活得很好的，走着瞧！"

于是，她马上约了一帮朋友去酒吧嗨了。

之后，她除了上课时间，每天就是跟很多朋友、同学出去玩，各种玩，各种聚会，每天嘻嘻哈哈的。

裴雅芙以为她没什么事了，想着 90 后年轻人恢复得快，也佩服妹妹强大的自我治愈能力，一颗悬着的心慢慢放了下来。

其实，裴妙瑜并没有真正走出情伤，她只是用热闹掩饰孤独，用笑容遮盖悲伤而已。

在一个人待着的时候，她还是很难过。

她不恨霍良景，她恨不起来，一个男人对于自己的前途有野心，她是能够理解的。

她只恨自己不够优秀，帮不了他，所以他才会选择更好的别人。

05

不知不觉，霍良景跟裴妙瑜分手两个月了。

当初他们分手之后，他就拿到了公派留学的名额，跟董珊珊一起去了美国。

两个月后的一天晚上，霍良景喝醉了，他在美国跟裴妙瑜视频，他在视频里带着酒气地说："妙瑜，我很想你。"

裴妙瑜看着他熟悉的俊脸，听着他好听的声音，听到他这么说，内心是很颤动的，但还是装作镇定地说："你说你想我？你别骗我了。你现在是别人的男朋友，你的身边有那么漂亮的董珊珊，哪还会有时间想我？"

"妙瑜，我说的是真的，真得不能再真了。"视频里，霍良景睫毛浓密的眼睛是真诚的，不过，好像还有点儿醉意，脸还有点儿红。

"良景，你是不是喝酒了？"裴妙瑜有点儿担心地问他。

"对，因为心情不好，所以喝了一点儿酒。不过你放心，我没有醉，我清醒着呢，比没有喝酒的时候还要清醒，从来没有这么清醒过。"霍良景说。

"你为什么会心情不好？你是不是跟董珊珊吵架了？"裴妙瑜看着手机视频里的霍良景问。他好像瘦了，脸颊都凹陷了进去。

"妙瑜，你跟我在一起的时候，不是挺笨的吗？怎么我一离开你，你就变聪明了？你猜对了，我跟董珊珊吵架了，我现在一个人待着，不想理她了。"霍良景心情郁闷地说。

"你们为什么会吵架？既然离开了我，选择了更好的，你就要幸福啊，要不然怎么对得起我之前为你流的那些眼泪。"裴妙瑜心疼霍良景，眼睛红了。

霍良景坐在地板上，有点儿颓废地靠着床沿儿，脚边是几个空了的易拉罐酒瓶，他抓着手机，对着视频里的裴妙瑜慢慢地讲："吵架的原因有很多，我们也不是第一次吵架了，来美国才两个月，就吵了很多次了。自从我跟她来美国，在一起，我就发现，我跟珊珊已经无法找到当年的那种恋爱的感觉。我以为自己有了风光的前途会开心一点儿，但我发现自己并不开心。

"珊珊强势的富家小姐性格也让我受不了，我处处受压制。她的疑心病还很重，总觉得我心里还有你，或者其他女人，很多小事和细节上也会怀疑，经常怀疑我这个，怀疑我那个，一言不合就跟我吵，跟我闹，我疲于应付，心力交瘁。

"我跟她吵得累了时，总会不由自主地想起你的好，觉得这个世界上对我最好的还是你，我跟你在一起时很轻松、快乐。"

"谢谢你还记得我的好。"裴妙瑜感动得要哭了，因为有他的这句话，她觉得过去在他身上倾注的所有青春和时光都没有白费。

霍良景看着手机视频里裴妙瑜甜美可爱的脸，他缓缓地伸出自己修长的手指，去触摸她的脸，尽管其实触到的是冰冷坚硬的手机屏幕，但心里还是有一种幻想出的满足感。

他摸着屏幕上她的脸，动情地说："妙瑜，我真的很想你，很想见你。兜兜转转这么久，我发现，到头来，我最爱的人还是你。"

这句话一出，裴妙瑜就沦陷了。

她的眼泪掉了下来，"啪嗒"一声，滴在手机屏幕上，模糊了视频里那张帅绝人寰的脸。

她从未这样强烈地感知到自己的心脏在跳动，跳得那么欢快，那么喜悦，那么幸福，那么鲜活到几乎要爆炸。

兜兜转转这么久，他发现，到头来，他最爱的人还是她。

也许，她一直在等的，也就是这样一句话。

因为他的这句话，她曾经的所有伤痛都是值得的。

因为他的这句话，她刻在椅子背后的爱情，终于像水泥上的花朵一样，开出了繁茂的、华丽的森林。

"良景，我也想你。你等着，我马上就坐飞机去看你。"一种强烈的冲动包围着她。她问了霍良景在美国的地址，然后关掉了视频。

现在美国是晚上，但中国是白天。

裴妙瑜飞快地去机场买了机票，登上了最早的一班能抵达美国的航班。

心里发了一棵嫩绿的芽，芽尖在一点一点地往上冒。

她从未这样清醒地知道自己在爱着一个人。

她要去奔赴她盛大的幸福，无与伦比的盛大的幸福。

良景，我来了，你等着我。

我知道，旋转木马的尽头，是你。

我过来找你，然后，今生今世，我们再也不要分开了。

06

裴雅芙家的客厅内。

裴雅芙的母亲苏锦心和父亲裴回在看电视。

茶几上放着刚刚泡好的两杯茶，茶水还在冒着热气。

电视里正在播报新闻，新闻主播字正腔圆的声音清晰地响起：

"下面播报一组本台记者从现场发回的报道。昨天下午，从中国S市飞往美国洛杉矶的一架航班号为××××的飞机在飞行途中爆炸坠毁，造成机上147人丧生，68人受伤；地面9人丧生，3人受伤。目前坠毁客机的残骸仍在冒烟，事故原因还在调查中。"

电视里出现了惨烈的空难事故现场。

苏锦心感叹道："啧啧啧，作孽哦，现在的空难事故越来越多了，我都不敢坐飞机了。光想想就很后怕。太惨了。你说那些人怎么就那么倒霉？花钱坐个飞机居然把命都搭上去了。"

裴回说："唉，这种事情谁都不想的。估计飞行员也死在里面了。有时候人的生死真是由命。老天想什么时候把你收回去，就会什么时候把你收回去，谁都不可违逆。命大的，就算火灾、地震都能逃脱；命薄的，坐在家里可能都会出事呢。"

"别说了，别说了，你越说我这心里越堵得慌，也不知道怎么了。"苏锦心捂着胸口说。

　　就在这时，苏锦心放在电视柜上的手机响了。

　　"老婆子，你手机响了，赶紧去接。可能是妙妙打来的吧，明天就周末了，她今天应该不住学校了，会回来住的，应该又是叫你晚上准备做哪些菜吧。"裴回说。

　　"不知道是不是她，她最近给家里打电话打得少。老头子，我不想起身，你帮我拿一下吧，我最近跳广场舞跳得太累了，身子一挨着沙发就不想动了。"苏锦心靠在沙发上说。

　　"你啊，真是被我惯出一身毛病来啦。真拿你没办法。"裴回只得起身帮苏锦心拿了手机过来。

　　苏锦心看到来电显示是一个陌生号码，有点儿纳闷儿地接了起来："喂，请问哪位？"

　　"是，我是她妈妈。"

　　"什么？"也不知道电话那边说了些什么，苏锦心突然整个人从沙发上弹跳起来，眼里迸出惊骇欲绝的光芒，然后眼前一黑，整个人直直地栽了下去。

　　"老婆子，老婆子你怎么了？老婆子你醒醒。"裴回震惊大喊。

　　……

第十二章
画里画外

不爱豪门，

不亲贵胄，

她只爱他，

一名消防队队长。

他们都有最朴素的生活和最执着的梦，

即使明天路远马亡。

他奔赴火场，

与火魔搏斗，

保卫人民生命和财产。

橄榄绿，

军功章，

没有人比他更帅。

你是我朝思暮想的英雄，

在绝城的荒途里辗转成歌。

画里画外，

拥抱飞翔。

01

裴妙瑜死于飞机失事中。

就是电视新闻里播报的那起空难事故。

她搭乘的，正好是那一班航班。

苏锦心会突然晕倒，是接到了航空公司的电话，通知了女儿的死讯。

裴妙瑜怀揣着去见霍良景的幸福期待死了。

终年二十岁，生命定格在最美好的年华。

这一场爱，就是她的一生。

裴妙瑜的死，让裴雅芙一家沉入海啸般的滔天悲痛。

父亲裴回和母亲苏锦心几次昏死过去，没有谁能够接受这种白发人送黑发人的痛，那么活泼可爱的女儿怎么可以说没就没了。

裴雅芙纵使已经肝肠寸断、心如刀绞，但她已经是爸妈唯一的支柱了，她不能倒下去，她强撑着，努力挺着。卫瑶陪着她。

裴妙瑜的死，给了霍良景前所未有的巨大心理冲击，他痛断肝肠，心在那一刻就死了，认为一切都是自己作的孽。

他跟董珊珊分手，放弃公派留学，独自飞回中国，长久地守在裴妙瑜的墓碑前，痛哭流涕，泣下沾襟。

他的余生都会活在深重的愧疚和自责里。

裴妙瑜的青春充满了悲凉，但这是她自己选择的青春，起码她奋不顾身地爱过。她不负自己，不负青春，比谁都活得真实而热烈。

裴雅芙非常怨恨霍良景，觉得是霍良景间接害死了妹妹，她痛哭着大骂霍良景一顿："如果我妹妹不是坐飞机去找你，她根本不可能遭遇空难。你既然已经跟她分手了，为什么还要联系她，给她希望？你不但是个感情上的人渣，还是害死我妹妹的刽子手！该死的人应该是你！你怎么不去死？怎么不去死？你还我妹妹来！你怎么还有脸活在这个世界上？如果杀人不犯法，我真的想杀了你，让你替我妹妹偿命！你不配活在这个世界上，你就应该去给我妹妹陪葬！"

"对不起，对不起……"霍良景双膝跪在裴妙瑜的墓碑前，任由裴雅芙痛骂，眼泪像溪水一样汩汩地往下流。

如果痛骂他，能让裴妙瑜活过来，该有多好。

如果生命可以交换，他真的愿意用自己的命去换回活蹦乱跳的裴妙瑜。

裴雅芙本来跟霍羿之谈恋爱谈得好好的，因为妹妹的死，她情绪不太理智了，连带地怨恨霍羿之，冲着他哭着咆哮："我恨你弟弟，也恨你！长兄为父，你没有教好你弟弟。你弟弟是那副德行，估计你也好不到哪里去，你们家的男人可能都不是好人，我不想再搭理你了。"

"雅芙，你妹妹的死，我知道你很难过，我也很难过，我早就把你妹妹当成我自己的妹妹了。可是人死不能复生，请你节哀顺变。我会一直在你身边。对，我没有教好我弟弟，我有责任，你怎么恨我、怎么对我撒气都没关系，可是，我希望你能明白一点，我跟我弟弟是不一样的，我绝对不会做他那样的事情。无论生死，我都绝不会负你。请你不要不理我。"霍羿之无比悲痛地说。

"你走，你走，我不想再听你说话，我不要再看到你！"裴雅芙把霍羿之重重地推出家门，"砰"地关上了门。

从此以后，裴雅芙单方面地对霍羿之展开了长久的冷战，她不愿意再理他。

霍羿之多次来找她，她都闭门不见。

他也用了各种各样的方式去替弟弟道歉和弥补，包括金钱上的、物质上的、精神上的等，但都没有用。

霍良景也多次到他们家来道歉，甚至下跪，都被拒之门外。

霍羿之知道裴雅芙不想见他，暗地里嘱托靳昭和卫瑶多照顾裴雅芙一家。

02

裴雅芙对霍羿之单方面采取的冷战长达一年之久。

她没有提分手，但这样的恋爱跟分手了有什么差别？

一年之后，时间走到了2015年夏。

霍羿之又一次来裴雅芙家找她，这次他穿着笔挺的军装，英姿飒爽，俊逸非凡。

裴雅芙依然像以往无数次一样把他挡在门外。

隔着门板，霍羿之在门外说："雅芙，我跟你说一声，我要去外省执行一个很重大的消防灭火任务，不知何时才能回来，归期不定。这段时间就没法来看你了。我希望你好好的，要照顾好自己。毕竟人死不能复生，在天堂的妹妹也一定希望你活得开心。"

然后，霍羿之朝着紧闭的门行了个庄严笔挺的军礼，便转身走了。

这时候，裴雅芙其实已经慢慢想通了，对妹妹死亡的悲痛也因为一年时间的治愈缓和了一些，她想去开门跟霍羿之说句话。

但当她终于鼓起勇气打开门时，霍羿之已经走远了，裴雅芙只能看到一个很模糊的不真切的背影。

另一处地方，在卫瑶租住的房子里，一身帅气军装的靳昭也在跟卫瑶道别。

今天是周末，C 大的老师都不上课。

自从从万希村回来，靳昭去车站接卫瑶，送卫瑶和其行李回家起，他知道了她住的地址，总担心她一个女孩子一个人住不安全，有事没事就会经常去她家找她。

渐渐地，靳昭就成为去卫瑶家次数最多的常客。

这样久了，卫瑶也慢慢习惯了他时不时的到访。

靳昭跟她说："卫瑶，我马上要去外省执行一个很重大的消防灭火任务了，这次不知道什么时候能回来，估计去的时间会比较久，我很舍不得你，特意来跟你道别。"

他说的任务跟霍羿之的任务是同一个。

卫瑶正在给他泡茶，听到这个消息，手不由自主地抖了一下，开水洒出来了一点儿。

她镇定好情绪，用抹布迅速擦干洒在桌子上的水，然后小心地端着泡好的茶，一瘸一拐地递到他面前。

"哦，我知道了。你平时来的时候都是穿便服的，难怪你今天居然穿了军装。你喝茶。"

靳昭去接她的茶，同时不知是有意还是无意地握住了她端茶的手。

卫瑶感觉自己的手上划过一阵电流，内心涌起颤动，她迟疑了一下，还是挣脱开了自己的手。

她转过身，背对着他："你在执行任务时，一定要注意安全。"

靳昭没有喝茶，他把茶杯放在茶几上，从沙发上站起身，深情地看着她美丽纤瘦的背影说："卫瑶，你说的这句话，是在关心我吗？"

卫瑶迟疑了两秒钟，回答："算是吧，只是一个普通朋友和高中同学的关心。"

普通朋友和高中同学？这好像是刻意想跟他撇清关系的话，真让靳昭伤心。

他的心感觉被什么东西重重地压着，很沉、很闷，就快要喘不过气来。

他直勾勾地看着卫瑶的背影，然后跑到她面前，一股浓烈的情感涌向喉咙："卫瑶，你知道的，你一直知道，我喜欢你，我爱你，并不是只想做你的普通朋友和高中同学！"

"你……你怎么又来了，怎么又说这样的话，你这难道是打算进行第三次告白吗？"卫瑶红着脸看着他。

"对，我马上就要去执行任务了，我不想再留下什么遗憾。我想跟你做第三次告白。"靳昭说着，从军装口袋里掏出了一只很漂亮的玉镯。

玉镯呈现浓重的墨绿色，通体圆润，很冰、很重，一看就是上好的翡翠。

靳昭拉起卫瑶的左手，二话不说就把那只玉镯套进了她纤细秀美的左手手腕。

"你干什么？"卫瑶看看玉镯，又看看他，脸上全是不解。

靳昭满含深情地说："这是我家祖传的百年翡翠玉镯。我妈说，这只玉镯只能送给我未来的老婆。卫瑶，你就是我未来的老婆，今生今世，我非你不娶，所以，我送给你。其实，我在高中的时候就暗恋上你了，但是那时候我很自卑，不敢告诉你，只能把那种青涩的爱恋深埋在心底。

"后来，在万希村遇到你，我一眼就认出了你，你不知道我那时候有多高兴，我真的觉得是老天爷在帮我，我不想再错过你，所以鼓起勇气追求你。

"这已经是我的第三次告白了，我的真心你都看得到。事不过三，这一次，你难道还不愿意做我的女朋友吗？"

他说这番话的时候，感觉都要把自己的心掏出来给卫瑶看了。

卫瑶很感动，原来，他在高中的时候就喜欢上她了，他远远比她所想的还要长情。

她感动得无以复加。

那些深挚的感动，带着温热的血液，回流在她单薄的胸腔里。

时至今日，两人那么久的相处，从 2013 年 3 月在万希村相遇，他对她展开追求，到现在，差不多三年的追求，她已经了解了靳昭是一个什么样的人。

她是一个慢热的人，但她不是一个铁石心肠的人。

不是所有人都喜欢那种轰轰烈烈、一眼万年的爱情，卫瑶就喜欢那种细水长流、踏踏实实、能慢慢渗入她心底的感情。

他几年的付出和温柔，她没法做到视而不见，听而不闻，纹丝不动。

情不知所起，一往而深。

功夫不负有心人，他真的慢慢地融化了她，她真的已经爱上他了。

可是，她还是顾虑于自己的残疾，这是她最大的一个心理障碍。

卫瑶把玉镯从手腕上拿下来，对靳昭说："玉镯我现在不戴，我先替你保管着。这么多年，谢谢你一直以来对我深情如一。至于接不接受你的问题，我需要时间考虑，等你执行完这次任务，平安健康地回来之后，我再告诉你答案，好吗？"

靳昭很高兴，她终于没有再直接拒绝他了，她终于愿意考虑了，玉镯也没有马上退给他，这代表着，他有了希望，不是吗？

"好。我一定会尽快执行完这次任务，平安健康地回来的。"靳昭感觉全身充满了能量，无比开心地笑着说。

03

霍羿之和靳昭参加的这次跨省消防灭火任务，轰动全国。

是×市××港××公司危险品仓库火灾爆炸事故。是一起特别重大的生产安全责任事故。

事故开始于某天晚上一处集装箱码头发生爆炸，发生爆炸的是集装箱内的易燃易爆物品。现场火光冲天，附近居民能听到巨大的爆炸声，中国地震台网测报，周边邻省一些地区都有震感。

事故一发生，某汽车仓储场千辆汽车当即被摧毁，造成十几人死亡，四百余人受伤。

然后，死伤人数迅速增长，首批去灭火的消防官兵就死了十几人。

场面异常惨烈，触目惊心，不忍直视。

后统计，此次事故已核定的直接经济损失约达七十亿元。

裴雅芙和卫瑶是看电视和新闻才知道的。

全国人民都很关注这次事故，大家纷纷为此次事故受灾人民捐款，明星等众多公众人物也发文祈祷、捐款。

裴雅芙和卫瑶作为C大老师在C大带头捐款，之后，很多C大的老师和学生都跟着纷纷捐款。

裴雅芙和卫瑶都很揪心，她们俩担心霍羿之和靳昭的安危，密切关注着此次事故的新闻后续报道，不断为他们祈祷。

随着时间的推移，消防官兵的死伤人数越来越多。

裴雅芙和卫瑶是一边看新闻一边哭。

卫瑶抹着眼泪说："小雅，你说我们该怎么办啊？这死的人越来越多，靳昭和霍上校不会有什么危险吧？也联系不上他们。"

裴雅芙赶紧捂住她的嘴："呸呸呸，乌鸦嘴。他们吉人自有天相，不会有事的，肯定不会有事的。你别担心。"

虽然她自己这么说，可是心里的担心是怎么都遮掩不住的，眼泪控制不住地不停往下流。

后来，从事故地 × 市得到消息，说靳昭和霍羿之在 × 市的医院，两人就一路哭着赶了过去。路上，她们俩就一直在后悔。

卫瑶哽咽着说："那天靳昭跟我道别时，我真后悔没多说几句好听的。他一直喜欢吃我做的面条，我在他道别时也没做给他吃。"

裴雅芙的鼻子一酸，直接哭了，她凶猛地流着眼泪说："我更后悔，我在羿之来道别时，居然都没有开门见他，一直把他关在门外。等到我迟迟开了门时，他已经走远了。他当时走的时候一定很难过，我不知道他是怀着怎样沉重的心情去执行任务的。现在想想，我是一个多么冷酷的女人，我那时候为什么不给他开门啊？如果他有个什么三长两短，我都不能原谅自己。"

两人抱头痛哭。

04

当裴雅芙和卫瑶赶到 × 市医院时，她们无法相信自己所看到的。

原本四肢健全的靳昭，成了像杨过一样的独臂大侠。

他在这场消防行动中烧坏了一只手，截掉了左手，和卫瑶一样变成了残疾人。

但他轮廓分明的俊脸上，依然是乐观坚强的笑容。

卫瑶看着他空荡荡的左手袖筒，泣不成声。

那种难过是无法形容的，像自己最珍爱的东西被人硬生生撕裂开了一样，像自己的脊背突然间插入了千万把锋利冰冷的匕首一样。

卫瑶心疼得想代替他承受所有，她双目含泪地看着靳昭说："你之前跟我说的第三次告白，现在我可以告诉你答案了。答案是，我愿意！"

靳昭听到这个答案，眼睛红了。

两人泪眼相视，紧紧相拥，终于在一起了。

霍羿之的情况就没这么乐观了，他闭着眼睛静静地躺在病床上，全身插着各种管子，连接着各种仪器，安静得很吓人。

他在这次消防工作中受了重伤，尤其是大脑受损严重，进入深度昏迷，接近于脑死亡的状态。

医生说："如果恢复得不好，可能会长期昏迷，变成植物人。"

他是消防队的队长，本来的职责主要是组织、指挥火灾扑救，管理公安消防队伍，不需要冲在第一线，但他为了救一个下属，冲在了前线。

裴雅芙的泪水难以控制地决了堤，仿佛在一瞬间可以把整个医院吞没。

她难过得肝胆欲裂，心痛得无法承受。那难受的感觉，如同死亡的气息，藤蔓一般地缠绕着她，由脚踝一直攀到手臂，至脖颈，至咽喉，一步一步靠近，让她无法喘息，却不得不去面对。

她好后悔，后悔跟霍羿之冷战了一年之久。

她妹妹的死是空难，要论谁的错也只是他弟弟的错，其实跟霍羿之没有任何关系，虽然是一个爸生的，但不能一棍子打死一船人。

她已经失去了妹妹，不想再失去爱人，她当初应该珍惜霍羿之在身边的日子。

"羿之，你醒来，我是雅芙，我来看你了，我不会再跟你冷战了，我每天二十四小时都会理你的，你快醒来，快醒过来，我求你了。霍羿之，你不能这么不负责任，你不能这么丢下我，你说过会爱我一辈子的，你说过要做我的英雄，英雄怎么可以比我先躺下。我这么爱你，你怎么狠心让我孤零零的一个人。我们还有好多事情没有做，这一辈子还很长，你赶紧给我醒来，不准再睡了。"她趴在病床前，哭得昏天黑地。

她向C大请了长假，日日夜夜守护在霍羿之的病床前，精心照顾他，不断讲他们俩之间的故事，用各种方式试图唤醒他。

卫瑶也精心照顾着靳昭，直到靳昭出院。

05

也许是裴雅芙的诚心感动了病魔，七十多天后，霍羿之苏醒，康复，出院。

大家都开心得不得了，瘦了一圈的裴雅芙热泪盈眶。

之后，上面表彰了在"×市特大火灾爆炸事故"中表现杰出的消防官兵，给霍羿之和靳昭分别记了一个一等功，给予了很高的荣誉和奖励。

裴雅芙和卫瑶加入了军嫂微信群，时不时在群里聊聊天儿。

霍良景一直一个人。自从裴妙瑜死后，他性情大变，以前很活泼顽劣，现在变得很安静，每天忙着学习、弹钢琴，仿佛一夜之间成熟了，长大了。

是的，他曾经一直以为，人是慢慢长大的，其实不是，人是一瞬间长大的。

裴妙瑜是他生命中最大的繁华和惊喜，他曾经一直不明白这点，等到她永远消失了，等到自己退无可退，他才知道他曾经亲手舍弃的东西，这么珍贵，在后来的日子里再也遇不到了。

他大学毕业后，父亲霍智修送他去了德国留学，还是学钢琴专业。他很努力。

没有了裴妙瑜，他的生命里突然就只剩下钢琴了。除了弹琴疗伤，他还能干什么。只能在琴声中与她相会。

也许以后，他会成为一个出色的国际钢琴演奏家，像郎朗、李云迪、赵胤胤那样的，但他知道，无论他多么成功，他都不会再肆意地欢笑了。

多想回到十八岁的初秋，那个初遇她的日子，天高云阔，晴空万里，柔和的金色从碧绿的树叶上流淌下来，花开无声。

她瞪着漂亮的大眼睛看着他："是你撞了我们的车？"

他不服气地冲她顶嘴："是你们的车撞了我的车好吧？"

那么欢乐的开场，灿若桃花。

可是转眼就到了结局，时光从这一端辗转到另一端，该说再见了。

他一个人走远，蓦然回首，看见远方的寂寞，泪流满面。

青春散场，好走不送。

06

2016 年春天，煦日当头，花红柳绿，万象更新。

正是由宋慧乔、宋仲基主演的韩剧《太阳的后裔》热播的时段，这部剧火得一塌糊涂，收视率和热度甚至超越了 2014 年全智贤、金秀贤主演的《来自星星的你》。

朋友圈都被这部剧刷爆了。女人的朋友圈是对宋仲基的各种表白和痴迷，男人的朋友圈是各种投诉宋仲基把他们老婆的魂勾走了。

裴雅芙和卫瑶也在追这部剧。

　　霍羿之生日这天，在霍羿之自己先前买的新房里，裴雅芙和霍羿之在单独庆祝。

　　裴雅芙正在做烛光晚餐。她一边炒菜，一边还在用智能手机追剧。这一心两用的功力也是没谁了。

　　霍羿之时不时去厨房探视一下，叮嘱裴雅芙："眼睛多看着点儿菜啊，别炒煳了。

　　"我说那部剧真的有那么好看吗？你至于炒菜的时候也看吗？

　　"手机抓牢一点儿，别掉进菜锅里当菜炒了。

　　"宝宝要投诉，宝宝被冷落了。"

　　吃完烛光晚餐，裴雅芙和霍羿之坐在客厅的沙发上，晃着红酒杯，品着红酒，一边看《太阳的后裔》，一边讨论。

　　其实霍羿之对这种爱情片是没什么瘾的，可是女朋友喜欢看，他当然得陪着，女朋友优先嘛。

　　霍羿之问裴雅芙："是宋仲基帅，还是我帅？"

　　裴雅芙狡黠地眨了下漂亮的眼睛，故意逗他说："宋仲基帅。"

　　霍羿之便装作很受伤地捂着胸口说："啊，我的心碎了，我要去韩国整得跟宋仲基一模一样，再来见你。"然后，还做出起身要走的姿势。

　　裴雅芙赶紧抱住他，把他拉回沙发说："别别别，别整容，还是天然的好。我刚刚是逗你的。"

　　然后，她放下酒杯，捧着霍羿之的俊脸，很认真地跟他表白："羿之，你永远是我心里最帅的，十个宋仲基也比不上你！"

　　霍羿之的心里乐开了花，开心得像得到了全世界。

　　不过，他还在装假正经，他装作有点儿怀疑地说："咳，你说的是真的？你没骗我吧？"

　　裴雅芙立马认真严肃地跟他解释："我说的当然是真的啦，我干吗要骗你？我还可以列出很多你比宋仲基帅的理由：第一，你比宋仲基的海拔高；第二，你比宋仲基的学历高；第三，你比宋仲基的智商高；第四，你比宋仲基的颜值高；第五，你比宋仲基年轻；第六，你比宋仲基的格斗术厉害，你在部队拿过很多次格斗术第一名了啊……"

裴雅芙比着手指列了很多霍羿之比宋仲基帅的理由，还说得头头是道的。

霍羿之听着，嘴角的笑容弧度越来越大。

裴雅芙又继续说："宋仲基只是一个被包装神化了的普通人，是镜头包装下的普通人，在演艺圈他的颜值、身高、学历等各方面其实都没那么出彩，否则也不会三十一岁才红，只是《太阳的后裔》里柳时镇这个角色成就了他，这个角色是一个太过完美的男人，这个角色有可能是谁演谁红。"

"哈哈，行了，你不是很迷恋宋仲基的吗？怎么现在又把他说得这么普通？你们女人的心思真的是一会儿一变啊。"霍羿之阳光帅气地笑着说。

"纠正一下，我没有迷恋他，我只是欣赏《太阳的后裔》这部作品，我追优秀的作品，不追明星本人，我早过了追星的年纪了。"裴雅芙笑着说。

"行了，我们换个话题吧，宋仲基就算再优秀，也不是我们生活里的人，人还是得活得接地气一点儿。明星也是普通人，演戏只是他们的饭碗而已，其他方面可能还不如你和我。"霍羿之说着，冲裴雅芙伸出了修长俊美的手掌。

"你伸手掌是什么意思？"裴雅芙看着他伸出的手掌。

"女神，我今天生日，我要生日礼物。"霍羿之这时候有点儿撒娇的味道了，一贯以正气阳光形象示人的男神突然来一次撒娇，看着还真是可爱。

"啊？生日礼物？"裴雅芙一拍脑袋，感觉完了，她今天光想着买菜和红酒了，居然忘了给他买生日礼物。

"瞧我这记性，对不起，对不起，忘了给你买，我马上就去买啊。"裴雅芙说着，就从沙发上站起来，欲往外面走。

霍羿之一把抓住她，然后拦腰将她整个人抱了起来。

他抱着她深情款款地说："不用去买了，你就是我最好的生日礼物。"

裴雅芙领会了他的意思，她漂亮精致的脸蛋儿飞上了红晕，伸手搂住他的脖子，娇羞地将头埋进了他的怀中。

也是时候把自己交给他了。

霍羿之抱着她进了卧室，将她温柔地放到大床上。

他俯下身来，慢慢举起厚实的手掌，抬起她秀丽的下巴，拇指揉弄着她唇边那朵微微颤抖的微笑。

他手指的温度灼烫了她的唇。

她呵气如兰，清甜的味道点点沁入他紧绷炽热的心底。

他的手从她的唇上滑到她的手上，与她十指紧握，用低沉好听如同魅惑一般的声音问她："害怕吗？"

"不怕。"裴雅芙看着视线上方那张英俊迷人的脸，轻轻摇头。

霍羿之冲她邪邪一笑，带着勾人的味道，这笑容，让裴雅芙觉得胸口狂跳得快要炸开。

"唔……"很快，他的吻就铺天盖地地落了下来，灼热的唇吻上了她清甜的嘴。

她闭上眼睛，睫毛在如玉的肌肤上颤动，像风中旋舞的花。

他的温度点燃了她。

她满含爱意承接他的亲吻，双手紧紧地环住他。

霍羿之低声地喘息，嘴唇自裴雅芙的锁骨辗转往下，大手在她的全身开花，身体紧紧地包围着她。

月光缓缓射进来，笼罩在裴雅芙近乎透明的美丽肌肤上。

微弱的颤抖，毫无遮掩的赤裸的呼吸。

房间里充满温暖又潮湿的气息。

身体的欲望和感情的倾诉交叠，碰撞，融合，发酵。

月光在黑夜只照亮年轻的眼睛。

拥抱，喘息，以及沦陷。

"我爱你，雅芙。你终于完完整整地属于我了。今生今世，我只为你疯狂。"

"我也爱你，羿之。"

"好累，羿之，我要睡了，晚安。"

"别，雅芙，我还没爱够，让我再好好爱你一遍。"

"不要……哈哈……"

……

图书在版编目（CIP）数据

当最美的我遇见最好的你 / 乔雪言著. -- 北京：
北京联合出版公司，2017.5
ISBN 978-7-5502-9785-2

Ⅰ.①当… Ⅱ.①乔… Ⅲ.①言情小说－中国－当代
Ⅳ.①I247.5

中国版本图书馆CIP数据核字（2017）第023986号

当最美的我遇见最好的你

作　　者：乔雪言
出版统筹：新华先锋
出版策划：王　铭
责任编辑：徐秀琴
特约监制：黎　靖
策划编辑：黎　靖　流浪羊
封面设计：杨　一
版式设计：徐　倩
营销统筹：章艳芬

北京联合出版公司出版
（北京市西城区德外大街83号楼9层　100088）
北京慧美印刷有限公司印刷　新华书店经销
字数130千字　620毫米×889毫米　1/16　16印张
2017年6月第1版　2017年6月第1次印刷
ISBN 978-7-5502-9785-2
定价：36.80元
